Anna Kuschnarowa

Djihad Paradise

Anna Kuschnarowa

DJIHAD PARADISE

Roman

BELTZ
& Gelberg

Für meine Eltern

Dieses Buch ist auch als E-Book erhältlich:
ISBN 978-3-407-74439-5

MIX
Papier aus verantwortungsvollen Quellen
FSC® C089473

www.beltz.de

Lektorat: Christian Walther
Neue Rechtschreibung
Einbandgestaltung: Cornelia Niere mit Roland Werner, München
Druck und Bindung: Beltz Bad Langensalza GmbH, Bad Langensalza
Printed in Germany
ISBN 978-3-407-81155-4
1 2 3 4 5 17 16 15 14 13

»Das Meer ist salzig wie die Träne, die Träne ist salzig wie das Meer. Das Meer und die Träne sind durch die Einsamkeit verwandt. Das Meer hat sie schon, die Träne sucht sie.«

Karl Ferdinand Gutzkow, Gutzkows Werke, Bd. 4

»Marschieren, marschieren. Wir ziehen in den Krieg mit festem Schritt, es gehen mit uns hundert Spielleute mit, Morgenrot, Abendrot, leuchtest uns zum frühen Tod.«

Alfred Döblin, Berlin Alexanderplatz

J

Berlin Alexanderplatz. Kurz: Alex. Das ist Mitte. Das ist so was von Mitte, wie es gar nicht mehr Mitte geht. Ist Fernsehturm und Weltzeituhr, ist Völkerfreundschaftsbrunnen und all der andere Rotz. Und nein, ich bin keiner von diesen bescheuerten Touristenschleppern. Ich hasse Touristen. Jeder Berliner hasst sie. Aber das ist nun auch egal. Eigentlich ist jetzt alles egal.

Fast. Fast ist alles egal. Eine Sache noch, eine einzige. Und dann. Exitus. Verdammt, ich bin hier, weil – hätte diese Bitch von Stadt ein Herz, hier würde es schlagen. Und wenn sie ein Herz hätte, dann könnte ich es ihr jetzt herausreißen. Aber hier schlägt nichts. Gar nichts. Alles bewegt sich, aber alles ist tot. Zombiecity. Und City of Zombies. Alle rennen irgendetwas hinterher, aber alles, was sie erreichen werden, ist ihr Grab. Sie erreichen ihr Grab und dann wartet nur noch eines auf sie – und das ist die Hölle. Und ich, ich bin nur hier, weil hier so viel Verkehr durch Berlins tote Adern rauscht, dass sie sich manchmal selbst fast lahmlegen. Bin hier, weil hier alles ist, was ich hasse. Vor allem diese fette, Albtraum gewordene Shoppingmall, dieser apricotfarbene Termitenhaufen, in dem all die

Kuffar, die Ungläubigen, so geschäftig herumkrabbeln, als gäbe es kein Morgen mehr. Dabei ahnen sie es noch nicht mal. Ein Morgen wird es für sie nicht mehr geben.

Mir ist übel. Von der Arroganz des Westens ist mir übel. Sie haben uns den Krieg erklärt. Entweder Berlin oder Abdel Jabbar Shahid.

Ich muss stehen bleiben. Mitten auf dem Alex bleibe ich stehen, mein Oberkörper fällt nach vorne. Ich stütze meine Hände auf den Knien ab und ringe nach Luft. Wie ein Greis ringe ich nach Luft, als würde ein unendliches Gewicht auf mir lasten.

In meiner gebückten Haltung sehe ich nur die Mantelsäume und die hektisch ausschreitenden Unterschenkel in Hosen, in Röcken, in Strumpfhosen, in Boots und High-Heels und Stiefeletten und Turnschuhen und Outdoortretern von Leuten, die doch das, was sie Zivilisation nennen, niemals verlassen und ihre Hintern kaum noch aus ihren SUVs bekommen. Und dann sehe ich noch den Boden des Platzes. Am frühen Morgen hat es geschneit und das hat der Welt etwas so Unschuldiges, Reines verliehen. Aber jetzt ist nichts mehr übrig von der Unschuld frischen Schnees. Nur ein graubrauner Siff, in dem verstümmelte Kippenreste untergehen und die leblosen Plastikhüllen versinken, aus denen die Kuffar ihre Industrienahrung geschält haben. So wie mit dem Schnee machen sie es mit allem. Alles, was jemals weiß und rein gewesen ist, das treten sie mit Füßen, treten es in den Dreck. So sind sie eben, die Kuffar, und deshalb ist es besser, sie sterben.

Meine Lunge rasselt. Alles dreht sich. Von hinten legt mir jemand eine Hand auf die Schulter.

Shit! Die Bullen!, denke ich, richte mich erschrocken auf und drehe mich hastig um.

»Geht es Ihnen nicht gut?«, fragt eine schöne Frau, die vom Alter her meine Mutter sein könnte und die, nachdem sie das Entsetzen in meinen Augen gesehen hat, ihre Hand unsicher zurückzieht. Wir starren uns an.

Die Berührung und ihr Blick sind mir wie ein Stromschlag durch alle Glieder gefahren, alle Härchen meines Körpers haben sich aufgerichtet, und nicht nur die Härchen. Ich reiße mich zusammen und sage: »Es geht schon wieder. Danke.« Ich zwinge mich zu einem Lächeln und dazu, weiterzugehen. Ich weiß, dass sie mir noch einen Augenblick besorgt hinterhersehen wird, und ich wünschte, es wäre meine Mutter, die mir da so nachschaut. Und ich wünschte, ich hätte keine Erektion.

Da war er wieder, der verfluchte Julian Engelmann. Ein echter Shahid hätte sich im Leben nicht von einer Wildfremden anfassen lassen und es auch noch schön gefunden, selbst wenn er wie ich seit mehr als einem Jahr keine Frau mehr berührt hatte. Und er hätte sie auch nicht so angestarrt. Abdel Jabbar Shahid. Ich bin echt nicht würdig, diesen Namen zu tragen.

Seltsamerweise hat sich mein Magen schnell wieder beruhigt und ich gehe nun mit entschlossenen Schritten über die Grunerstraße auf das Alexa zu.

Fettes rosa Schwein, denke ich beim Anblick des Gebäudes und wahrscheinlich huscht gerade ein Grinsen über mein Gesicht. Deine Gedärme werden sich bald um die Spitze des Fernsehturms winden und dieser ganze nutzlose Ramsch, den ihr auf dem Rücken der Welt produziert und hier verhökert, wird bis zur Museumsinsel geschleudert werden, auf euch niederprasseln und euch die Schädel spalten als Fallout eurer eigenen Kultur.

Ich marschiere weiter und plötzlich frage ich mich: Wie viele Schritte geht eigentlich ein Mensch? Ich meine – wie viele Schritte geht er, bis er stirbt?

Die Menge teilt sich und schwappt um mich herum und da erst merke ich, dass ich stehen geblieben und allen im Weg bin. Aus den offenen Türen des Alexa dringt heiße, abgestandene Kaufhausluft. Sie steigt auf aus den ranzigen Fettpfützen der niemals müden Fritteusen, aus den Hautfalten, den Körperhöhlen der Adipösen, all der Fettsüchtigen mit den Super-Special-Something-Whoppern in XXL-Gesichtern auf XXL-Körpern, dünstet aus all dem Plastik, das das andere Plastik dreimal umgibt. Aus den hippen Klamotten Phenoldünste, aus feuchten Haaren Nasser-Hund-Geruch, aus den Zehn-Quadratmeter-Parfümerien Zehntausend-Düfte-Kakophonien mit einer Kotbasisnote vom öffentlichen Klo. So, genau so riecht er, der Westen.

Obwohl sich mein Magen schon wieder auflehnt, zwinge ich mich, meinen Fuß über die Schwelle zu setzen. Ich darf mich jetzt nicht auffällig verhalten. Es fühlt sich seltsam an: Die Schritte in diese Hölle sind meine letz-

ten. Meine. Letzten. Schritte. Obwohl ich keine tödliche Krankheit habe, werde ich weniger gegangen sein als die meisten anderen. Aber – meine Schritte werden einen Abdruck hinterlassen. Einen großen. Eine Warnung.

Mit der Rolltreppe fahre ich nach unten und positioniere mich in der Mitte des Gebäudes. Und dann ist es so weit. Ich habe eine Botschaft, eine tödliche Botschaft. Seid euch bloß nicht zu sicher. Das ist es, was ich noch sagen wollte. Nein, was Djihad Paradise ihnen sagen will durch mich.

Meine Hände beginnen zu zittern. Eiskalt sind sie und Schweiß klebt an ihren Handflächen. Kalter Schweiß. Der Schweiß der Gladiatoren, der Schweiß der Gotteskrieger, der Schweiß der Märtyrer, denn ein Märtyrer ist nur der, der bereit ist, für seine Sache zu sterben. Und ich, Abdel Jabbar Shahid, bin bereit. Der Sprengstoffgürtel, der um meine Brust liegt, ist bereit und ich muss ihn nur noch zünden. Zehn, neun, acht … zero und herzlich willkommen in Djannah, im Paradies. Alles ist bereit.

Fast …

Nur Julian Engelmann, dieser gottlose Kafir, dieser Ungläubige, der ich bis vor drei Jahren war, dieser Loser, ist nicht bereit. Er hat Angst. Eine verdammte Scheißangst, wie er sie noch nie verspürt hat, eine Angst, die größer ist als in Waziristan, als die Bombe aus der Drohne direkt neben ihm eingeschlagen war und seinen Geistesbruder zerfetzt hat.

Ich summe ein Nashid, um mich zu beruhigen, um Julian

in die Flucht zu schlagen, um endlich ein richtiger Shahid zu sein.

Der Nashid wirkt. Ich komme wieder runter. Ein Nashid ist die schönste Musik der Welt. Ohne Instrumente ist sie und nur für Allah. Und ich weiß, wenn die Bombe hochgeht, wird es nur ein kurzer Moment des Schmerzes sein. Und was ist schon so ein bisschen Schmerz gemessen an der Djannah, dem Paradies? Es wartet auf mich. Das ist mein Lohn – und der Lohn all der Zionisten und Kreuzzügler und der Freunde Amerikas ist nichts als das Feuer der Hölle. Ich atme noch einmal tief durch. Julian Engelmann schweigt.

Jetzt. Jetzt bin ich bereit. Jetzt bin ich wieder Abdel Jabbar Shahid. Und nur Abdel Jabbar Shahid …

Meine Eltern sind der Meinung, ich hätte mich gefangen, hätte mein Leben wieder im Griff. Alles schön, alles gut, alles wie vorher. Dabei ist nichts, nichts, nichts, wirklich rein gar nichts wie vorher. Und ich – ich bin auch nicht mehr wie vorher. Bin nicht mehr Shania, aber erst recht nicht mehr richtig Romea. Ich weiß nicht, wer ich bin, und das Beste, was ich momentan von mir sagen kann: Ich funktioniere. Und nur weil ich funktioniere, bin ich jetzt hier. Auf der Jagd nach Weihnachtsgeschenken wie alle.

Was mir Weihnachten bedeutet? Nicht viel. Nicht im eigentlichen Sinn. Aber Weihnachten gehört zu diesem Land, das mir entglitten ist. Dieses Land heißt Damals oder genauer Damals-als-noch-alles-einigermaßen-in-Ordnung-war, und ich würde gerne dahin zurückkehren, aber ich kann nicht.

Ich treibe dahin im Gewühl wie ein Boot ohne Ruderer und kaufe Geschenke für meine Familie in der Hoffnung, dass dies der Anker ist, den ich am Ufer der Vergangenheit auswerfen kann, um dort wieder an Land zu gehen. Aber ehrlich gesagt, meine Hoffnung hält sich in Grenzen. Seit

Julian nicht mehr da ist, hält sich überhaupt alles in Grenzen. Außer meiner Leere, die ist fast grenzenlos.
In einer der Auslagen erspähe ich einen Bären. Einen Wärmbär. Einen Bären mit einer kleinen Wärmflasche im Bauch. Den werde ich für Theresa kaufen. Meine kleine Schwester liebt Bären und ihr ist immer kalt. Ich stelle mir ihr glückliches Gesicht vor, wenn sie ihn in vier Tagen auspackt. Und als ich den Bär bezahle, fühle ich fast so etwas wie Freude. Kurz kommt mir der Gedanke, dass Feste, an denen man den Menschen, die man liebt, etwas schenkt, einfach um zu sagen: Hey, ich hab mir Gedanken über dich gemacht und danke, dass es dich gibt, vielleicht gar nicht so dumm sind. Klar, man könnte das auch an irgendeinem anderen x-beliebigen Tag im Jahr machen, aber ich bin fast sicher, die meisten von uns würden es einfach vergessen. Nicht mal aus Ignoranz oder Geiz, sondern einfach nur, weil gerade irgendwas anderes noch viel dringender getan werden muss.

Ich verfrachte den Bären in meinen Rucksack und laufe weiter und eigentlich habe ich auf einmal ganz gute Laune und selbst das dämliche »Jingle Bells«, das wie Sirup aus den Lautsprechern in meine Ohren tropft, ist gerade einigermaßen zu ertragen.

Und dann. Ein Blick. Noch ein Blick. Nein, das kann nicht sein. Ich bleibe stehen. Erstarre. Wahnsinnig. Jetzt ist es amtlich. Ich bin wahnsinnig geworden. Ich sehe Dinge, die es nicht mehr gibt. Das Blut gefriert mir in den Adern und trotzdem klopft mein Herz. Klopft, nein, häm-

mert, will sich aus meiner Brust herausmeißeln. Will abhauen, einfach nur weg.

Dann auf einmal ein Schmerz. Der Typ, der mir gerade in die Hacken gerannt ist, zischt mich an: »Pass bloß auf, du dämliche Kopftuchschlampe!«

»Pass doch selber auf, Arschloch!«, zische ich zurück, ohne ihn anzusehen, denn ich kann meinen Blick nicht von dem abwenden, was ich gerade entdeckt habe. Aber ich werde an der Schulter gepackt und herumgerissen. Ein Typ, dem man es äußerlich gar nicht zugetraut hätte, starrt mich hasserfüllt an. Er ist durchschnittlich groß oder klein, durchschnittlich dumm oder schlau – vermutlich – und durchschnittlich gut oder schlecht.

»Weeßte wat, vapiss dich doch dahin, wo de herjekommen bist. Sone wie dir brauchen wa hier nich«, schreit mich Herr Otto-Normalo-Durchschnitt-vom-Durchschnitt mit überraschend überdurchschnittlichem Hass an.

All mein Blut schießt mir in den Kopf. Das ist die Wut. Diese ganze verdammte Wut, die ich in den letzten Jahren angestaut habe. Hergekommen bin ich aus Charlottenburg. Seit verdammt noch mal neunzehn Jahren komme ich her aus Charlottenburg. Und ich bin da auch nicht irgendwann hingekommen, sondern bin da geboren. Deutscher Pass. Name: Romea Achenbach. Zumindest der Nachname – urdeutsch. Und jetzt soll ich Nichts mich von diesem anderen Nichts anpöbeln lassen, als hätte er in irgendeiner Weise mehr Recht, auszusehen, wie er eben aussieht, als ich, die auch ganz normal mit Jeans und Mantel und ja, verdammt, eben mit Kopftuch rumläuft. Andere tragen eine Mütze. Und?

»Haste vielleicht in letzter Zeit mal selbst in den Spiegel geschaut??«, halte ich trotzig entgegen.

Er hebt seine Hand. Ist bereit, mich zu schlagen und scheint daran gewöhnt, Frauen zu schlagen. Hat vielleicht einen Club und Frauen, die für ihn arbeiten und wenn sie nicht spuren, dann setzt es eben was. Oder vielleicht hat er ja auch einfach nur sein Frauchen zu Hause, an dem er sich abreagiert? Wütend sind wir schließlich alle. Vielleicht ist er aber auch nur so ein Funktionierer. Banal. Und manchmal böse. Das Böse steckt im Banalen, hat mal eine kluge Frau gesagt.

Und genau deswegen hätte ich ihm jetzt so gerne eine reingetreten und sein dämliches Gesicht gesehen, wenn die Kopftuchschlampe mit Kickboxen aufwartet. Aber ich habe jetzt keine Zeit dafür und reiße mich los. Er brüllt mir noch irgendwas hinterher. Doch ich bin schon so was von weg, sogar mit den Gedanken, dass ich es nicht verstehe. Verstehe jetzt nur, dass ich gerade sehe, was nicht sein kann. Mitten auf der Mall steht – Also, da steht – und wenn ich nicht genau wüsste, dass es überhaupt nicht sein kann, würde ich sagen, da vorne steht Julian Engelmann. Julian Engelmann, wie er vor drei Jahren war, als ich ihn kennenlernte. In Hip-Hop-Klamotten, ohne Bart und mit Rap-Hat und so verdammt cool.

Wie in Hypnose gehe ich auf ihn zu. Er nimmt mich nicht wahr, steht einfach nur da und scheint an irgend-

was zu denken. Und jetzt sehe ich, dass seine Lippen sich bewegen. Ich frage mich, was er da macht. Als ich näher komme, erschrecke ich. Julians Wangen, oder die Wangen des Typen, der aussieht wie er, sind eingefallen, eine elliptische Narbe leuchtet unter seinem Jochbein und die ganze Gestalt ist viel sehniger, als ich sie in Erinnerung habe. Und dann der Oberkörper. Irgendwas ist seltsam daran. Er ist viel zu dick und passt überhaupt nicht zum schlaksigen Rest.

Auf einmal kommt Bewegung in den Typen und mit der einen Hand greift er in seine Hosentasche und zieht ein Handy hervor, mit der anderen Hand wischt er sich den Schweiß von der Stirn. Ich sehe ihn sprechen. Seine Züge verfinstern sich. Nur noch sechs Meter trennen mich von ihm und ich bin nun nah genug, um zu erkennen, dass der Typ nicht Julian ist. Natürlich ist es nicht Julian. Julian ist tot und der Typ sieht auch viel älter aus, als Julian jetzt wäre, wenn er noch leben würde.

J

»Ja?!«, blaffe ich ins Telefon. Es ist Saad. Ich sollte das nicht denken, aber ich hasse Saad. Und nun ruft er tatsächlich an und labert mich zu.

»Bist du bereit?«, fragt er und meine Hände fangen an zu zittern. Diesmal ist es nicht Angst, sondern Wut. Wut, dass sie mich kontrollieren und dass sie dafür ausgerechnet dieses Arschloch Saad schicken.

»Ja, ich bin bereit«, knurre ich zurück, lege auf und bin auf einmal alles andere als bereit. Die Wirkung des Nashid ist verschwunden und ich balle die Fäuste. Wieder klingelt das Handy und wieder ist es Saad. Ich drücke ihn weg und stopfe das Telefon zurück in die Hosentasche.

Als ich meinen Blick hebe, da sehe ich sie. Mir bleibt fast das Herz stehen. Keine sechs Meter von mir entfernt steht ein Mädchen, das aussieht wie Romea. Nein, sie sieht älter aus, reifer. Aber ich habe Romea ja auch seit über einem Jahr nicht mehr gesehen. Sie mustert mich. Schlingpflanzengrüne Augen starren mich ungläubig an. Verdammt. Romea. Niemand hat solch schlingpflanzengrüne Augen. Das kann doch gar nicht sein, Romea. Wieso ist sie jetzt hier? Ausgerechnet an diesem Tag?

Romea, diese Bitch. Diese Verräterin. Die Teufel selbst müssen sie geschickt haben. Haben sie mir geschickt, um mich von meinem Weg abzubringen, mich in Versuchung zu führen, mich in mein altes Leben zurückzuwerfen. Dabei ist sie mir inzwischen scheißegal. So was von egal. Schließlich war sie es, die eines Tages plötzlich alles hingeschmissen hat. Verschwunden ist sie und hat auf nichts mehr reagiert.

Und nun rennt sie hier herum wie alle anderen mit Plastiktüten mitten im Weihnachtsgewühl. Konsumiert wie alle. Alles, wogegen sie sich damals gewehrt hatte, tut sie jetzt offenbar selbst. Und trüge sie nicht ihr Kopftuch, würde ich sagen, sie ist der personifizierte Unglauben. Eine vom Glauben Abgefallene, das ist noch schlimmer, als nie geglaubt zu haben. Eine Murtadda. Dafür gebührt ihr eigentlich der Tod.

Ich stehe stocksteif herum und in mir gerät alles ins Rutschen. Ein innerer Erdrutsch. Kein Halten mehr. Diese verfluchten Teufel. Aber verdammt, warum trägt sie ihr Kopftuch noch? Aus welchem Grund macht sie sich, macht sie der Welt überhaupt noch irgendwas vor? Sie ist raus, verdammt, sie ist so was von raus und das schon seit über einem Jahr. Shania ist tot, vorbei, weg. Das da, das ist weder Shania, noch ist es Romea. Das ist der pure Hohn!

Und dabei hatte alles mal so groß angefangen. Romea und Julian, die fetteste Lovestory, die unsere Schule jemals gesehen hatte. Vergesst Romeo und Julia, Julian und Ro-

mea, das war mal das Größte, was ich mir damals hatte vorstellen können. Das Größte und Schönste und Endloseste. Gefühlte tausend Jahre früher. Aber das, das war vor Djihad Paradise. Und trotzdem ist da auf einmal so ein Schmerz. Ein Schmerz, der sich tief in mich hineinfrisst und ein Loch zurücklässt, in das ich stürze – mitten in die Vergangenheit.

»Sind wir schuld an dem, was sie (die Erwachsenen) getan haben und geworden sind?«

Gottfried Keller, Romeo und Julia auf dem Dorfe

Ich war mal wieder von der Schule geflogen und diese hier hatte mich gnädigst mitten im Schuljahr aufgenommen.

»Deine letzte Chance, Julian«, hatte der Kowalski gesagt. »Ich würde vorschlagen, diesmal bleibst du nicht hinter deinen Möglichkeiten zurück.« Damit hatte er seine Predigt beendet.

Der Kowalski war Vertrauenslehrer und offenbar hatte er mit den Typen aus meiner alten Schule gequatscht.

Bla, bla, bla …, dachte ich. … hinter meinen Möglichkeiten … Du Mittelstands-Schnarchnase, du hast doch überhaupt keinen Plan, was bei uns zu Hause abgeht. Ich verdrehte die Augen und ließ mich in einer der hinteren Reihen auf einen Stuhl fallen.

»Glotz nicht so«, ranzte ich einen Typen an, der sich neugierig nach mir umgedreht hatte und mich anstarrte. Er klappte den Mund auf, um etwas zu sagen, klappte ihn aber wieder zu, ehe er es ausgesprochen hatte und schwang wieder nach vorne.

Toll, offenbar hatte ich mich in den Kindergarten katapultiert. Meine Laune näherte sich langsam zweihundertdreiundsiebzig Grad unter null.

Doch auf einmal kam SIE in die Klasse gestöckelt und dann war ich es, der starrte. Mein Gott, war die schön. Dabei war sie gar nicht so ein getuntes Perlhuhn, aber das hatte sie auch gar nicht nötig. Sie war fast so groß wie ich und ihre dunklen Haare reichten ihr beinahe bis zum Hintern. Ehe sie hinter ihren Tisch glitt, warf sie mir einen kurzen, verwunderten Blick zu, der mir das Blut in den Adern gefrieren ließ, vielleicht brachte er es aber auch zum Kochen. Wie auch immer, jedenfalls blieb mir fast das Herz stehen. Und das, das hatte noch keines der Weiber geschafft, die ich bisher in der Disco aufgerissen hatte.

Ich musste sie den ganzen Vormittag angestarrt haben und ich schwöre, es war das erste Mal, dass ich es echt bedauerte, als nach der letzten Stunde der Gong ertönte. Während sie noch ihre Sachen zusammenpackte, tigerte ich nach vorn, ließ mich lässig auf ihrem Tisch nieder und smilte sie an.

»Alles klar, Sugar«, sagte ich und zückte mein iPhone. Als ich abdrückte, funkelte sie mich wütend an.

»Was is'n mit dir los?«

Ihre Augen waren grün. Schlingpflanzengrün.

»Lösch sofort das Bild, du Asi!«

Ich setzte mein gewinnendstes Lächeln auf, aber sie packte mich am Kragen.

»Hallo?!? Hörst du schlecht, oder was? Du sollst das Bild löschen!«, presste sie hervor und ein grünes Feuer loderte in ihren Augen, das mich ganz kirre machte.

»Was regste dich denn so auf? Ich hab doch nur dein Gesicht fotografiert und nicht deine Titten.« Ich grinste weiter und hielt das Telefon so, dass es außerhalb ihrer Reichweite war. Mann, die packte ja zu wie ein Kerl. War das zu fassen? Die Barbie machte Anstalten, sich mit mir zu kloppen. Klar, ich war ein Arschloch, aber dass ich Weiber schlug, so weit kam es noch.

Also riss ich mich los und düste davon. Aber Alter, die kam doch glatt hinterher und zeterte weiter, dass ich das verdammte Bild löschen soll und es dauerte ganz schön lange, bis ich sie abgehängt hatte. Eines war mal sicher, die war so überhaupt nicht wie die anderen …

Als ich den Schlüssel ins Schloss steckte, wurde die Tür von innen aufgerissen und Tom streckte grinsend seinen Kopf heraus.

»Na, Julian? Alles klar?«, sagte er.

Eigentlich hätte ich mich ja freuen können, dass mein Erzeuger so beglückt war, wenn sein Sohn nach Hause kam, aber Tom hatte schon wieder diesen Blick.

»Ja. Klar, Mann«, antwortete ich und schob mich an ihm vorbei in Richtung meines Zimmers. Ich hatte jetzt nicht den Nerv, mich zu unterhalten.

Kurz bevor ich mich in meinem Reich verschanzte, rief er mir noch nach: »Julian!?«

Ich drehte mich fragend nach ihm um.

»Ach nee, ist schon gut«, sagte er und verschwand in der Küche. Ich hörte, wie die Kühlschranktür geöffnet wurde, Glas klirrte und ich schlug die Tür hinter mir zu. Dann drehte ich die Musik auf, warf mich aufs Bett und starrte Löcher in die Luft. Es war gerade mal zwei Uhr mittags und Tom war schon wieder mächtig dabei, sich wegzubeamen. Seit Mutsch sich davongemacht hatte, war endgültig nichts mehr los mit ihm.

»Schaut euch doch mal an«, hatte sie gesagt. »Ein Trinker und ein Vollidiot, der sich alle Chancen verbaut. Eines sag ich dir, du – du wirst eines Tages noch mal im Knast landen, wenn du so weitermachst. Du gerätst zu hundert Prozent nach deinem Vater, aber wenigstens ist *der* nicht kriminell. Zumindest bis jetzt.« Das war für mich. Und damals war ich fünfzehn.

»Und dich wird man irgendwann mal von der Straße aufkehren, in die Entzugsklinik einliefern und nie wieder rauslassen.« Das war für Tom. »Ich lasse mir von euch nicht länger mein ganzes Leben versauen.« Damit war sie fertig mit uns. Sie hatte es schließlich oft genug angedroht. Noch am gleichen Tag hatte Mutsch ihre Koffer gepackt, eine Woche später fuhr ihr neuer Macker mit dem Möbelwagen vor und die Wohnung blieb zurück als ein seltsames Fragment, das sich wohl bis zum Ende aller Tage auch nicht mehr ändern würde. Das Trennungsjahr und dann willigte Tom in die Scheidung ein. Tom sagte sowieso immer zu allem Ja und Amen. Auch zu Mutschs Forderung, mit dem Trinken aufzuhören, hatte er immer Ja gesagt und weitergetrunken. Und dann, nach der Scheidung, verschwand sie auf Nimmerwiedersehen.

Ich weiß noch genau, wie belämmert wir dasaßen an dem Abend, als Mutsch die Biege gemacht hatte.

»Jetzt isse fort. Endgültig«, hatte Tom gelallt. Er hatte schon ganz schön einen sitzen. »Julian, deine Mutter kommt nicht wieder. Nie wieder. Dafür kenne ich sie viel zu gut.« Dann war er in Tränen ausgebrochen. »Weißte eigentlich, wie sehr ich Rachel liebe?«

Ich hatte auch so etwas Ähnliches wie einen Kloß im Hals, aber mal ehrlich, irgendwie kriegst du eine Gänsehaut, wenn dein Vater plötzlich vor dir rumheult wie der allerletzte Schlosshund.

»Willst'n Bier?«, hatte Tom gefragt und mir die Flasche schon unter die Nase gehalten.

Wortlos hatte ich die Krone mit meinem Feuerzeug abgehebelt und mit Tom angestoßen. Da saßen wir dann in der halb leeren Bude und ich glaube, es war der tristeste Tag, an den ich mich bis dahin erinnern konnte. Irgendwann hatte mir Tom seine Pranke auf die Schulter gehauen.

»Julian, jetzt haben wir nur noch uns.«

Tom ist in Ordnung, echt. Er ist auch nicht aggro, wenn er betrunken ist, nur – irgendwie so breiig. Hockt rum und ist weinerlich und kriegt nix hin und tut sich selbst ganz furchtbar leid.

Jetzt haben wir nur noch uns, hallte es in mir nach und ein Schauer lief mir über den Rücken. Zwei Totalbehinderte würde man doch auch nicht auf einer einsamen Insel völlig sich selbst überlassen. Aber das, genau das, hatte Mutsch getan.

Das mit Mutsch war eine total gequirlte Scheiße, ehrlich. Ich hasste sie. Wie hatte sie uns das nur antun können? Echt, eine fiese Bitch. Na ja, aber andererseits – als sie noch da war, da war zu Hause noch nicht jeder Tag wie der andere. Da gab es noch nicht die ewig lastende Schwere, die aus jeder Ecke, jeder Diele in die Nervenbahnen unserer Hirne kroch. Da gab es noch andere Nahrung als dieses Dosenfutter von Aldi. Da gab es noch nicht diese Leerstellen zwischen den letzten paar Möbeln und die hellen Stellen an der Wand, wo einst Regale gestanden hatten, die nun Mutschs neue Wohnung bevölkerten, wo immer das auch war.

Na ja, ich hätte es ja über Google oder so rausfinden oder ihr vor der Arbeit auflauern können, aber sie hatte gesagt: »Kommt bloß nicht auf die Idee, euch bei mir blicken zu lassen.«

Und irgendwie hat man ja auch seinen Stolz.

Ich war gerade ganz schön down. Mein Blick klebte sehnsüchtig an der Bong. *If you're down, then take some weed, 'cause it makes you downer*, ging mir durch den Kopf und dass das ja die Hookline für 'nen neuen Song werden könnte. Ich war schon dabei, das Teil anzuwerfen, da fiel mir das Foto ein. Ich zerrte mein Handy aus der Hosentasche und starrte auf das Display. Mann, mein Aufritt vorhin war wahrscheinlich so richtig scheiße. Nach der Nummer würde die mich ja nicht mal mehr mit dem Arsch anschauen.

Ich vertiefte mich weiter in das schöne Gesicht auf

dem Display. Unglaublich. Diese Augen. Schlingpflanzengrün …

Ich trieb dahin auf der Mitte eines riesigen Sees, dessen Ufer kaum zu sehen war, so weit weg war es. Ich seufzte und kraulte und kraulte, um zum Ufer zu gelangen. Doch ich kam überhaupt nicht vom Fleck. Irgendwas hielt mich fest und je mehr ich kraulte, desto fester wurde ich gehalten, bis ich mich schließlich überhaupt nicht mehr bewegen konnte, und dann wurde ich langsam, ganz langsam nach unten gezogen, und obwohl ich keine Taucherbrille aufhatte, konnte ich alles ganz genau erkennen. Von oben fiel goldgelbgrünes Licht auf die Wasseroberfläche und verströmte sich bis auf den Grund, und was mich festhielt, das waren riesige Schlingpflanzen, die seltsam lebendig wirkten, fast so, als hätten sie einen eigenen Willen, als wären es nicht Pflanzen, sondern Personen.

Ich war ein Gefesselter, der langsam auf den Grund sank und eigentlich hätte ich in Panik ausbrechen und nach Luft schnappen müssen, aber eigenartigerweise konnte ich hier unten genauso gut atmen wie an der Oberfläche. Ich sank und sank und sank, und je mehr ich mich dem Grund näherte, desto grüner und schillernder wurde alles, und auf einmal war ich so was ähnliches wie ziemlich glücklich. Ein großes, breites Blatt legte sich über meine Augen und verknotete sich hinter meinem Kopf und irgendwas riss mir die Badehose herunter und da wallte dann doch so was wie Panik in mir auf. Ich versuchte, mich von den

Pflanzen frei zu strampeln, aber je mehr ich mich wehrte, desto fester schnürten sie mich ein. Als ich fast keine Luft mehr bekam, kapitulierte ich schließlich. Die Pflanzen lockerten sich wieder etwas, aber ich wagte es nicht mehr, Widerstand zu leisten.

Schließlich wurde ich irgendwo abgelegt und etwas Warmes schwamm auf mich zu und nahm mir die Augenbinde ab. Es war Romea, deren nackter Oberkörper in einem grünen Fischschwanz endete. Ihre Haare fluteten um sie herum wie schwarze Wellen, aber immer so, dass ihre Brust bedeckt blieb. Aber bestimmt hatte sie grüne Brustwarzen. Ganz bestimmt war das so. Ich war mehr als erregt, und irgendwie wollte ich nicht, dass Romea meine Mörderlatte sah, aber als ich verlegen an mir herabschielte, da sah ich, dass mein Hintern nun ebenfalls in einem Nixenschwanz steckte. Doch ich hatte gar keine Zeit, meine Panik auszubauen, denn Romea legte ihre Arme um mich und unsere Nixenschwänze wanden sich umeinander, verschlangen sich und dann küsste mich Romea und ich wollte für immer so ein alberner Halbfisch sein, wenn sie mich nur nicht wieder loslassen würde …

Als ich aufwachte, musste ich erst mal das Bett abziehen. Mann, was für ein Trip von einem Traum. Fischsex. Strange. Aber zumindest war ich mir jetzt echt sicher, dass meine Lieblingsfarbe Schlingpflanzengrün war.

Jetzt hebt er den Kopf und starrt mich an. Ungläubig. Total ungläubig. Als wäre nicht er der Totgesagte, sondern ich. Die pure Fassungslosigkeit. Seine Arme hängen schlaff herab. Verwirrt und hilflos. Julian Engelmann eben. Aber das sehen nur die Wenigen, die ihn wirklich kennen. Er ist – er – er ist es wirklich. Achtlos strömen die Leute um ihn herum. Entweder haben die mich neulich in der Moschee ziemlich verarscht oder ich werde langsam bekloppt. Irgendwas vibriert in mir. So eine Art inneres Seebeben. Julian lebt. Die tektonischen Platten zweier sich ausschließender Realitäten schieben sich übereinander, Julian-lebt über Julian-ist-vor-ein-paar-Monaten-in-Waziristan-gefallen.

Meine Knie werden weich, aber die Spannung in mir hält mich aufrecht. Aber nur kurz, dann entlädt sie sich, alles schwappt und wogt, strebt an mein sicheres Ufer und darüber hinaus, ein Tsunami, der alles mitreißt, was er hinter der vertrockneten Uferlinie findet, die Trümmer unserer Romea-Bonnie-and-Julian-Clyde-Ruine werden ihrem Staub entrissen, aufgewühlt, verwirbelt und hinausgezogen auf meinen wild gewordenen Hirnozean …

R

Der Neue. Julian Engelmann. Was glaubte der eigentlich, wer er war? Nur gesetzt den Fall, dass er auf die schwachsinnige Idee kommen sollte, mein Foto ins Netz zu stellen, dann gnade ihm Gott. Echt, was bildete der sich bloß ein? Mr. So-Cool. Lungerte da breitbeinig mit seinem dämlichen Rap-Hat in der letzten Reihe rum und glaubte, er müsste nur mit den Fingern schnipsen und alle Weiber kämen dankbar für dieses bisschen Aufmerksamkeit angekrochen.

Wütend schlug ich die Kühlschranktür zu. Ein gelbes Post-it segelte zu Boden. Ich hasste Post-it-Notes. Ma liebte sie und deshalb klebte sie sie auch überall hin. Ich hob den Zettel auf, auf dem *gelbe Tupperbox R., grüne T.*, stand. T. Theresa – die Königin aller Allergien. Deshalb bekam sie auch immer ihren Extranapf. Ich stellte meine gelbe Dose in die Mikrowelle. Während ich wartete, dass das Essen heiß wurde, überflog ich die Liste, die auf dem Tisch lag und die Ma sich schon gestern geschrieben hatte für übermorgen, damit sie auch nur ja nichts vergaß: *Mittwoch: 5:30 aufstehen, Pausensnacks machen, Jörn wecken und ihn an die Einladung erinnern, 6:30 T. und R. wecken, 7:00 Kinder zur Schule bringen, 8:00 Büro, 9:30*

Meine superkluge Freundin. Abhauen. Wie das klang? Überraschend klang es und viel zu gut, um klappen zu können. Aber ich hatte ja nichts zu verlieren. Alles war besser als Berlin. Na klar, abhauen. Je länger ich über diese Idee nachdachte, desto besser gefiel sie mir. Warum ich da nicht selbst draufgekommen bin, darüber müsste echt mal nachgedacht werden. Wahrscheinlich hatte Tom mit seiner Lahmarschigkeit schon langsam auf mich abgefärbt. Nichts wie weg also, bevor das hier alles noch schlimmer wurde. Und was sollte schon passieren? Schlimmer als hier konnte es kaum werden und Hauptsache, Romea war dabei.

Und: Ich hatte endlich wieder mal eine Idee, was ich mit meinem Leben anfangen wollte. Zum ersten Mal seit Langem hatte ich wieder einen Plan und war nicht nur der Getriebene meines Umfeldes.

Heute Nacht war wieder ein Bruch. Das Zeug sollte ich am Wochenende bei Ice abliefern. Morgen war erst Mittwoch. Perfekt. Bis Ice mich vermissen würde, wäre ich schon längst ganz weit weg. So weit weg, dass mich nicht mal Ices Schergen finden würden.

Manchmal war es so easy, die Fesseln der Sklaverei abzuschütteln. Scheiß auf die Band, scheiß auf den Kiez, scheiß auf Berlin. Und ja, scheiß auch auf Tom. Ich hatte ja doch noch mal versucht, ihn anzurufen. Fünf Mal. Aber er war mal wieder nicht rangegangen. Dann eben nicht. Offenbar dachte er gar nicht daran, in diesem Leben noch einmal seinen Arsch hochzubekommen. Und dabei spielte es keine Rolle, ob ich hier war oder woanders. Dann lieber woanders. Und was sollte schon passieren – woanders? Nichts.

Romea und ich hatten ein paar Mille in den Taschen und wenn die aufgebraucht waren, dann könnten wir uns mit Hilfsarbeiten durchschlagen. Die Zukunft funkelte heller als ein Sonnenstrahl in einer gläsernen Schale voller Diamanten. Yepp, mach dich gefasst, Zukunft – wir kommen.

Und dann der Bruch. Mein letzter. Ich war die pure Euphorie, dass ich mit all dem bald nichts mehr zu tun haben würde. Aber kurz bevor es losging, hatte ich auf einmal ein ganz, ganz mieses Gefühl. Und obwohl mir bei den Brüchen immer unwohl war, war es diesmal anders. Irgendwas lag in der Luft. Irgendwas, was gar nicht gut war. Es fing auch gleich richtig beschissen an, denn Kevin hatte das Werkzeug vergessen. Ich stand kurz davor, ihm eine reinzuhauen. Wie konnte man so dämlich sein? Immerhin hatte Sling noch ein Notwerkzeug mit, aber mit dem dauerte es viel länger und der Gag an der ganzen Sache war ja wohl der, dass alles ganz schnell ging.

Wir hatten uns eine Wohnung im fünften Stock ausgesucht. Die Woche vorher hatten wir ganz drückerkolonnenmäßig herausgefunden, dass das alte Ehepaar für eine Woche im Urlaub sein würde. Von ihnen drohte also keine Gefahr. Aber von den Nachbarn. Kevin wartete unten im Auto und ich war mit Schmierestehen im Treppenhaus dran. Noch bevor Sling anfing, am Schloss herumzufummeln, hatte ich schon feuchte Handflächen. Wenn ich irgendeinen Glauben gehabt hätte, dann wäre jetzt der Zeitpunkt für mich gewesen, Stoßgebete zu entsenden. Stattdessen lauschte ich dem Rauschen in meinen Ohren.

»Fuck!«, rief Sling auf einmal und erstarrte. Obwohl er nichts mehr an der Tür machte, öffnete sie sich. Na ja, öffnen ist untertrieben. Genau genommen wurde sie aufgerissen und der Alte von neulich hielt Sling eine Knarre an die Schläfe.

»Dit hab ick ma jedacht, dass ihr wiedakommt, ihr Vabrecher, ihr!«, schrie er.

Verdammt, der hatte uns auch noch erkannt. Bevor ich auch nur irgendwas denken konnte, rannte ich schon. Sorry, Sling. Ich merkte, wie irgendwas aus meiner Jackentasche segelte, aber es blieb keine Zeit, mich umzublicken. Weg. Nur weg. Der Alte brüllte herum und einzelne Wohnungstüren öffneten sich. Ich rannte, rannte, rannte. Hier ging es um mehr, als nicht geschnappt zu werden, hier ging es um die große Liebe. Ich stürmte aus der Haustür, Kevin hatte bereits den Motor angelassen und ich sprang ins Auto.

»Fahr los!«, keuchte ich.

»Wo ist Sling?«

»Verdammt, fahr los!«

Kevin starrte mich nur an.

»Scheiße, du sollst losfahren, hab ich gesagt!« Mir standen Schweißperlen auf der Stirn und ich rang nach Luft.

Zwar glotzte Kevin noch genauso verständnislos wie vorher, aber gottlob trat er endlich das Gaspedal durch und mit quietschenden Reifen fuhren wir los.

»Was ist denn nun mit Sling?«, fragte er noch einmal, aber anstatt ihm zu antworten, rief ich Romea an.

»Süße, wir müssen weg. Jetzt. In einer Stunde an der Tanke, schaffst du das?«

»Verdammt, Julian, was ist denn los?«

»Erzähl ich dir später. Was ist? Schaffst du es?«

Romea klang beunruhigt, aber sie sagte: »Ich versuch's. Bis gleich.«

Ich drückte das Gespräch weg und sagte zu Kevin: »Alter, die Sache ist so was von vor den Baum gegangen.« Und dann erzählte ich ihm alles. Er fluchte, ließ mich aber an der Tanke in Steglitz raus, ehe er die Stadt verließ.

Schon von Weitem sah ich Romea. Sie hatte lediglich einen mittelgroßen Wanderrucksack bei sich. Als ich näher kam, rannte sie auf mich zu und flog mir um den Hals, und ich wirbelte sie herum.

»Mann, bin ich froh, dass du hier bist!«, rief ich.

»Mensch, Raphop, du hast mir vielleicht einen Schrecken eingejagt. Was ist denn passiert? Ist was schiefgegangen?«

Ich nickte. »Schiefer geht gar nicht. Wir müssen sofort hier weg.«

Romea sah mich besorgt an und dann erzählte ich die ganze Scheiße noch einmal. Und als ich geendet hatte und Romea neben mir spürte, da kam ich so langsam wieder runter.

Eine Weile schwieg sie betreten, aber dann kam auf einmal Leben in sie. »Eigentlich ist es doch scheißegal. Wir wollten doch eh weg. Hey, dann hauen wir eben zwölf Stunden früher ab.« Sie strahlte mich an und tanzte von einem Bein aufs andere. »Jetzt geht's los, Julian. Die Zukunft hat eben angefangen. Ist das nicht groß?«

Durch Romeas gute Laune angesteckt, musste ich auf einmal grinsen. Sie hatte recht. Es war egal.

»Ja, das ist wirklich groß. Außer dir ist das das Größte, was ich jemals erlebt habe. Scheiß auf Berlin, scheiß auf den Herbst, scheiß auf die Vergangenheit!«

Romea zeigte der Stadt den Finger und sang »Ich will nicht nach Berlin« von Kraftklub und ich grölte mit.

In diesem Moment fuhr ein Brummifahrer an der Tanke vor. Romea stupste mich in die Seite. »Ich frag den jetzt, ob er in den Süden fährt.«

Kaum hatte sie das gesagt, stand sie schon an der Fahrertür. Ein Typ streckte den Kopf zum Fenster raus und als er Romea sah, ging ein breites Grinsen über sein Gesicht. Irgendwie konnte ich es gar nicht leiden, wenn irgendwelche Typen meine Freundin so ansmilten. Ich konnte nicht hören, was die beiden verhandelten, aber schließlich winkte mir Romea ganz aufgeregt zu und ich warf mir den Rucksack über die Schulter und ging zu ihnen.

»Barcelona«, sagte Romea. »Na, wie wär's? Der fährt echt durch bis Barcelona.«

Barcelona? Krass.

»Cool«, sagte ich und musste jetzt selbst grinsen.

»Na, dann hereinspaziert. Ich hab's eilig«, sagte der Typ.

Vorsichtshalber stieg ich als Erster ein, damit ich zwischen ihm und Romea saß und der Typ nicht irgendwann vielleicht auf die Idee kam, er könnte Romea als kleine Gegenleistung die Hand aufs Knie legen oder so.

Der Typ grinste uns breit an. »Na, ihr wollt wohl durchbrennen?«

»Nee, wir haben Urlaub«, log ich.

»Urlaub Anfang September? Na ja, ist mir auch egal. Ich bin jedenfalls der Jens. Ihr könnt auch Huerdling zu mir sagen.« Er deutete auf ein blinkendes, LED-umrahmtes Huerdling-Schild und lachte. »Ist mein Spitzname. Eigentlich heiße ich Huerdler, aber die Kollegen nennen mich nur Huerdling. Na ja, inzwischen hab ich mich dran gewöhnt.«

Und während er den schweren Motor startete, stellten wir uns vor.

»Danke, dass du uns mitnimmst«, sagte Romea.

Jens winkte ab. »Ach was, ich fahre die Strecke ja sowieso und bin froh, wenn mich jemand wach hält. Das ist ein Stress, sag ich euch. Wir müssen total auf Zeit fahren. Und dann sollen wir immer noch die Pausen einhalten.« Er lachte kurz auf und schüttelte den Kopf. »Das ist völlig unmöglich. Entweder sind wir ausgeschlafen oder zu spät.«

Nach einer kurzen Pause fragte er: »Und was habt ihr vor in Barcelona?«

Ich zuckte bloß mit den Schultern und Romea antwortete: »Nichts. Wir wollen einfach mal sehen, was kommt.«

Jens nickte anerkennend. »Ja, das ist immer die beste Art zu reisen. Sich einfach treiben lassen. Da erlebt man viel mehr, weil man dann für alles offen ist. Schade, dass das mit dem Trampen so aus der Mode gekommen ist. Ich mag das. Leute mitnehmen. Eigentlich darf ich das gar nicht, aber egal.«

Jens winkte ab und machte sich an seinem Autoradio zu schaffen, und während aus den Lautsprechern eine Metalband auf ihre Instrumente einknüppelte, verschwand hinter uns Berlin in einem nieseligen Grau, das einem November alle Ehre gemacht hätte. Goodbye, dirty old town.

Romea griff nach meiner Hand und in ihren Augen funkelte es. Wir dachten das Gleiche. Hier, irgendwo im Berliner Niemandsland, hatte sie begonnen. Unsere Zukunft. Alles konnte nur weniger grämlichgrau werden als Berlin. Überall war alles möglicher als dort.

Nach knapp zweitausend Kilometern und vierundzwanzig

Stunden Fahrt waren wir da. Jens ließ uns am Stadtrand raus.

»Kann leider nicht in die Stadt reinfahren, aber ich denke, den Rest schafft ihr schon. Na, dann habt mal schöne Flitterwochen!«

Wir bedankten uns und als er losfuhr, hupte er uns noch einmal kurz zu.

Tja. Und da waren wir. Mitten im Gewerbegebiet. Mitten in der Nacht. Und die Innenstadt war noch ganz schön weit weg. Aber wir hatten es geschafft. Ice und die Bullen und mein altes Leben waren fast zweitausend Kilometer weit weg. Ich sah Romea an und sie mich. Und dann küssten wir uns an diesem Ort, der die besten Voraussetzungen dazu hatte, einer der zehn hässlichsten der Welt zu sein.

Nach ungefähr tatsächlichen zwei und gefühlten zehn Stunden hatten wir es geschafft. Der Strand. Direkt unterhalb der Stadt. Wir ließen uns in den Sand fallen und machten uns über unsere letzten Vorräte her. Und ich schwöre, oller Dosenfisch hat mir noch nie so gut geschmeckt wie in diesem Moment.

Das Meer brandete an den Strand und zog sich zurück, brandete erneut an, nur um sich wieder zurückzuziehen. Immer und immer wieder. Der Puls des Meeres.

»Das ist fast wie in meinem Traum«, rief Romea, warf ihre Kleider von sich und stürmte ins Wasser, und ich – ich rannte hinterher. Eigentlich war es zu kalt zum Baden, aber uns, uns war nicht kalt. Über das Samtschwarz der Nacht breitete sich das tiefe Dunkelblau des ersten Morgens und in diesem Niemandsland zwischen Tag und Nacht liebten wir uns, als gäbe es kein Morgen mehr. Und als wir schließlich aus dem Wasser stiegen, da fühlten wir uns wie Götter einer neuen Welt, denn die Welt, die vor uns lag, die gehörte uns. Nur uns. Ganz allein.

Ich wurde erst wach, als mich etwas in die Seite stupste. Verwirrt schlug ich die Augen auf und dachte, dass ich nur träumte, dass ich aufwachte, und es dauerte eine ganze Weile, bis ich begriff, dass ich tatsächlich mit Romea am Strand lag. Die Sonne stand schon ziemlich hoch.

»Hast du denn keinen Hunger?«, fragte sie.

Ich lauschte auf meinen Bauch, in dem mein Gedärm ärgerlich grummelte.

»Doch. Ziemlich.«

»Na denn. Vamos!«, rief Romea.

Wir rafften unseren Kram zusammen und schlenderten den Strand entlang, bis wir ins Zentrum kamen und uns in einem der Cafés mit Strandblick niederließen.

»Ich geb einen aus«, sagte Romea und bestellte die halbe Karte rauf und runter.

Während wir über Churros und Crema Catalana herfielen, starrten wir aufs Meer.

»Das ist das Leben, oder? Ich meine, so, wie es sein sollte«, strahlte Romea.

Und ich, ich konnte gar nichts sagen, denn ich konnte überhaupt nicht glauben, dass das Leben so schön sein konnte und hatte Angst, dass ich jeden Moment aufwachen würde und zu Hause war und augenblicklich damit rechnen musste, dass mir Ice seine Jungs auf den Hals hetzte.

Als wir fertig gefrühstückt hatten und ich meine Morgenzigarette aufgeraucht hatte, stiefelten wir die Rambla hoch ins Barrio Gótico. Unglaublich, hier war wirklich alles alt, also, so richtig alt. Viele Gebäude hier hatten mehr als achthundert Jahre auf dem Buckel und sie standen noch immer. Und während wir staunend herumliefen und uns die Sonne angenehm warm, aber nicht heiß, ins Gesicht schien, machten wir immer mal wieder Abstecher in eines der zahllosen Cafés und ließen die Stadt und den Espresso auf uns wirken.

»Weißte was? Heute lassen wir es mal so richtig krachen. Wir gehen jetzt ins beste Hotel, das wir finden können. Am liebsten mit Meerblick. Ich hab dringend eine Dusche nötig«, sagte Romea auf einmal.

»Aber es gibt bestimmt auch im Hostel eine Dusche«, warf ich ein.

»Na und? Aber mir ist heute danach. Ein Mal noch den puren Luxus und dann steigen wir endgültig aus.«

Und dann checkten wir im Fünfsternehotel ein, in der Suite ganz oben mit Blick aufs Meer und ganz Barcelona.

»Hast du den Blick von der Ollen gesehen?«, fragte ich Romea, als wir unsere Suite bezogen hatten.

»Tja, das hätte sie uns nicht zugetraut, dass wir uns die Bude leisten können und sofort und in bar bezahlen«, lachte Romea.

»Übrigens, Süße, ich bin jetzt dein Erziehungsberechtigter«, grinste ich.

»Na, so weit kommt's noch!« Romea knuffte mir in den Arm.

»Aber ohne mich hättense dir das Zimmer gar nicht gegeben.«

»Ja, ja, komm mal wieder runter. In anderthalb Jahren bin ich auch achtzehn.«

Damit verschwand sie in der Dusche und als sie wieder herauskam, ließ es sich nicht vermeiden, noch einmal übereinander herzufallen. Als wir nebeneinander lagen und vom Bett aus aufs Meer starrten, sagte ich: »Ganz schön dekadent, was wir gerade machen. Aber irgendwie hat es was, oder?«

»Vielleicht sollten wir doch lieber eine Bank überfallen, statt auszusteigen«, feixte Romea.

Als es dunkel wurde, erhoben wir uns noch einmal von unserem Lager und machten uns in der Luxusbadewanne breit, ehe wir uns ins Nachtleben stürzten.

Kurz bevor wir den Club betraten, hielt ich Romea meine Pillensammlung hin, die ich Ice unterschlagen hatte.

»Willste auch eine?«, fragte ich sie.

»Bist du bescheuert?« Romea funkelte mich wütend an. »Wenn dich einer erwischt hätte!«

»Hat aber keiner«, sagte ich.

»Das Zeug ist doch scheiße!«, protestierte sie.

»Ja. Aber es macht Spaß. Und wenn schon dekadent, dann richtig, oder?«

Sie seufzte. »Also los, gib schon her!«

Und dann stürzten wir uns ins Gewühl. Ich kann mich nur noch an stroboskopierte Regenbogenreflexe erinnern und dass ich jedes Mal, wenn wir eine kleine Pause beim Tanzen machten, am Tresen stand, um irgendwann dann schon lallend noch einen Tequila zu bestellen und noch einen. Echt, die Nacht verrauschte. Im wahrsten Sinn verrauschte sie. Und dann zog ich Romea einfach an mich und sagte: »Hey, Süße! Ich hätte nie gedacht, dass ich so glücklich sein kann.«

»Ich liebe dich«, sagte sie.

Und es hätte alles so schön bleiben können, wenn ich Vollidiot nicht an der Bar hätte angeben müssen. Ich war schon ziemlich betrunken und fuhr ohnehin inzwischen einen schrägen Film, was scheinbar nicht zu übersehen gewesen war.

»Hey, so wie du drauf bist, hätte ich auch gerne das genommen wie du«, sagte ein Typ in gebrochenem Englisch zu mir.

Und weil ich so glücklich war, hatte ich meine Spendierhosen an und genau deshalb schenkte ich dem Typen eine von den Pillen. Und wenn ich nicht so rotzbesoffen gewesen wäre, dann hätte ich das vielleicht nicht getan. Oder vielleicht hätte ich es doch getan bis hierhin, aber das, was dann kam, hätte ich weggelassen, denn der Typ fragte mich, ob ich ihm noch was für seine Kumpels verkaufen könnte, und der König aller Vollidioten verkaufte. Und das, genau das, war der Punkt gewesen, an dem es schlecht war, dass ich so rotzbesoffen war, denn wenn ich es nicht gewesen wäre, dann wäre mir möglicherweise aufgefallen, dass an dem Typen irgendetwas faul war und dass das Faule an ihm daher kam, dass es ein Zivilfahnder war. Und wenn es nicht ich gewesen wäre, hätte es mich sehr amüsiert, dass man so ein Vollpfosten sein konnte und sich selbst ans Messer lieferte, noch dazu, wo man in Deutschland vermutlich schon gesucht wurde und einem im Treppenhaus des Tatorts auch noch ein verräterischer Zettel aus der Jackentasche gefallen war.

Tja, was soll ich sagen? Damit waren unsere Flitterwochen auf einen Schlag zu Ende. Der Typ verständigte seine Kollegen. Romea sah mich fassungslos an, ich wurde abgeführt und sie musste die Suite nun allein bewohnen. Und ich an ihrer Stelle hätte mir sofort einen der knackigen Spanier geschnappt, die ohnehin schon den ganzen Abend um sie herumgebalzt hatten, wenn ich Tequila geholt hatte, und hätte ihn mit aufs Zimmer oder gleich ganz mit in mein Leben genommen. Denn ein solches Arschloch wie Julian Engelmann gab es nur ein einziges Mal auf dieser Welt.

IV

»Ein Käfig ging einen Vogel suchen.«

Franz Kafka, Aphorismen 16

Damit war das Abenteuer zu Ende. Alles war zu Ende. Ich hatte es wie immer korrekt verkackt. Der Wagen stand schon vor dem Club und einer der Bullen stieß mich auf den Rücksitz. Romea stand draußen und starrte mich entgeistert an. Ja, Süße. Ich weiß. Ich bin ein Arschloch.

Als der Wagen losfuhr, geriet ich in Panik und am liebsten wäre ich rausgesprungen, denn ich hatte Romea noch so viel zu sagen. Doch das war nun zu spät.

Als wir im Präsidium ankamen, wurden alle meine Sachen durchsucht inklusive mir und aller meiner Körperöffnungen. Dann kam ich in eine Einzelzelle. Ab und zu schaute einer der Beamten durch die kleine Klappe in der Tür und sprach mit mir, aber ich verstand nur Bahnhof. Und nach ein paar Tagen wurde ich nach Deutschland gebracht und landete direkt in U-Haft, denn man hatte bereits nach mir gesucht und man hatte auch ganz genau gewusst, wen man suchen musste, denn a) hatte Sling gequatscht und b) hatte ein gewisser Julian Engelmann seinen Schülerausweis bei der versuchten Ausübung eines Verbrechens, genauer gesagt, Beihilfe zum Einbruch, verloren.

Ich hatte noch Gelegenheit, eine Person meines Vertrauens zu benachrichtigen. Also rief ich Romea an.

»Hi, Süße! Ich bin's. Wo bist du?«

»Zurück im Kerker«, sagte sie.

Obwohl mir gar nicht danach war, musste ich grinsen. »Dito.«

»Verdammt. Ich vermiss dich schon jetzt so.« Sie rang nach Luft. »Ich ... ich weiß nicht, wie ich ohne dich weitermachen soll«, presste sie noch hervor. »Sie haben dich hoffentlich nach Berlin verlegt?«

Mist! So, wie sie klang, verschwanden ihre Augäpfel gerade hinter zwei dicken Linsen aus Tränen.

»Ja, ich bin wieder hier. Hey, Süße, es ist ja nicht für immer«, sagte ich und dachte: Gehen Sie in das Gefängnis. Gehen Sie direkt dorthin. Gehen Sie nicht über Los und ziehen Sie keine viertausend Euro ein!

»Julian?«

»Ja?«

»Ohne dich will ich nicht mehr leben.«

Ich geriet in Panik. »Hey, bitte mach keinen Scheiß!«, flehte ich sie an. Eine Woge aus purem Hass, Hass gegen mich, Hass gegen den lahmen Tom und meine flüchtige Mutsch flutete in mir an und brach sich zwischen meinen Synapsen.

»Bitte sag das nicht. Du *musst* ohne mich leben. Eine Weile.« Was brabbelte ich da eigentlich? »Süße?«

»Ja?«

»Vergiss mich einfach«, sagte ich.

Und dann stand ich vor dem Telefon und starrte auf den Hörer, den ich eben aufgelegt hatte. Irgendwas in mir zog sich zusammen und versuchte mich in sich hineinzusaugen. Julian Engelmann verdichtet zu einer Handvoll Schmerz mit einer aberwitzig hohen Pulsfrequenz.

Vor lauter Puls hatte ich gar nicht gehört, dass der Beamte, der sich in einiger Entfernung postiert hatte, sich näherte und mich am Oberarm anfasste. Ich zuckte zusammen und ließ mich willenlos in meine Zelle führen.

Tja, und dann saß ich also ein. Und das war richtig beschissen, obwohl alle so taten, als wäre es gut möglich, dass alles ein großer Irrtum sein könnte. Ich war jetzt so eine Art »Bürger im Knast« und wir alle spielten Theater. Ich spielte den Unschuldigen und die Beamten, der Anstaltsleiter und die Bediensteten, die alle heilige Zeit mal in meiner Zelle vorbeikamen, spielten, dass sie mir meine Unschuld glaubten. Unser Umgang war höflich, aber verlogen. Anders als der Umgang mit Ice und seinen Leuten, während dem die Drohungen immer ganz klar und riesengroß im Raum standen, und wenn man nicht spurte, konnte man plötzlich eine Faust mitten im Gesicht haben.

Abgesehen vom Personal bekam ich selten jemanden zu Gesicht. Ich hatte eine Einzelzelle, die mir Tag für Tag immer mehr wie eine einsame Insel vorkam. Eine Insel, die so klein war, dass all die verurteilten Strafgefangenen wie winzige Schiffe auf einem riesigen Ozean in der Ferne an meiner Zelle vorbeitrieben. Ich sah sie durch mein kleines vergittertes Fenster, das zum Hof hinausging, wenn sie zur Arbeit gingen und zurückkamen, wenn sie ihre Stunde im Freien verbrachten oder wenn sie zum Gottesdienst gingen oder zum Arzt. Je länger mein Aufenthalt dauerte, desto intensiver beobachtete ich sie, und sie, sie wussten vermutlich noch nicht einmal, dass es mich überhaupt gab.

Nach zwei Monaten sehnte ich mich fast danach, endlich verurteilt zu werden, nur damit ich langsam wieder unter Menschen kam. Tag für Tag harrte ich darauf, dass ich zur Vernehmung oder zum Arzt ausgeführt wurde. Nur damit ich mal mit jemandem reden konnte. Mein normales Leben löste sich langsam, ganz langsam, Stückchen für Stückchen auf. Wahrscheinlich war meine Wohnung längst gekündigt und Romea hatte mich verlassen. Hoffentlich hatte sie das. Ich wünschte es mir so dringend, dass sie mich verlassen hatte und gleichzeitig fürchtete ich nichts mehr, als dass sie es getan hatte, und ich hasste rein prophylaktisch alles, was männlich und nun möglicherweise mit ihr, mit meinem Seeungeheuer, zusammen war.

Es wurde zur Obsession. Nach und nach wurde es das. Und ich konnte irgendwann gar nichts anderes mehr denken. Vielleicht hatte es sogar was Gutes. Ohne meinen Wahn hätte ich mich höchstwahrscheinlich zu Tode gelangweilt. Als U-Häftling durfte ich nicht arbeiten. Zwar hätte ich eine Glotze aufstellen dürfen, aber ich hatte gar keine. Aus lauter Verzweiflung wühlte ich mich durch die Knastbib und begann, wie ein Irrer zu lesen.

Nur mit anderen Untersuchungsgefangenen kam ich gelegentlich in Kontakt und einer von ihnen erzählte mir, dass wir auch in den Gottesdienst gehen konnten. Was, zur Hölle, sollte ich denn bitte schön im Gottesdienst? Ich war so gut wie nie in die Kirche gegangen. Vielleicht als Kind ab und zu. Weihnachten und Ostern. Mit Mutsch. Ich glaubte ja noch nicht mal an irgend so was wie Gott. Wie sollte man auch an einen guten Gott glauben, wenn die eigene Mutter mit dem Teufel höchstselbst durchgebrannt war, der Vater in einer dunklen und kalten Wohnung einen schwarzen Bildschirm anstarrte und man selbst alles, wirklich alles, das zu nah an einem dran war, in Scheiße verwandelte? In diesem Sinn: Fuck you, god!

Ich weiß gar nicht mehr, wie ich die Zeit bis zur Verhandlung im Einzelnen herumgebracht habe. Irgendwann hatte mir einer der anderen U-Häftlinge beim Freigang im Hof gesteckt, dass ich einen Antrag auf Besuchserlaubnis stellen konnte. Schriftlich. Dann könnte ich alle vierzehn Tage eine halbe Stunde mit jemandem von draußen reden. Zuerst war ich ganz aufgeregt und hatte mich wie ein Irrer über diese Information gefreut, doch je länger ich die Beantragung vor mir herschob, desto weniger wollte ich sie haben. Wer sollte mich schon besuchen? Mutsch? Damit sie mit eigenen Augen sehen konnte, dass ihre Prophezeiung tatsächlich eingetreten war?

Tom? Tom könnte sich ja noch nicht mal die Fahrkarte bis hier raus leisten. Außerdem verließ er die Wohnung ohnehin nur äußerst widerwillig und dann auch nur, wenn er Bier und Schnaps brauchte.

Romea? Verdammt, Romea wollte ich wirklich sehen. Unglaublich, wie sehr man einen Menschen vermissen konnte, den man gerade mal ein gutes halbes Jahr kannte. Aber ich wollte, dass ich Romea nicht sehen wollte, und ich wollte, dass sie mich nicht mehr sehen wollte. Nein, das ist alles gelogen. Das Einzige, was ich wirklich wollte, war, sie zu sehen. Zu berühren. Mich mit ihr in allen schlingpflanzengrünen Gewässern zu verwirbeln, von mir aus auch ein bekloppter Fischmann zu werden. Aber das Allerbeste wäre, einfach mit ihr abzuhauen und diesmal ohne dass ich es wieder so fett vermasselte. Und dass ich das alles wollte, bewies, dass ich ein egomanisches Arschloch war und nicht der Gentleman, der sich diskret entfernt, bevor er andere in seine Scheiße mit hineinzieht.

Und weil ich im Falle Romeas doch lieber Gentleman war, zerriss ich das Besuchsformular und versuchte stattdessen, Romea aus dem Kopf zu zeichnen, denn das Handy hatten sie mir ja abgenommen. Tag für Tag für Tag kritzelte ich stundenlang auf jedem Stück Papier, dessen ich habhaft werden konnte und hoffte, dass das, was ich da erzeugte, irgendwie wie Romea aussehen würde. Und Abend für Abend für Abend warf ich meine Werke in den Mülleimer, nur um am nächsten Tag aufs Neue mit meinen Kritzeleien weiterzumachen.

Immerhin – meine Romea-Versuche sahen ihr jeden Tag ein wenig ähnlicher.

Und dann. Die Verhandlung. Endlich. Beinahe freute ich mich darauf. In letzter Zeit kam mein Strafverteidiger immer öfter und hinterließ mir einen Haufen Papier, unter anderem Anklageschrift und Eröffnungsbeschluss. Ich sollte mir etwas Schlaues zu meiner Verteidigung überlegen, damit mein Anwalt eine Strategie aushecken konnte. Ich war nicht sehr kooperativ. Die letzte Romea-Version erschien mir geglückt. Ich hängte sie über mein Bett und seitdem lag ich nur noch apathisch im Bett. Mir war gerade echt alles scheißegal. Warum sollte ich mich verteidigen? Ich war schuldig. Ich wollte schon lange nicht mehr der pseudocoole Gangsta sein, aber ich war schon zu tief drin. Und wenn ich wieder rauskäme, würde alles an dem Punkt weitergehen, an dem sie mich gefasst hatten. Endlosschleife. The point of the return to no return. Endless rerun of my past. Ich wollte nur eines – zu Romea. Oder sterben.

Irgendwann hatte es mein Anwalt aufgegeben, mich mit einzubeziehen und seine Strategie alleine entwickelt. Und dann die Verhandlung. Zeugenbefragung. Sling verpfiff mich noch einmal. Blablablabla.

Und dann ging die Tür auf und mir blieb fast das Herz stehen. Romea wurde in den Zeugenstand gerufen. Sie sagte, dass sie nichts wüsste und sich auch im Leben nicht vorstellen könnte, dass ich jemals etwas Derartiges getan hätte. Und damals in Barcelona – daran könne sie sich nicht erinnern, weil sie viel zu betrunken gewesen sei. Sie warf mir einen Blick zu. Ihre Iris schienen zu flackern.

Aufmunternd. Und mir war … Jedenfalls konnte ich dann dem Rest meiner Verhandlung erst recht nicht mehr so richtig folgen.

»Bekennen Sie sich schuldig … blablabla?«

Ich: »Ja.«

Augenrollen meines Verteidigers.

»Da der Beklagte bisher ohne Vorstrafen ist und seine Schuld eingesteht, wirkt sich dies strafmildernd aus. Aus diesen Gründen verurteile ich Julian Engelmann hiermit zu einer Freiheitsstrafe von einem Jahr wegen versuchten Einbruchs und Verstoßes gegen das BTM. Es besteht die Option einer vorzeitigen Aussetzung der Reststrafe zur Bewährung.«

Halleluja. Drei Monate hatte ich ja schon in U-Haft abgesessen, sodass dieser Urteilsspruch letztlich nur noch drei weitere Monate Knast bedeutete. Das klingt jetzt pervers, aber ich war irgendwie froh, nicht gleich wieder in die Freiheit zu müssen, denn ich hatte keine Ahnung, wie ich draußen anders hätte klarkommen können als bisher. Aber irgendwas musste sich ändern und drei Monate waren genug Zeit, um sich zu überlegen, was.

Zum Überlegen kam ich aber gar nicht. Ich wurde in eine Zweimannzelle verlegt und geriet in einen Sog. Nie hätte ich gedacht, dass so etwas passieren konnte. Ausgerechnet im Knast. Natürlich nicht sofort, aber nach und nach geriet ich in einen Sog, der alles ändern sollte. Der größte Sog meines Lebens.

Als der Wärter die Tür aufschloss, sah ich einen Typen, der auf einem kleinen Teppich auf den Knien hockte und seinen Oberkörper weit nach vorne gebeugt hatte.

»Hi!«, sagte ich.

Der Kerl reagierte nicht. Irgendwann erhob er sich. Seinen Blick hatte er in eine unbestimmte Leere gerichtet. Aber gleich darauf begab er sich wieder auf die Knie, verharrte kurz, nur um dann seinen Oberkörper erneut nach vorne zu beugen.

Ich zuckte mit den Schultern und packte meine wenigen Habseligkeiten aus. Zuletzt pinnte ich vorsichtig die Zeichnung über das Fußende des unbenutzt aussehenden Bettes und versank in Romeas Anblick. Ich hätte nach der Verhandlung so gerne mit ihr gesprochen. In mir rumorte es. Mein Magen krampfte sich zusammen, bis mir die Luft wegblieb und ein gewaltiger Schmerz in mir anflutete, eine Woge baute sich vor mir auf, schlug über mir zusammen und riss mich einfach mit. Ich schnappte nach Luft.

»...kum.«

Ich zuckte zusammen. Der Typ hatte mir leicht auf die Schulter getippt und sagte: »As-salamu aleikum.«

Ich starrte ihn an.

»Mein Name ist Murat«, fügte er hinzu.

Endlich war ich raus aus meinem Film und riss mich zusammen. »Hi, ich bin Julian«, sagte ich und hielt ihm die Hand hin.

Murat blickte auf meine ausgestreckte Pfote, nahm sie aber nicht.

Dann halt nicht, Arschloch, dachte ich, ließ meine Hand wieder sinken und legte mich so aufs Bett, dass ich Murat nicht anschauen musste. Verdammt, warum durfte man hier keinen Laptop oder wenigstens einen MP3-Player haben? Gerade kamen mir drei Monate verdammt lang vor. Ohne Musik zu hören und zu machen und dann noch eingesperrt mit diesem Vollpfosten. Wie sollte ich nur über neunzig Tage mit diesem Bekloppten verbringen, ohne dauerhaft Schaden zu nehmen? Der hatte ja wohl voll einen an der Waffel. Ich hatte mal irgendwo gelesen, dass Menschen und Tiere, wenn man sie zu lange einsperrt, völlig spacige Verhaltensweisen entwickeln. Was für Störungen ich wohl bekommen würde? Plötzlich vermisste ich meine Einzelzelle, aus der ich mich vorgestern noch so dringend weggewünscht hatte.

Und dann begann eine echte Höllenzeit. Der Tag bestand aus Routinen. Immer und immer das Gleiche. Nicht dass das in der U-Haft so anders gewesen wäre, aber ich hatte dort viel Zeit zum Nachdenken gehabt, aber nun musste ich regelmäßig in der Holzwerkstatt arbeiten. Eigentlich kam ich immer erst abends dazu, darüber nachzudenken, wie ich mein Leben nach dem Knast führen könnte, aber dann war da immer diese Murat-Präsenz und die hatte nichts anderes zu tun, als wirklich jede freie Minute seine Nase in den Koran zu stecken und immer und immer wieder seine dämlichen Rituale zu vollziehen und ich konnte sicher sein, dass jedes Mal, wenn ich in unser kleines Bad aufs Klo musste, Murat gerade eine seiner gefühlt zehntausend Waschungen vollzog und sich dafür alle Zeit der Welt nahm.

Wir sprachen kaum miteinander. Dass er meine Hand nicht ergriffen hatte, das nahm ich ihm übel. Außerdem konnte ich mir auch kein Thema vorstellen, über das ich mit ihm hätte reden können. Ich versuchte, ihn einfach zu ignorieren, aber seine Frömmelei ging mir auf den Keks. Nein, mehr als das. Es zermürbte mich. Murat schien genau zu wissen, was er tat und was er wollte und damit störte er meine Suche nach dem Ausweg aus all meiner Beschissenheit. Murat war für mich wie so eine Art Gestank, den man nicht loswurde. Ich konnte mich einfach nicht konzentrieren, wenn er da war. Und Murat war immer da. Auf seine stumme, überhebliche Art war er da und ich, ich musste ihn ständig beobachten. Das war echt zwanghaft. Er war die pure Provokation. Wir hatten keinen Fernseher, kein Radio, wirklich nichts, was mich ablenken konnte, in der Zelle. Ich hatte nur Murat. Und ich musste ihm zusehen, obwohl er immer und immer dasselbe tat. Nicht mal lesen konnte ich, weil mich das Rascheln des Koranpapiers nervte, weil es mich anödete, wenn der kleine Teppich ein schleifendes Geräusch auf dem Fußboden erzeugte, wenn Murat sich hinkniete. Und wenn er wieder aufstand, schleifte der Teppich wieder. Und wenn ich Sit-ups machte und Liegestütze, um hier körperlich nicht vollkommen vor die Hunde zu gehen, dann starrte *er* mich an. Vollkommen unverwandt. Wie eine Schlange oder ein Krokodil. Murat war ein Folterinstrument. Ein Fleisch gewordener Albtraum. Selbstgerecht und präzise wie ein Schweizer Uhrwerk. Und eines Tages war Murat auch noch in meinen Träumen. Er verfolgte mich. Und er quälte mich im Traum weiter. Murat war alles, was ich nicht war. Murat hatte einen Plan und ich, ich hatte nichts.

Es war unverkennbar – ich wurde verrückt und Murat tickte gelassen weiter. Er war der Zünder und ich die Zeitbombe.

Mein einziger Halt war die Zeichnung. Ich fixierte sie und starrte und starrte, bis Murat immer unwichtiger wurde und ich in grüngelbgoldenen Tiefen verschwand. Ich tauchte hinunter zu Romea, die einen Hofstaat aus Fischen um sich herum hatte, und ich umklammerte ihre Schwanzflosse und flehte: »Hol mich hier raus, Süße! Bitte hol mich hier raus!«

Und Romea erhob sich und umarmte mich. »Natürlich hole ich dich da raus. Aber zuerst musst du mich rufen.«

Das Grüngelbgold löste sich auf zugunsten einer weißen Wand und einer Schwarz-Weiß-Zeichnung und des Geräuschs eines schleifenden Teppichs.

Ich hätte Murat erschlagen können.

Und noch am gleichen Tag brach ich meinen Vorsatz, dass ich Romea nicht mehr sehen wollte, und stellte einen Antrag auf Besuchserlaubnis. Zweimal eine halbe Stunde pro Monat stand mir zu. Ich vermerkte Romea Achenbach und, wo ich gerade dabei war, auch Tom, obwohl ich nicht recht daran glaubte, dass er sich aufraffen würde. Und damit begann das große Warten. Auf Romea, natürlich. Tom würde ja sowieso nicht kommen und außerdem hatte ich ihn zu einem Besuchstermin eingeladen, der vierzehn Tage nach Romeas lag …

Das war's dann. Aus dem Himmel rausgeschmissen. Ohne Rückfahrschein. Shit!

Julian wurde gleich vor dem Club in einen Polizeiwagen gestoßen. Apathisch ließ er sich das gefallen und senkte den Kopf. Aber dann, als das Auto losfuhr, warf er mir noch einen langen, verzweifelten Blick zu. Er war das reinste Elend. Irgendwas ächzte und zuckte ganz abscheulich in mir und ich musste mir auf die Lippen beißen, bis sie bluteten, um nicht zu heulen. Ich versuchte, Julian tief in die Augen zu sehen und hoffte, dass er in ihnen lesen konnte, dass er für alles nichts konnte. Shit happens. So sieht es nun mal aus. Und diesmal waren eben wir dran.

Mich behielt die Polizei auch gleich ein. Ich musste einen Drogentest machen und der war natürlich positiv. Dann wurden meine Eltern verständigt und damit war die Flucht endgültig vorbei.

Als ich am nächsten Tag in der Eingangshalle des Flughafens Ma und Pa mit ihren Betroffenheits-Gesichtern warten sah, beneidete ich Julian fast, dass er in den Knast eingefahren war.

Wortlos wurde ich in die Elternkarosse geschoben und genauso wortlos stieg ich ein. Enttäuschung und Bitternis hatten sich zu einem giftigen Psychogas verbunden, an dem wir unbedingt alle ersticken mussten. Hach, was waren sie tief verletzt. Wie hatte ich ihnen das nur antun können? Und jetzt war ihre Tochter in ihren Augen auch noch eine Drogenabhängige. Nur, weil ich *ein Mal* ein paar Pillen geschmissen hatte.

Wir schwiegen uns an. Nur Theresas Augen blitzten voller Neugier, aber sie war klug genug, zu schweigen, bis wir nach Hause kamen. Während der Fahrt griff sie nach meiner Hand und ich drückte sie. Na klar, ich würde ihr alles haarklein erzählen. Später. Wenn ich mich wieder etwas beruhigt haben würde.

Jetzt war es amtlich. Ich war mit einem Kriminellen zusammen. Halt nicht meine Liga. Und jetzt auch noch Drogen. Das war meinen Eltern ja schon immer klar gewesen. Dieser Typ würde ihre Tochter mit in die Gosse reißen.

»Ich frage mich, was wir nur falsch gemacht haben«, fing Ma an.

Das war auch klar. Genau das musste natürlich kommen. »Wieso?«, fragte ich.

»Wie konntest du uns das nur antun?« Pa hatte sich vorwurfsvoll umgedreht.

Da war es ja schon. Bingo! Warum fragten sie mich eigentlich nicht, warum *ich* gemacht hatte, was ich gemacht hatte? Wieso mussten sie immer alles auf sich beziehen, dachte ich. »Ich habe euch überhaupt nichts *angetan*. Ich habe lediglich beschlossen, mit meinem Freund ein neues Leben anzufangen«, fauchte ich.

Ma fuhr. Und sie war so was von not amused, als sie rief: »Sag mal, spinnst du? Du bist sechzehn. Du kannst nicht jetzt schon einfach so ein neues Leben anfangen!«

Ich sah zum Fenster hinaus. Es regnete und Berlins Vororte verschlierten zu irgendetwas Graubraunanthrazit-Hässlichem, das kaum auszuhalten war, zumal, wenn man noch zwei Tage vorher am Meer und unter Palmen gesessen hatte.

»Blablablabla?«, fragte Pa, aber ich war weg. So was von weg. Selbst wenn ich es gewollt hätte, ich hätte ihm jetzt nichts antworten können. Alles perlte ab an mir, alles, außer Julians Verzweiflung.

Ich war froh, als wir zu Hause waren und verkroch mich in meinem Zimmer.

Ein paar Tage später rief Julian an. Ich freute mich so, seine Stimme zu hören, aber er sagte, ich solle ihn vergessen und dann legte er einfach auf. Toll. Danke. Was war das denn für eine Nummer gewesen? Ich hätte gern geheult, aber ich war wie versteinert. Blitzversteinert. Vielleicht sollte ich ihn wirklich vergessen.

Der Rest des Tages war grässlich. Noch grässlicher als die ganze letzte Zeit. Was hatte ich ihm eigentlich getan, dass er so mit mir umging? Das geisterte mir die ganze Nacht durch den Kopf. Ich versuchte zu schlafen, aber es ging einfach nicht. Stunde um Stunde um Stunde lag ich wach und grübelte. Das mit dem Vergessen, das konnte er wohl nicht ernst meinen.

Und irgendwann kehrte ich verstört in meinen Meerespalast zurück. Aber selbst dort sehnte ich mich nach Julian, diesem Wesen aus einer anderen Welt. Ich war wieder in meinem Nixenleben, in dem die Zeit anders lief als in meiner Romea-Existenz und in der die wichtigen Dinge sichtbarer waren, weil man sie durch das riesige Brennglas des Ozeans betrachten konnte. Meertag für Meertag wurde dieses nagende Gefühl, das sich Sehnsucht nennt, immer schlimmer und ich fühlte mich immer fremder in meiner eigenen Welt und irgendwann war es schließlich so schlimm geworden, dass ich …

Und genau da wachte ich auf. Da war er wieder, dieser Meerestraum und Julian war zu einem untrennbaren Bestandteil davon geworden. Ihn vergessen? Das konnte er vergessen. Noch vor der Schule versuchte ich, ihn im Knast anzurufen. Nicht dass ich große Hoffnung gehabt hatte, wirklich mit ihm sprechen zu dürfen. Und natürlich durfte ich es nicht. Sprechen mit ihm. Aber so konnte ich mich wenigstens der Illusion hingeben, irgendetwas getan zu haben. Dann rief ich bei Julians Vermieter an und ließ mir die Kontonummer geben. Mehr, als seine Miete zu übernehmen, konnte ich im Moment nicht tun.

Und nun? Nun litt ich. Dieses Arschloch. Was sollte das? Hatte er sich von mir getrennt? Und warum?

Und dann nebenbei auch noch ständig diese Ausquetscherei. Ob ich schon öfter Drogen genommen hatte und warum, um Gottes willen, ich es getan hatte? Und ob ich mir nicht einen anderen Freund suchen konnte? Und verdammt, ich wusste ja selbst nicht, ob ich überhaupt noch einen Freund hatte.

Und ich hätte jeden Tag einfach nur schreien können. Schreien. Schreien. Schreien. Ich hatte an der Freiheit geleckt und saß nun wieder im goldenen Käfig, nein, in der goldenen Kuckucksuhr. Ticktackticktack. Karriere, Aufstieg, Bildung. Mehr. Mehr. Mehr.

Und ich fragte mich echt, wie man das jetzt wieder ertragen sollte, nachdem man ein Mal, und wenn es auch nur zwei Tage gewesen waren, seinen Fuß ins Paradies gesetzt hatte.

Aber irgendwann hörte sie dann endlich auf, diese endlose Fragerei. Und zum ersten Mal war ich wirklich froh, dass meine Eltern solche Workaholics waren. Und wenn sie dann doch mal zu Hause waren, dann herrschte Eiszeit. Auch gut. Ich hatte ohnehin viel zu viel damit zu tun, mit allem fertigzuwerden.

Das Schlimmste war, dass Julian sich nicht meldete. Jeder Tag ein verlorener. Wie konnte man jemanden, den man gerade mal ein gutes halbes Jahr kannte, so vermissen? Wie konnte er so wichtig werden, dass man sich Tag für Tag vorkam, als sei man an einen Stundenzeiger gekreuzigt worden, der sich einfach nicht bewegen wollte? Ich ging wieder zur Schule, ich hatte ja auch nicht mal eine Woche gefehlt, zwang mich zum Kickboxen, trieb mich am Tegeler See herum, um ins Wasser zu starren und Julian herbeizuwünschen. Eine Finsternis war heraufgezogen in mir und ich torkelte durch meinen Alltag wie durch einen Albtraum. Nein, anders. Der Alltag war irgendwie nicht real und dahinter, ja, dahinter lag der eigentliche Albtraum, der so verdammt wirklich war.

Drei Monate waren vergangen und Julian hatte sich noch immer nicht gemeldet. Ich konnte schon gar nicht mehr richtig denken aus Angst, dass irgendetwas Schreckliches passiert war. War es möglich, dass er etwas so Großes einfach klammheimlich beendet hatte, ohne mir das deutlich mitzuteilen? Vergiss mich. Vergiss mich. Nein, das ging nicht. Und verdammt, das musste er doch wissen, dass das nicht ging. Er wollte doch gar nicht, dass ich ihn vergaß. Oder doch?

Und dann die Zeugenaussage vor Gericht. Dachten die ernsthaft, ich würde gegen meinen Freund aussagen? Ich versuchte, Julian so eine Art aufmunternden Blick zuzuwerfen, aber sein Blick streifte mich nur kurz, wie zufällig und den Rest der Verhandlung stierte er stur auf seine Fußspitzen.

Danach hatte ich jede Hoffnung verloren.

Ab und zu fing ich einen elterlichen Besorgnisblick auf, aber sie fragten nicht mehr nach. Außerdem – die Gefahr war ja gut verwahrt im Knast.

»Wirst du bald sterben?«, fragte mich Theresa eines Tages.

»Sterben? Ich? Wie kommst du denn darauf?« Verwundert sah ich meine kleine Schwester an.

»Na, weil du immer so traurig bist«, sagte sie.

Ich musste lächeln und nahm Theresa in die Arme. »Da mach dir mal keine Sorgen. Deine große Schwester ist zäh.«

»Dann ist ja gut.« Sie lächelte und kramte ein Päckchen aus ihrer Hosentasche. »Da. Für dich. Damit du nicht mehr so traurig bist.«

Ich sah hinein. Eine Schneekugel, in der eine Nixe auf einer Muschel saß. Und wenn man die Kugel schüttelte, dann gerieten Dutzende bunter Fische in Bewegung und glitten um die Figur herum, um nach einer Weile als bunter Haufen auf den Grund zu sinken.

»Theresa ...!« Mehr bekam ich gerade nicht raus. Ich drückte sie noch einmal fest. »Danke. Sie ist wunderschön.«

Und dann, eines Tages, geschah das Unfassliche. Der Stundenzeiger fing wieder an, sich zu bewegen und zwar genau in dem Moment, als Pa eines Samstags einen Brief in Amtsgrau vor mich auf den Tisch legte.

»Lebenszeichen aus dem Land der schwedischen Gardinen«, sagte er.

»Ha. Ha. Ha«, sagte ich. »Was habe ich nur für einen witzigen Vater.«

Ich griff mit zittrigen Fingern unter dem Neugierig-hinter-einem-stehen-Blick meines Vaters nach dem Brief und stand auf.

»Du brauchst gar nicht daran zu denken, dass ich dir

den jetzt vorlese«, zischte ich und schloss mich in meinem Zimmer ein. Tatsächlich, der Brief war aus dem Knast. Mein Herz hüpfte und ich bekam vor Aufregung kaum Luft. Dann riss ich das Kuvert auf und war enttäuscht. Kein Liebesbrief von Julian, sondern nur ein förmliches Anschreiben, dass ich nächste Woche Mittwoch von sechzehn bis sechzehn Uhr dreißig die Erlaubnis hatte, Herrn Julian Engelmann für dreißig Minuten zu besuchen. Mir sackten die Beine weg, ich sank aufs Bett und heulte und konnte auch gar nicht mehr aufhören zu heulen.

Bis der Mittwoch endlich herangekrochen kam, befand ich mich im emotionalen Schleudergang. Freute mich. Fürchtete mich. Hoffte. Hoffte nicht.

Und dann stand ich selbst im Knast. Wurde abgetastet, durchsucht, alles, auch meine Tasche. Fehlte nur noch, dass sie mir den Finger in den Hintern steckten. Irgendwie fühlte man sich hier sofort schmutzig und prophylaktisch schuldig.

Ich war ein wenig früher gekommen und saß nun apathisch vor der Trennscheibe und beobachtete den Beamten, der auf und ab und ab und auf lief. Ich war der pure Fatalismus. Schicksalsergeben wie eine Hindukuh. Ich konnte jetzt ohnehin nichts mehr ändern. Gar nichts.

Und dann, dann sah ich ihn. Julian, ein Häufchen Elend. Unsicher bewegte er sich vorwärts, den Blick gesenkt. Plötzlich hob er den Kopf und als er mich sah, straffte sich seine Gestalt, seine Schritte beschleunigten sich und als wir uns gegenüberstanden, wusste ich: Es war gut. Alles war gut. Obwohl wir im gleichen Raum, aber nicht auf der gleichen Seite standen, war es gut. Und es war ja nicht für ewig. Ich hätte sonst was dafür gegeben, ihn jetzt berühren zu können, aber obwohl das nicht ging, hätte diese halbe Stunde von mir aus ewig dauern dürfen, so gut fühlte es sich an, ihn zu sehen. Aber dummerweise ist eine halbe Stunde nach dreißig Minuten um. Doch ich war beruhigt. Noch vier Wochen, dann würde es wieder einen Lichtblick geben, und in knapp drei Monaten würde alles wieder wie früher sein. Ich hatte einen dicken Kloß im Hals, als ich ging. Aber ich war beruhigt. Julian and Romea – the neverending story must go on. Was denn sonst?

J

Ich war mir echt nicht sicher, ob Romea kommen würde. Ehrlich gesagt hatte ich sogar richtig Schiss. Ich hatte Schiss vor den beiden einzigen Möglichkeiten. Nämlich davor, dass sie käme und davor, dass sie nicht käme.

Und dann war es so weit. Ich sah Romea hinter der Trennscheibe sitzen. Ich war total aufgeregt. Am Abend vor dem Besuchstermin hatte ich versucht, mich irgendwie herzurichten und am Morgen hatte ich die Haare gewaschen und mindestens eine Stunde lang geduscht. So lange, bis Murat wütend an die Badezimmertür geschlagen hatte, damit er noch rechtzeitig seine dämlichen Waschungen machen konnte.

Romea sah müde aus. Ihre Wangen waren eingesunken und sie hatte Ringe um die Augen, aber als ich auftauchte, sprühten sie grüne Funken. Romea lächelte. Mein Herz schlug schneller und schneller. Und obwohl sie so mitgenommen aussah, kam sie mir noch schöner vor als früher, obwohl das streng genommen eigentlich gar nicht ging. Mein Hirn und mein Körper waren das reinste Chaos. Ich hätte mein Leben dafür gegeben, für eine Stunde in einem Raum mit ihr allein gelassen zu werden. Stattdessen liefen die ganze Zeit Beamte auf und ab und beobachteten die Gespräche der Häftlinge. Und dann war da auch noch diese dämliche Trennscheibe. Ich presste meine rechte Hand gegen sie und Romea legte von außen ihre Finger gegen meine. Wir blickten uns in die Augen. Nein, sie hatte mich nicht verlassen. Leider. Sonst hätte sie diese Ringe nicht. Gott sei Dank! Sonst hätte ich es hier keine Sekunde länger ausgehalten.

Meine Lippen formten ein lautloses Ich-liebe-dich und Romea formte ein Ich-dich-auch zurück.

Wir ließen uns auf unsere Stühle fallen und auf einmal wurde es komisch. Das Hin- und Hergelaufe der Polizisten irritierte mich. So viel hatte ich Romea sagen wollen und nun war mein Hirn auf einmal wie leer gefegt und die Welt da draußen erschien mir plötzlich völlig irreal.

Auch Romea schien sich nicht besonders wohl in ihrer Haut zu fühlen. Sie rutschte unruhig auf ihrem Stuhl herum und schien auch nicht so recht zu wissen, was sie sagen sollte. Hatte sie mich doch verlassen? Ich wagte nicht, sie danach zu fragen, denn vor der Antwort hatte ich einfach zu viel Angst. Wenn doch wenigstens diese Trennscheibe nicht gewesen wäre, dann hätten wir uns küssen und berühren können, aber diese Scheibe machte alles so formal und allein durch die Präsenz des Polizisten ging jeder Hauch von Intimität verloren.

Doch irgendwann fragte Romea vorsichtig: »Wie … wie ist es denn da drin?«

Ich zuckte mit den Schultern. »Na ja, was soll ich sagen? Wir müssen nicht hungern, wir werden nicht gefoltert ...«

Romeas Blick war so weich. Wie ihr Körper so weich. Und ich hätte jetzt so gern meinen Kopf in ihren Schoß gelegt und dann brach es aus mir heraus: »Süße, ich ... ich werde total bekloppt hier. Ich muss hier raus, sonst bringe ich den Typen, der bei mir in der Zelle ist, noch um. Bitte hol mich hier raus oder schreib mir oder besuche mich, so oft es geht, oder ...«

Einer der patrouillierenden Beamten ließ seinen warnenden Blick über mich gleiten. Ich verstummte.

Romeas Ausdruck war noch weicher geworden. Ihr Blick umarmte mich. Ich hätte echt heulen können. Aber ich konnte mich gerade noch so zusammenreißen.

»Alles, was du willst. Natürlich besuche ich dich. Wenn ich dich daran erinnern darf: Du bist derjenige, der sich drei Monate nicht gemeldet hat.«

Schuldbewusst blickte ich zu Boden. »Ich will eigentlich, dass du von mir weggehst. Ich bin nicht gut für dich«, murmelte ich. »Aber ich Arschloch bin einfach zu schwach dafür. Ich komm einfach nicht klar ohne dich.«

Romea lächelte und ihre Augenringe schienen zu verblassen und ihre Wangen sich wieder zu runden. »Ich auch nicht. Und jetzt hör mal mit dieser selbstmitleidigen Scheiße auf!« Sie strahlte. »Was brauchst du denn zum Überleben? Ich hab mich informiert: Ich darf dir Sachen in den Knast schicken.«

Es war mir peinlich, aber bevor ich nachdenken konnte,

hatte ich schon gesagt: »Könntest du mir ein Radio schicken? Und Tabak und Kaffee und Schokolade?« Kaum waren meine Worte aus mir herausgestolpert, bereute ich sie sofort wieder.

»Klar, schick ich dir. Sonst noch …«

»So, Herr Engelmann. Ihre Besuchszeit ist um.« Er warf Julia einen verwunderten Blick zu. Ja, ja, ich konnte es ja auch kaum glauben, dass ausgerechnet sie sich für einen Arsch wie mich interessierte. »Bedaure, junge Frau.«

Julia nickte und stand auf.

Als ich mich noch einmal umdrehte, formte sie aus Daumen und Zeigefinger beider Hände ein Herz und hielt es in meine Richtung. Ich hob die Hand und folgte dem Beamten. Obwohl die halbe Stunde so schnell vergangen war, hatte sich meine Laune ganz erheblich gehoben und ich lief, als hätte jemand eine dicke Watteschicht auf dem Boden verteilt. Aber als ich auf meinen Wattewolken in die Zelle zurückschwebte, hatte Murat die Beine auf dem Tisch und kippelte dabei mit dem Stuhl. Der Traum war vorbei. Dafür hatte mich der Zellenalbtraum wieder.

Murat starrte mich an.

Entnervt fragte ich: »Is was?«

»Hey, kein Grund, so unfreundlich zu sein«, sagte er.

Mann, warum bekam der plötzlich einen Laberflash? Warum war der überhaupt noch hier?

»Warum bist du nicht arbeiten?«, fragte ich zurück.

»Weil heute die Werkstatt saniert wird. Darum.«

»Aha.«

»Hast du dich gerade mit der da getroffen?«, sagte er und deutete mit einem Kugelschreiber auf die Zeichnung.

»Ja. Was dagegen?« Konnte der nicht einfach die Klappe halten oder sich wenigstens auf seinen blöden Teppich werfen?

Doch Murat nickte anerkennend. »Sweet. Echt sehr süß ... Eine richtig geile Schlampe, deine Freundin. Bloß schade, dass sie eine Schlampe ist.«

Und da sah ich rot und tat, was ich schon seit Tagen hatte tun wollen. Ich packte Murat am Kragen, zerrte ihn vom Stuhl und haute ihm eine rein. Murat war so verblüfft, dass er sich nicht einmal wehrte. Außerdem war er ein so spirreliger Zwerg, dass er sowieso keine Chance gegen mich gehabt hätte. Er stöhnte und aus einem seiner Mundwinkel floss Blut. Ich war in so einer Art Blutrausch und am liebsten hätte ich ihn zu Brei geschlagen, aber Murat war so was von einer halben Portion, dass es wirklich nicht lohnte, ihn weiter zu bearbeiten. Ich wollte ihn schon loslassen, da kam mir eine perfide Idee. Ich stieß ihn zum Tisch und zwang ihn, sich vornüber zu beugen. Mit einer Hand hielt ich ihn fest und mit der anderen öffnete ich seinen Gürtel und zog ihm die Hose vom Hintern.

Murat schrie auf. »Nein!« Dann wimmerte und flehte er ganz erbärmlich. »Nein, bitte! Bitte nicht!«

»Willste mir lieber einen blasen?«

Murat heulte. »Nein! Ich mache alles, was du willst, aber bitte, mach das nicht mit mir.«

Heute schäme ich mich dafür. Aber damals genoss ich

die Szene wirklich. Natürlich wollte ich ihm nicht wirklich an die Wäsche, aber ich hatte einen Volltreffer gelandet. Einen ganzen Monat hatte er mich gequält, auch wenn er es vielleicht gar nicht mitgekriegt hatte. Aber jetzt, jetzt hatte er das Kostbarste in meinem Leben, das einzig Wahre und Reine, in den Schmutz gezogen und nun sollte der kleine Pisser es mal so richtig mit der Angst zu tun und eine Ahnung davon bekommen, wie Schmutz sich anfühlte. Sollte er mal sehen, wie er wieder zu seinem kleinen grünen Teppich zurückkam.

»Verdammter Kafir«, zischte Murat, wobei ihm weiterhin Blut aus dem Mund lief. Er spuckte aus und zusammen mit Blut und Spucke flog ein Zahn auf den Tisch.

»Halt's Maul, Arschloch«, sagte ich. »Und falls du es noch einmal wagst, meine Freundin eine Schlampe zu nennen, bring ich dich um.«

Murat versuchte halbherzig, sich zu befreien, aber es war zwecklos.

Einen winzigen Augenblick tat er mir fast leid und ich zuckte schon, ihn loszulassen, aber dann dachte ich, dass das doch eine hervorragende Interviewsituation war.

»Alter, das, was jetzt kommt, ist dein großer Auftritt. Ich stelle dir Fragen und du, du beantwortest sie mir. Und wenn ich alles weiß, was ich wissen will und du dich danach dafür bei mir entschuldigst, was du über meine Freundin gesagt hast, wird dein süßer kleiner Arsch vielleicht seine Unschuld behalten dürfen. Na, was meinst du? Ist das ein Deal?«

Murat sah mich verächtlich an, zischte aber schließlich: »Mal sehn.«

»O.k. Frage Nummer eins: Warum hast du mir nicht die Hand gegeben?«

»Weil ich Frauen und Ungläubigen grundsätzlich nicht die Hand gebe. Darum«, antwortete er trotzig.

»K. … Und wozu dient all das Gedöns, das du hier den ganzen Tag veranstaltest?«

»Alter, du bist ein scheiß Kafir, ein Hund von einem Ungläubigen. Das verstehst du ohnehin nicht.«

Ich öffnete meinen Gürtel. Murat zuckte zusammen und jaulte: »Echt, das ist 'ne lange Geschichte.«

»K. … Frage Nummer drei: Was ist ein Kafir?«

»Verdammt. Das habe ich schon gesagt. Das ist ein verfickter Ungläubiger. So was wie du. Und eines sage ich dir: Du wirst in der Hölle landen. So wie alle Kuffar.«

»Schon klar. Und dabei werden mir kleine Teufelchen mit Mistgabeln in den Hintern piksen, während ich über dem Fegefeuer geröstet werde.«

Murat rang nach Luft und zitterte, knurrte aber trotzdem: »Du darfst die Religion nicht verspotten.« Ich klimperte noch ein wenig mit meinem Gürtel. »Ich möchte noch mal auf Frage zwei zurückkommen. Warum machst du, was du machst? Was gibt dir das?«

»Das interessiert dich wirklich?«, fragte Murat ungläubig.

»Yepp.«

»Warum?«

»Weil du dir so verdammt sicher scheinst, das Richtige zu tun.«

»Wenn du dich wirklich für meinen Glauben interessierst, dann hör auf mit der Scheiße und lass mich die Hose wieder hochziehen. Das ist echt eine lange Geschichte und wenn ich vor Scham tot umfalle, dann wirst du ihr Ende nie erfahren.«

Ich seufzte. »O.k., Arschloch. Aber erst nimmst du die ›Schlampe‹ zurück.

Murat zappelte ein wenig. »Ja. Sorry. *Vielleicht* ist sie keine Schlampe. Ich kenn sie ja gar nicht.«

Ich presste meine Hüften an seinen kleinen Arsch und Murat fing wieder an zu zittern wie ein Kolibri. »Du sollst nicht sagen, dass sie *vielleicht* keine Schlampe ist, sondern, verdammt noch mal, dass sie *definitiv* keine ist.«

»Ja, ja, o.k. Sie ist *keine* Schlampe«, presste Murat hervor.

Damit ließ ich ihn los. Murat blickte verwundert auf seine Unterhose, die er noch anhatte, dann auf mich, der nur den Gürtel geöffnet hatte. Hektisch zog er seine Jeans hoch. Und ich, ich konnte gar nicht anders, als einen Lachkrampf zu kriegen. Ich schwöre, dass ich noch nie im Leben einen solchen Lachkrampf hatte, echt.

Murat funkelte mich zornig an. Seine Augen waren zwei glühende Kohlen. Doch auf einmal verzog sich sein Gesicht zu einem Grinsen. »Alter, du bist so ein Arschloch, Mann!« Er hieb mir in die Seite und konnte nun auch nicht mehr. Irgendwann wälzten wir uns auf dem

Boden herum, bis auf einmal einer der Wärter hereinkam.

»Was ist denn das für ein Lärm bei Ihnen?«, fragte er und war sehr erstaunt, als er uns so sah. »Ach so, ich dachte, es wäre etwas passiert.« Er wollte sich schon abwenden, als er die Blutlache auf dem Tisch sah. Er blickte von einem zum anderen und da fiel ihm die blutige Rinne in Murats Gesicht auf.

Mir wurde ganz anders. Shit! Jetzt hatte ich mir die Bewährung versaut.

»Verdammt, Herr Hawas! Was haben Sie denn gemacht?« Er deutete auf mich. »War *der* das?« Er deutete auf mich.

Mein Puls hatte sich gewaltig beschleunigt. Doch Murat schüttelte den Kopf und sagte: »Nee. Ich bin gestürzt.«

Der Wärter schüttelte den Kopf. »Wie kann man denn in dieser Zelle so stürzen? Na ja, ich bring Sie mal zum Gefängnisarzt.«

Murat nickte und dackelte brav hinterher.

Uff. Was war das denn? Da hatte ich dem Kerl einen Zahn ausgeschlagen, ihn vermutlich halb zu Tode geängstigt und nun deckte er mich auch noch. Über Murat musste unbedingt mal in Ruhe nachgedacht werden.

Als Murat nach ein paar Stunden zurückkam, war seine Wunde desinfiziert und genäht worden.

Er warf sich gleich aufs Bett. Beten war heute wohl nicht.

»Und, war's schlimm?«, fragte ich.

»Geht so«, nuschelte er.

»Ähm … hör mal, das mit deinem Zahn tut mir echt leid. Aber das«, ich deutete auf meine Zeichnung, »das ist die tollste Frau der Welt. Und keiner nennt sie eine Schlampe«, sagte ich.

Murat grinste schief. »Ja, ja, ich hab es inzwischen verstanden.«

»Na ja, und das mit der Hosennummer, das auch.«

Murat kicherte. »Das war krass, Mann! Ich dachte echt, ich hab gleich deinen Prügel im Hintern. Scheinst ja schauspielerisches Talent zu haben.«

Ich zuckte mit den Schultern. »Nicht dass ich wüsste. Ich war einfach nur so stinkwütend.«

»Vergessen wir den Scheiß einfach«, sagte Murat. Er drehte sich auf die Seite, um zu schlafen.

Aber ich konnte einfach nicht lockerlassen. »Murat?«

»Hm?«, grunzte es unter der Decke hervor.

»Ich weiß, ich hab mich wie ein Arschloch verhalten, aber es interessiert mich wirklich, warum du tust, was du tust.«

Murat setzte sich auf. »Weil es mir hilft.«

»Aber wie?«

Murat seufzte. »Wie schon gesagt, es ist eine lange Geschichte.«

»Ich weiß.«

»Und es ist spät.«

»Na ja, geht so. Also, ich bin noch wach.«

Murat verdrehte die Augen. »Bist echt ein Arsch. Also pass auf, und gnade dir Allah, der Allmächtige, wenn du vor dem Ende einschläfst!«

Ich stützte mich auf dem Ellbogen auf.

»Uff. Wo fang ich nur an? Also, ähm. Das, was du vorhin vorgetäuscht hast, tun zu wollen, das hat mein Abu, mein Vater, jede Woche mit mir getan.«

Shit, da war ich mit meinem Scherz ja mit Anlauf in den Fettnapf gehüpft, dass es nur so spritzte. Ich war echt ein Arschloch.

»Na ja, und dann mit dreizehn bin ich abgehauen und hab mich so durchgeschlagen, hab alles Mögliche geschmissen und Zeug vertickt und so. Hab auch ein paar Vorstrafen. Ich war sogar in so einer Art Gang. Ging um Schutzgeld und so. Und dabei haben sie mich halt erwischt. Diesmal muss ich's absitzen. Aber im Februar komm ich raus.«

»Krass, ich auch«, warf ich ein. »Na, und hier die Sache mit deinem Glauben?«

»Da war einer in der Gang. Der war Salafist. Der hat mir das alles beigebracht.«

»Salafisten? Sind das nicht diese ganz altmodischen Muslime mit Auspeitschen und so?«

»Wir sind nicht altmodisch. Wir sind rein, weil wir uns an die Lehren unserer Urahnen halten, nicht an das verwässerte Zeug, wie es die meisten Muslime hier praktizieren. Und wer keine Scheiße baut, der wird auch nicht ausgepeitscht.«

»Aber du hast doch selbst Scheiße gebaut, als du schon Salafist warst. Ich meine, Schutzgeld eintreiben, das ist doch auch nicht … wie nennt ihr das? Helau?«

Murat lachte laut auf. »Das heißt halal, Schwachkopf.« Dann wand er sich ein wenig. »Na ja, wir haben keine anderen Muslime erpresst, sondern nur Kuffar.«

»Und das sind keine Menschen, oder was?«

»Na, irgendwie nicht so richtig. Es sind halt bloß Kuffar. Aber jedem Kafir steht es frei, sich zu bekehren, dann wird auch er ein richtiger Mensch.«

»Und andere Muslime, was sind die?«

»Ja, eigentlich sind es schon richtige Menschen, weil sie Muslime sind. Aber doch auch nur so halb, weil sie sich von den Regeln der Vorfahren abgewendet haben.«

Ich legte den Kopf schief. Mann, das klang ganz schön krude.

»Und was gibt dir das? Dass du die Leute in Schubladen stecken kannst, oder was?«

Murat starrte mich verblüfft an. »Nee, darum geht es doch gar nicht. Aber es ist halt einfach so. Allah hat das so festgelegt. Und weißt du, das Schöne ist, wenn du auf der richtigen Seite stehst, dann weißt du immer, was du tun musst. Und alle Salafisten sind Brüder und Schwestern. Das ist eine große Familie, die immer für dich da ist. O.k., eigentlich sind alle Muslime Brüder und Schwestern, das ist die Umma. Aber die Salafisten sind die einzig wahren Muslime. Na ja, und vielleicht noch die Wahhabiten. Aber davon mal abgesehen, immer, wenn du einem Bruder oder einer Schwester begegnest, ist das wie nach Hause kommen. Und wenn du betest, das ist besser als Koks. Echt. Dann spürst du, dass alles einen Sinn hat und du Teil von etwas ganz Großem bist.«

»Und wann bist du Salafist geworden und was warst du vorher?«

»Vorher war ich ... ja, irgendwie schon auch Moslem, aber kein guter. Ich habe lauter Dinge gemacht, die haram, also die unrein waren. Rumgevögelt und gesoffen und Drogen genommen und so. Aber jetzt bin ich frei davon. Seit ich sechzehn bin. Also seit zwei Jahren.«

Ich musste schlucken, die Biografie hatten wir bis dahin weitestgehend gemeinsam.

»Und du? Woran glaubst du?«, fragte er mich auf einmal und ich, ich geriet in Schwierigkeiten. Ich glaubte an nichts. Das Einzige, was ich glaubte, war, dass ich Romea liebte. Aber das war auch Quatsch. Denn das glaubte ich nicht, sondern wusste es.

Und dann erzählte ich einfach mal mein Leben. Als ich geendet hatte, nickte er.

»Dein Leben ist gar nicht so anders als meines. Aber wer von uns beiden ist glücklicher? Und woran liegt das? Denk mal drüber nach.« Damit drehte er sich endgültig auf die Seite und eine halbe Minute später fing er laut an zu schnarchen.

Ich hätte es niemals für möglich gehalten, aber Murat und ich wurden nach und nach ein richtiges Team. Ich glaube sogar, wir waren echt Freunde. Jedenfalls redeten wir jetzt ständig miteinander, anstatt uns wie vorher zu ignorieren und auf einmal war ich verdammt froh, nicht mehr in Einzelhaft zu sein.

Aber trotz der Tatsache, dass ich mich mit Murat inzwischen echt super verstand, obwohl er irgendwie ziemlich spacig war, überwältigte mich immer wieder so was wie Verzweiflung. Ich befahl mir, die Zähne zusammenzubeißen und nicht so eine Lusche wie mein Alter zu werden, doch so richtig gelang es mir nicht. Nie im Leben hätte ich mir vorstellen können, dass man jemanden überhaupt so dermaßen vermissen konnte, wie ich Romea vermisste. Da war so ein ständiger Schmerz, der sich immer tiefer in meine Innereien fraß. Dabei war es doch gar nicht mehr so lang hin, bis ich sie wiedersehen würde, aber verdammt, es fühlte sich an wie Jahre. Und immer wenn mich dieses Gefühl mit sich fortriss, saß ich vor der Zeichnung und starrte sie an und war mir der Unmöglichkeit meines Lebens total bewusst. Noch knapp drei Monate. Und dann? Dann würde ich sie wieder in meinen Scheiß mit reinziehen. Ich hatte keine Kohle und müsste wieder einen Typen wie Ice um einen Job anhauen. Eines war mal so sicher wie dieser scheiß Knast hier, zu Ice konnte ich definitiv nicht mehr angekrochen kommen. Wir hatten den Bruch vermasselt und ich hatte die Pillen unterschlagen. Der würde mich zu Hackfleisch verarbeiten oder Schlimmeres.

Ich war echt down. Aber das einzig Gute am Downsein ist, dass das genau die richtige Stimmung ist, um gute Mucke zu machen. Aber ich hatte ja überhaupt kein Equipment. Bestenfalls hätte ich Texte schreiben können. Ich spürte Murats Blick im Rücken und drehte mich um.

Er betrachtete mich mitleidig. »Und? Isses schlimm?«, fragte er und ich, ich zuckte mit den Schultern.

»Sag mal, willst du vielleicht beten?«

Ich sah ihn entgeistert an. »What the fuck?! Ich will doch nicht beten, Mann! Eine Betbitch pro Zelle ist echt genug«, sagte ich und warf mich in die Kissen.

»Hey, Alter, das hilft echt! Früher war ich auch oft so down, aber na ja, heute – da gibt mir das echt Kraft.«

»Alter, lass mal. Mach du dein Betding und ich plane meine Zukunft«, wehrte ich ab.

Murat zuckte mit den Schultern. »War ja nur ein Vorschlag. Wir missionieren nicht«, sagte er und verschwand im Bad, um sich kurz danach auf seinen Teppich zu werfen.

In diesem Moment öffnete sich die Zelle und der Wärter tanzte mit einem Paket an, das er auf den Tisch stellte. Dann wartete er.

»Herr Engelmann, das ist für sie. Sie müssen es bitte sofort auspacken.«

Ich erhob mich verwundert. Dann fiel es mir ein. Das war von Romea, bestimmt war es von Romea. Verdammt, was wollte der Wärter denn noch? Das war das intimste Paket meines Lebens und nun stand er doof rum und glotzte mir auf die Hände.

»Verdammt, jetzt öffnen Sie es endlich. Ich habe nicht

den ganzen Tag Zeit und ich muss dabei sein, wenn Sie es öffnen.«

Shit! Aber besser als kein Paket. Meine Hände zitterten, als ich das Klebeband löste. Ich war ein wenig enttäuscht, als es außer einem Inhaltsverzeichnis nichts Schriftliches enthielt. Jedes Geschenk war in anderes Papier gewickelt, das wohl von den Beamten schon mal geöffnet und wieder lieblos um die Dinge geschlagen war und da erst begriff ich, dass sie wahrscheinlich nichts schreiben durfte. Seejungfrau. Herzchen. Rap-Schriftzug. Ich liebe dich auch, kleines Seeungeheuer, dachte ich.

Wow! Alles, was ich mir gewünscht hatte und krass, die Kleine war völlig wahnsinnig, ein völlig neues Notebook! Da konnte ich endlich wieder Mucke machen. Der Beamte sah mir über die Schulter, schüttelte den Kopf und nahm mir den Rechner aus der Hand.

Das konnte doch wohl nicht wahr sein. Das war meines. »Hey!«, rief ich. »Was machen Sie denn da?«

»Notebook in der Zelle, das können Sie vergessen! Was für eine Schnapsidee! Bestellen Sie sich doch gleich noch Wodka, Koks und Nutten!« Der Wärter sammelte das Papier und die Schachtel ein. »Das kriegen Sie, wenn Sie herauskommen, aus der Verwahrkammer wieder.« Grußlos entfernte er sich. Arschloch!, dachte ich und war deprimiert. Also keine Musik. Fuck. Das war er, der lange Arm des Gesetzes, und gerade hatte er mir gewaltig eine reingehauen.

Eine Woche später war wieder Besuchstag. Geladen hatte ich Tom. Natürlich war ich nicht so aufgeregt wie neulich bei Romea. Aber irgendwie freute ich mich doch, meinen kaputten alten Herrn zu sehen.

Ich saß wieder vor der Trennscheibe und wartete und wartete. Die Zeit verrauschte, aber Tom tauchte nicht auf. Nach einer halben Stunde kam der Wärter wieder und sah mich bedauernd an. Er zuckte mit den Schultern und deutete auf die Uhr. Ich erhob mich und als ich den ersten Schritt machen wollte, merkte ich, dass meine Beine auf einmal aus Blei waren. Ich kam kaum vorwärts, so schwer waren sie. Wie in Trance schleppte ich mich in meine Zelle. Ich musste echt mit den Tränen kämpfen. Tom war so ein Loser. Ich weiß, Tom ist krank und hat nicht die gleiche Kraft wie normale Leute. Aber jetzt, wo ich ihn so sehr brauchte, da hätte er sich doch aufraffen können. Und auf einmal stieg ein ganz furchtbarer Hass gegen ihn in mir auf und ich trat mit aller Kraft gegen die Wand, die das höchst unbeeindruckt hinnahm. Nur mein Fuß nicht. Ich fluchte und ließ mich aufs Bett fallen. Jetzt hatte ich gar keine Familie mehr. Mutsch war schon längst so was von abgeschrieben. Aber zumindest hatte ich noch einen Vater gehabt. Auch wenn er schwach und eigentlich eher wie ein Kind war. Aber immerhin. *Jetzt haben wir nur noch uns*. Ph … Jetzt hatte jeder nur noch sich. Jetzt war ich so ’ne Art Waise. Aber Tom hatte wirklich gar keinen mehr. Wahrscheinlich war es nur noch eine Frage der Zeit, bis er auf der Straße stehen würde.

Murat kam vom Klo. »Ach du Scheiße, was habense denn mit dir angestellt?«, fragte er.

Ich winkte ab. »Ph … Mein Alter ist nicht gekommen.«

Murat sah mich bedauernd an und hockte sich neben mich auf das Bett. »Hey, aber du hast doch noch die da.« Er deutete auf die Zeichnung.

Ich warf ihm einen schrägen Blick zu.

»Und sie ist keine Schlampe«, fügte er noch schnell hinzu.

»Ja. Und ich bin echt ein Glückspilz. Aber für Romea wäre es besser, wenn es mich nicht gäbe.«

»Ah, das Arschloch übt sich in Selbstmitleid.« Murat boxte mich in die Seite. »Los, wir beten jetzt!«, rief er und zerrte mich hoch.

»Ey, Alter, hast du sie noch alle?«

»Jetzt probier es doch wenigstens mal. Ein Mal, o.k.? Wenn du es scheiße findest, dann lasse ich dich für immer in Ruhe.«

Na super! Als wäre der Tag nicht schon beschissen genug gewesen, sollte ich jetzt auch noch beten. Aber andererseits, beten oder nicht, das war nun auch scheißegal. Und wenn er mich danach in Ruhe ließ …

Wir gingen ins Bad.

»Pass auf, zuerst musst du bekunden, dass du das Gebet und das Wudu‘ machen willst. Dann wäschst du dir das Gesicht, spülst Mund und Nase aus und danach wäschst du dir die Hände bis zu den Ellenbogen. So. Jetzt streichst du dir über den Kopf und dann kommen die Füße dran.

Erst der rechte und dann der linke.« Murat machte mir die Bewegungen vor und widerwillig ahmte ich sie nach.

»So, fertig bist du für salat, das Gebet.«

»Aha, toll«, sagte ich wenig begeistert. Aber ich muss zugeben, dass mich das kalte Wasser sehr erfrischt hatte und folgte Murat in die Zelle.

»Und jetzt musst du dir nur noch klarmachen, dass du das für Gott tust und damit du dann wirklich bereit bist für das Gebet, drehst du dich nach Mekka, hebst die Hände nach vorn geöffnet bis an die Ohren und sagst ›Allahu aqbar‹, Gott ist der Größte.«.

»Ich tu das für Gott, na klar. Ich mache es, damit ich meine Ruhe vor dir habe«, brummte ich und dann sagte ich schließlich doch: »Allahu aqbar.«

Und das Erstaunliche war, es ging mir total leicht von der Zunge. Dann verschränkte ich die Hände zwischen Brust und Nabel und legte die rechte Hand auf den linken Unterarm und Murat murmelte die ganze Zeit auf Arabisch Dinge, die ich nicht verstand. Ich ahmte seine Bewegungen nach und versuchte, mich zu konzentrieren. Murat verbeugte sich, legte die Hände auf die Kniescheiben. Ich tat das auch. Er warf sich auf die Knie und drückte Stirn, Nase und Handflächen auf den Boden, wobei er immer weiter sprach. Danach setzte Murat sich auf und legte die Hände auf die Knie und auch ich setzte mich auf. Zuletzt wandte er den Kopf einmal nach rechts und einmal nach links und dann stand er auf und grinste mich an. »Und?«, fragte er. Ich zuckte mit den Schultern.

Zuerst hatte ich mich dabei völlig lächerlich gefühlt, Murat alles nachzumachen, aber irgendwann war meine Außenkamera, die mich beobachtete und lächerlich gemacht hatte, ausgegangen und dann hatte ich losgelassen. Irgendwie spielte es plötzlich keine Rolle mehr, ob es lächerlich war, was ich gerade tat, und irgendwie war ich gar nicht mehr so richtig da. Doch, schon. Irgendwie war ich einerseits mehr da als sonst, aber gleichzeitig schwieg das immer unzufrieden-ängstliche Hintergrundrauschen Julian Engelmanns. Und das war äußerst angenehm. Auf Julian Engelmann konnte ich nämlich verdammt gut verzichten.

Murat starrte mich immer noch an. »War es so schlimm?«

Ich brauchte einen Moment, bis ich herausfand in die Wirklichkeit und endlich wieder mit all meinen Sinnen in der Zelle stand. Es war wie eine Bruchlandung auf Beton. Hart und kalt und grau und schmerzhaft. Wie gerne wäre ich sofort wieder an diesen zeitlosen, stillen Ort zurückgekrochen.

Als ich mich wieder gefangen hatte, sagte ich: »Na ja … Nein. Eigentlich war es … es war interessant.«

»So, so, interessant, hm?«, meinte Murat und zwinkerte mir zu. Mehr sagte er nicht und ich glaube, das war gut so.

Natürlich warf ich mich nicht wie Murat fünf Mal täglich auf den Boden, aber jedes Mal, wenn mich die große Angst überkam, dass Romea mich ja doch verlassen würde, oder wenn ich dachte, dass meine Musik der totale Scheiß war oder dass ich nach meiner Entlassung sofort wieder Ice in die Hände fallen würde – wenn ich es nicht mehr aushielt, hier nur wenig Rechte zu haben, und mir klar wurde, dass ich Tag und Nacht überwacht wurde, dann machte ich Murat einfach alles nach, wenn er betete, und jedes Mal fand ich in diesen Raum zurück. Ich weiß nicht, wie ich ihn beschreiben soll, diesen Ort. Irgendwie war er vollkommen und ich war darin, und so, wie ich war, war es gut. Ich war nicht allein, ich ... ich war zu Hause, war sicher, war wunschlos. Nichts, aber auch wirklich nichts, konnte mich dort umhauen. Und ja, Murat hatte recht, das, das war irgendwie noch besser als Koks. Es inspirierte mich. Und dann bekam ich einen Flow. Einen Textschreibe-Flow. Ganz neue Texte. Das war es. Diese Texte würden der Durchbruch für »Gangsta's Ghost« sein. Die Jungs konnten sich freuen.

Und auf einmal wollte ich mehr wissen, viel mehr. Über diesen Propheten und diese Religion. Es wunderte mich selbst. Vorher hatte mich Religion echt einen Dreck interessiert, aber allein das Gebet, das machte irgendwas mit mir. Eigentlich war das echt schräg, aber na ja – es half.

Und Murat – er tat, was er konnte, und ich saugte all die neuen Begriffe ein, die in meinen Ohren einen solch umwerfenden Klang hatten, fast ersetzten sie mir die Musik. Djannah, Umma, Chadidscha, Takfir, Schahada. Ich legte mir sogar so eine Art Vokabelheft an.

Irgendwann war ich so begeistert, dass ich Romea seitenlange Briefe über meine neuen Erfahrungen schrieb. Was zurückkam, war eher ernüchternd. So richtig schien sie meine Begeisterung nicht teilen zu können. Irgendwie war ich ein bisschen enttäuscht darüber. Aber egal, wenn ich erst wieder draußen wäre, dann könnte ich es ihr ja noch mal persönlich erzählen und wir könnten auch zusammen beten und dann würde auch sie meinen Enthusiasmus begreifen. Überhaupt, ich konnte es nicht mehr erwarten, endlich rauszukommen. Obwohl da draußen Ice und seine Jungs nur darauf warteten, mich platt zu machen, aber das war gerade so weit weg von meiner Existenz, denn ich war gerade so was von dabei, meinen Horizont zu erweitern. Und deshalb fragte ich Murat eines Tages: »Sag mal, kannst du eigentlich Arabisch?«

Murat wurde rot. »Ähm ... na ja, nee, Hocharabisch eigentlich nicht so wirklich«, antwortete er. »Aber Deutsch spreche ich fließend«, feixte er. »Und ich kann ein wenig Ägyptisch herumkauderwelschen. Aber eigentlich auch nicht. Warum?«

»Hast du Bock, dass wir, wenn wir draußen sind, zusammen Arabisch lernen?«

»Uff. Wozu das denn?«, fragte Murat mit höchst mäßigem Enthusiasmus.

»Na, um vielleicht mal den Koran im Original zu lesen«, sagte ich.

»Hm«, brummte Murat. »Aber es gibt doch auch Übersetzungen.«

»Aber das ist doch nicht das Gleiche.«

»Sag mal, was ist denn auf einmal mit dir los?« Murat richtete sich auf seinem Bett auf. »Erst sträubst du dich

Monate vor dem Beten und jetzt willste den Koran im Original lesen? Werd doch am besten gleich Hafiz!«

Ich sah ihn fragend an.

Murat verdrehte die Augen. »Einer, der den Koran auswendig kann.«

Aber ich hatte das echt vor. Arabisch lernen. Dabei hatte ich es eigentlich sonst nicht unbedingt mit Sprachen.

Die Zeit schlich dahin. Tom hatte ich abgeschrieben, aber zum Glück sah ich Romea regelmäßig und das gab mir Kraft. Und die Gebete. Ich hätte ihr gern mehr davon erzählt, wenn sie mir an den Besuchstagen gegenübersaß, aber irgendwie fühlte ich mich nicht dazu in der Lage, wenn ständig ein Beamter hinter mir auf und ab lief. Aber bald würde ich ja hier raus sein. Meine Entlassung rückte näher und näher und es kam mir inzwischen fast irreal vor und deshalb begann ich, Striche ins Bettgestell zu ritzen. Ich hatte gedacht, dass es am Ende der Haft immer leichter würde, die letzten Wochen abzusitzen, aber irgendwie konnte ich mir gar nicht mehr vorstellen, dass ich jemals da draußen gelebt hatte. Wäre Romea nicht gewesen, die mich alle zwei Wochen besuchte, obwohl ihre Eltern scheinbar fast Amok liefen, hätte ich wahrscheinlich einfach nur Angst gehabt, mich da draußen wieder zurechtzufinden. Krass. Und das nach nur sechs Monaten. Aber so konnte ich es gar nicht mehr abwarten. Jede Nacht träumte ich von Romea. Immer heftiger. Mann, wenn die Zeit sich nicht ein wenig beeilte, würde ich noch platzen.

R

Was Julian anging, war ich so lange beruhigt, bis er anfing, mir diese Briefe zu schreiben. Der erste war noch harmlos. Er hätte gebetet, hatte er geschrieben. Julian und beten? Das konnte ich mir definitiv nicht vorstellen. Was, bitte schön, hatten die ihm angetan im Knast, dass er freiwillig betete? Normalerweise fingen die Leute doch immer erst an zu beten, wenn wirklich alles andere nicht mehr half. Ich versuchte wirklich, mir vorzustellen, wie Julian betete. Keine Chance.

Und im nächsten Brief, da erzählte er mir von diesem Ort, in den er immer gelangte, wenn er betete. Und dort fühlte er sich so gut, so friedlich, so sicher und unverletzlich, wie er sich noch nie in seinem Leben gefühlt hatte. Das versetzte mir einen Stich. Genau so hatte ich mich während unserer ersten gemeinsamen Nacht gefühlt und in Barcelona im Meer und ich hatte gedacht, dass es ihm genauso gegangen wäre. Aber nein, *er* musste beten, um sich so zu fühlen. Wütend zerknüllte ich den Brief und warf ihn einen halben Meter am Papierkorb vorbei. Und allein das bewies schon, in welchem Ausnahmezustand ich mich befand, denn ich traf sonst immer.

Und dann kamen der dritte und der vierte, der fünfte und der sechste Brief und es wurde immer schlimmer und ich konnte Julian immer weniger verstehen. Und ohne diesen Murat jemals kennengelernt zu haben, begann ich, ihn zu hassen, denn Julian sprach so liebevoll von dieser Religion, die er von diesem Murat hatte, wie andere über ihre Freundin sprechen. Es war, als würde sich Stück für Stück für Stück etwas Großes, Trennendes zwischen uns schieben, uns auseinanderreißen, und ich nahm mir vor, ihn beim nächsten Besuch darauf anzusprechen.

Aber dann ging da wieder dieser Beamte auf und ab und ab und auf. Blieb stehen, erhaschte hier und da eine Silbe, musste ja auch stinklangweilig sein, den ganzen Tag im gleichen Raum die gleichen zwanzig Schritte vor und die gleichen zwanzig Schritte zurück zu gehen. Aber ich konnte vor Julian nicht meine Seele auswickeln, wenn ständig die Wortfetzen der anderen herüberdrangen und der Beamte sich aus den Gesprächen herausgriff, was ihn interessierte.

Ich hatte das Gefühl, um mein Leben reden zu müssen. Keine Ahnung, was ich sagte. Irgendwie wollte ich Julian beschwören, ihn festhalten, ihn in eine andere Richtung locken, damit er mir nicht vollends entglitt. Täglich strich ich den vergangenen Tag ab. Hoffentlich würde Julian rechtzeitig rauskommen, ehe er die Tür in seine neue Welt endgültig hinter sich geschlossen haben würde. Ohne mich. Ja, natürlich war da noch unsere Verbindung, aber täglich wurde sie dünner, durchsichtiger. Beginnende Fadenscheinigkeit.

Aber endlich – Land in Sicht. Nur noch zwei Wochen, eine. Sechs, fünf, vier, ein Tag. Cut. Endlich.

Pünktlich um drei stand ich vor dem Tor und wartete auf Julian. Als er, seine Sporttasche über der Schulter, herausmarschiert kam, schien er zu leuchten und als er mich sah, da leuchtete er noch mehr, rannte auf mich zu und wirbelte mich durch die Luft und küsste mich und hörte gar nicht mehr auf, mich zu küssen. In diesem Moment zerfiel diese Knochenhand Angst, die seit fast drei Monaten mein Herz zerquetschte, urplötzlich zu Staub, und ich schmiegte mich an ihn, sein Geruch hüllte mich ein. Endlich war ich wieder ich, endlich konnte ich wieder frei atmen.

Hand in Hand rannten wir los, nur um alle paar Meter wieder stehen zu bleiben und uns zu küssen, und eigentlich hatten wir ein bisschen an der Spree entlangstreunen wollen, doch genau genommen sehnten wir uns nach etwas ganz anderem. Und deshalb gingen wir schnurstracks in Julians Bude und liebten uns die ganze Nacht und ich bin mir nicht sicher, ob diese Nacht nicht vielleicht doch noch viel schöner war als unsere erste.

V

»Keiner von euch ist wirklich gläubig, bevor er nicht seinem Glaubensbruder das wünscht, was er für sich selbst erhofft.«

Al-Buhari, Die Sammlung der Hadithe

Was hatte ich mich gefürchtet davor, wieder draußen zu sein. Vor allem am letzten Tag. Am liebsten hätte ich mich unter Murats Teppich als winziges Staubflöckchen, oder besser noch, als unsichtbares Elementarteilchen, zusammengerollt.

Aber auf einmal lief alles rund. Ich hatte die coolste Braut der Welt und ich hatte Murat meine Nummer gegeben, damit er, wenn er rauskam, anrufen konnte, und jetzt war ich auf einmal wieder mittendrin in allem.

Schon nach zwei Tagen erschien mir der Knast so weit weg wie nur irgendwas. Ein blöder Traum. Sonst nichts. Und ich fühlte mich so was von neugeboren.

Ich hatte im Knast lange darüber gegrübelt, wie es mit »Gangsta's Ghost« weitergehen sollte und da ich den neuen Laptop, den Romea mir geschenkt hatte, nicht benutzen durfte, hatte ich nichts, womit ich hätte Musik machen können. Also hatte ich wenigstens Texte geschrieben. Neue Texte. Dutzende. Texte, die so überhaupt nichts mit den Texten zu tun hatten, die ich früher geschrieben hatte. Die Gebete mit Murat hatten mich inspiriert und auf ganz neue Ideen und Gedanken gebracht. Goodbye, Westcoast. Ich wusste nur nicht so recht, wie ich das den Jungs beibringen sollte. Die waren eh sauer, weil durch meinen Knastaufenthalt all unsere Auftritte hatten abgesagt werden müssen. Aber ich, ich war so berauscht von meiner Freiheit, dass mir gerade alles möglich schien. Nur von der Mucke leben? Kein Ding, Alter.

Derart aufgekratzt erschien ich ein paar Tage später bei Buddy und den Jungs, die noch immer halb stinkig auf mich waren und sich halb darüber freuten, mich endlich wiederzusehen.

High Five. Was geht, Alter? Damit war dann irgendwie das Eis auch schon gebrochen. Und dann hielt ich die größte Erneuerungsrede, die die Welt je gehört hatte.

»Wir müssen endlich mal von diesem Westcoast-Gedöns wegkommen. Also nicht von der Mucke, sondern von den Texten. Mann, wir sollten uns langsam daran gewöhnen, dass wir nun mal keine Westcoast-Gangstas sind, sondern mehr so was wie German-Eastside-Loser. Das wär doch auch ein geiler Bandname.«

»Ja. Wahnsinnig cool. Klingt wie German Liedermaching«, sagte Mariachi. »Ich versteh dich nicht. Jetzt bist du doch ein verurteilter Gangsta. Was, bitte schön, gefällt dir denn jetzt schon wieder nicht mehr an ›Gangsta's Ghost‹? Wenn ich erinnern darf, das Ganze war deine Idee.«

Ja, das stimmte, aber irgendwie war ich nicht mehr der Gleiche wie damals.

Buddy hatte angestrengt eine Braue hochgezogen.

»Hey, im Knast hab ich 'nen ganzen Koffer neuer Texte gemacht. Also, ich meine, echt anders als vorher.« Und dann legte ich mit meinem neuen Lieblingssong los. »*Romeo and Juliet / they did what they did / perhaps they died before their time / but dam'n I don't give a shit 'bout that / they did what they did / better a short life that burnt from heaven to hell / than to have spent it without love and fail / burn, baby, burn / once you've loved / there is no return / don't compromise / get it now, get it all / that's the only way to find paradise …*"

Die Jungs sahen sich an. Natürlich waren sie sprachlos. Eine lange Pause entstand.

Schließlich hielt es Mariachi nicht mehr aus. »Alter, das ist jetzt nicht dein Ernst, oder?«

Die Mundwinkel begannen zu zucken und Buddy sagte: »Doch, genau das. Der meint das tatsächlich todernst.« Und zu mir: »Alter, musstest du dich im Knast nach der Seife bücken, oder was? Der Text ist ja so dermaßen schwul.«

Und dann brach es aus ihnen heraus. Ein kollektiver Lachkrampf. Perlen vor die Säue geworfen.

»Krass, Mann. Vielleicht bieteste das mal Heino an«, japste Toyboy und hieb sich auf die Schenkel. »Alter, da warten wir ein halbes Jahr auf dich und dann kommst du mit so 'nem Schnulz an. Echt, ich glaub's nicht!«

Ich war enttäuscht. Gut, ich hatte nicht direkt erwartet, dass sie gleich Hurra schreien würden. Aber nach dieser Reaktion war mal eines sicher: Mit dieser Art von Texten würden die niemals mit mir zusammen auf die Bühne steigen.

»Pass mal auf: Bis du wieder normal bist, würde ich sagen, Mariachi schreibt erst mal bis auf Weiteres die Lyrics und du singst sie einfach, alright?«, schlug Buddy vor.

Langsam wurde ich sauer. »Bin ich hier nur der Erfüller, oder was?«

»Reg dich doch nicht gleich so auf, Raphop«, sagte Toyboy. »Aber sieh es mal so: Seit drei Jahren machen wir zusammen Mucke und wir waren uns immer einig, was wir machen wollten: Westcoast. So. Und auf einmal kommst du daher und willst das alles über den Haufen werfen. Und warum? Weil du glaubst, eine Vision zu haben. Aber die hast nur du. Wir nicht. Wir machen Westcoast.«

Ich zuckte mit den Schultern. Meine große Revolution war fürs Erste gescheitert. »K.«, sagte ich. Die Jungs waren sich also einig und mit wem sollte ich sonst Mucke machen? Also, back to the West. Aber irgendwann würde ich sie schon noch überzeugen.

Also machten wir weiter wie bisher, aber es machte mir überhaupt keinen Spaß mehr. Irgendwie war das nicht ich. Jedenfalls nicht mehr. Na ja, und weil wir uns nicht veränderten, blieben wir genauso erfolgreich oder -los, wie wir es vorher gewesen waren. Nach den Konzerten warteten wie immer ein paar Chicks backstage, um mit nach Hause oder nach sonst wohin oder in den siebten Himmel genommen zu werden, aber dank Romea stand ich da jetzt irgendwie drüber. Zwar gab es ein bisschen Kohle für die

Gigs und die reichte für einen versoffenen Abend und den Lebensmitteleinkauf für die nächsten zwei Wochen, aber nicht für Miete und Handy und den ganzen anderen Rotz, den man halt so braucht, um an der Zivilisation teilzunehmen. Romea hatte recht – wir waren keine Persönlichkeiten, sondern Konsumenten.

Kurz – ich brauchte Kohle, also heuerte ich bei einem Pizzaservice an. Für vier fünfzig die Stunde. Wenn du das als Fulltimejob machst, dackelst du am Ende des Monats mit 540 Glocken nach Hause. Und davon leb mal. Gut, ich hätte noch mit Hartz IV aufstocken können, aber sich mit diesen Einzellern vom Amt rumzuschlagen, das war auch noch ein Halbtagsjob. Nee, danke.

Nach zwei Monaten war mein ganzes Konto schon wieder so was von rot, dass ich die Mahnbriefe, die alle paar Tage hereinflatterten, gar nicht mehr öffnen musste. Ich konnte sie ohnehin nicht bezahlen.

Na ja, meine Euphorie war jedenfalls schnell verflogen. Außerdem erwartete ich jeden Moment Besuch. Es war nur eine Frage der Zeit, bis mich Ices Leute aufgespürt haben würden. Ice linkte man nicht einfach so. Ich war mal gespannt, ob ich das überleben würde.

Und dann, eines Tages, war es so weit. Mein Handy klingelte und verpennt, wie ich war, wollte ich schon rangehen, weil ich dachte, dass es einer von den »Ghost«-Jungs war, aber gerade rechtzeitig sah ich noch, dass ich die Nummer, die das Display anzeigte, gar nicht kannte. Das Herz schlug mir bis zum Hals. Shit! Jetzt hatten sie mich aufgespürt. Auch wenn ich nicht mehr in meinem alten Kiez wohnte, durch unsere Auftritte hatte es sich offenbar herumgesprochen, dass ich raus war.

Ich drückte mich an der Wand entlang zum Fenster und wagte kaum zu atmen, als ich die Jalousien leicht anhob, um nach unten zu starren. Dort war die Hölle los, aber nichts Verdächtiges. Ich ließ die Jalousie wieder zuschnappen. Verdammt, wahrscheinlich standen sie schon vor der Tür und versuchten es erst einmal auf die direkte Tour, um keine Aufmerksamkeit zu erregen. Die Autobahn in meinem Ohr war mein Blut, das rauschte, als gäbe es kein Morgen mehr. Ich kroch zur Tür und lugte durch den Spion. Nichts. Aber trotzdem hatte ich ein ganz, ganz ungutes Gefühl.

Paranoider Idiot!, dachte ich. Komm mal wieder runter. Wieso sollten die sich vorher ankündigen und das am helllichten Tag? Aber so richtig konnte ich mich nicht überzeugen. Doch nach und nach – Druckabfall. Vielleicht hatte sich ja einfach nur jemand verwählt. Ich beschloss, mich zu beruhigen und schlurfte mit immer noch erhöhtem Adrenalinspiegel zurück in mein Bett. Trotzdem arbeitete es heftig in mir.

Ich dachte gerade intensiv darüber nach, ob es nicht schlauer wäre, noch einmal zu versuchen, mit Romea durchzubrennen, aber dann würde ich gegen meine Bewährungsauflagen verstoßen und noch mal Knast – nee, danke.

Da klingelte mein Handy noch einmal. Wieder diese

Nummer. Mein Herzschlag beschleunigte sich ungesund, aber ich riss mich zusammen und ging ran.

»Alter, endlich erreich ich dich!«, sagte eine Stimme, die ich nicht zuordnen konnte.

Während ich noch grübelte, wer am anderen Ende der Leitung war, sagte die Stimme: »Sag bloß, du hast mich schon vergessen?«

Scheiße, ja. Ich war ein ganz schöner Arsch. Aus den Augen, aus dem Sinn. Ich hatte kaum noch an ihn gedacht. Und gebetet, gebetet hatte ich, obwohl es gerade echt nicht lief, zuletzt am Tag meiner Entlassung. Aber hier draußen hatte ich ja immerhin Romea. »Murat! Bist du endlich raus?«, sagte ich schließlich.

»Nee, ich hab die Zelle voller Nutten und zieh gerade eine Line und da dachte ich, ich ruf mal eben meinen alten Kumpel Julian mit meinem Privathandy an, ob er nicht vorbeikommen will.«

»Ja, ja. Wahnsinnig komisch. Mann, hast du mich erschreckt.«

»Wieso?«

»Ach, nix.«

»Und? Kannste schon fließend Arabisch?«, fragte er.

»Klar, ist total easy.« Ich hatte ein schlechtes Gewissen, dass ich ihn so schnell vergessen hatte, sodass ich ihn fragte: »Aber – sag mal, magst du vielleicht rumkommen?«

»Deswegen ruf ich an. Kann ich ein paar Tage bei dir unterkriechen?«

»Kein Ding.«

Und so kam es, dass Murat mehr oder weniger bei mir einzog. Ich hatte zwei Zimmer, einen Flur, eine Küche und ein Bad. Das kleinere Zimmer bekam Murat und das größere behielt ich. Perfekt. Wir konnten uns die Miete teilen und wenn Ice seine Jungs schickte, waren wir immerhin anderthalb Kerle anstatt nur einer. Und, na ja, schließlich hatte ich ja auch drei Monate Erfahrung, was es hieß, mit Murat zusammenzuwohnen.

Was soll ich sagen? Es wurde so ein bisschen wie in den bad old days. Murat war ziemlich oft damit beschäftigt, seinen kleinen grünen Teppich auszurollen und sich auf den Boden zu werfen. Und er war sehr verwundert, dass ich nur sehr zögerlich wieder mitmachte.

Aber trotzdem war da dieses Loch. Ich war frei und gleichzeitig gefangen. Mein Bewegungsradius hatte sich durch die Bewährungsauflagen stark verkleinert und was Ice betraf, da ging mir der Arsch echt auf Grundeis. Es war pervers, das einzig Sinnvolle wäre gewesen, sehr, sehr, sehr weit von Berlin wegzugehen, um wirklich aus der Szene herauszukommen, aber gerade das durfte ich nicht. Dabei wünschte ich mir nichts mehr, als noch einmal mit Romea durchzubrennen und mich mit ihr irgendwie so hippiemäßig an irgendeinem Strand auf der anderen Seite der Welt durchzuschlagen. Wenn das doch nur möglich gewesen wäre, dann hätte es dieses Loch nicht gegeben. Und wenn mir das mit der Mucke noch irgendwas gegeben hätte, dann hätte es das Loch zwar gegeben, aber es wäre nicht annähernd so riesig geworden. Aber so war alles richtig scheiße. Immerhin konnte ich Romea jetzt wieder regelmäßig sehen. Und das war schön. Richtig schön. Aber trotzdem war da immer diese Angst. Die Angst, dass ich Romea auf Dauer nicht würde halten können. Was wollte sie nur mit solch einem Loser wie mir? Ich konnte ihr doch überhaupt nichts bieten außer einer Exklusivführung durch Berlins Unterwelt.

Und immer, wenn ich daran dachte, dass Romea mich wahrscheinlich bald verlassen würde, dann wurde dieses Loch so riesig, dass mein Leben nicht mehr war als dieses Loch, und dann, dann wollte ich wieder in diesen Raum, in dem alles gut und alles andere egal war.

Und deshalb machte ich eben irgendwann wieder mit. Ehrlich gesagt, ich wurde richtig süchtig danach. Und noch nach etwas anderem wurde ich süchtig. Murat hatte auf seinem iPhone eine Unmenge Mucke gespeichert. Hip-Hop und Rap, na klar. Dafür hatte er sich auch gleich entschuldigt und gesagt, dass er das ja eigentlich nicht mehr hören würde, weil Musik haram, unrein, war, aber dass das früher seine Lieblingsalben gewesen waren und, na ja, aus nostalgischen Gründen hatte er's nicht gelöscht, das dürfte aber niemand aus der Gruppe erfahren. Aber was hatte ich denn mit seiner Gruppe zu tun?

Außer Hip-Hop und Rap hatte er aber noch jede Menge klassische arabische Musik und die ergriff mich sofort. Wie soll ich sagen? Sie ging mir sofort ins Herz oder ins Blut oder so. Ich begann, mich mit den fremden Rhythmen und Tonsystemen vertraut zu machen. Immer und immer wieder hörte ich Murats Mucke durch und versuchte am Laptop, selbst ein paar kleinere Stücke in dieser Art zu komponieren und das mit ein paar Rapsongs zu verknüpfen.

Eines Tages trat ich dann vor die Jungs und verkündete, dass ich etwas Neues gefunden hatte, was wir unbedingt ausprobieren müssten.

»Öha! Habt ihr gehört? Julian hat wieder was Neues!«, rief Toyboy.

Die anderen lachten.

»Was hast du denn diesmal?«, fragte Mariachi gelangweilt und zog an seinem Joint. Und Buddy sagte wie immer gar nichts, sondern hatte nur seine Augenbrauen hochgezogen.

Und dann spielte ich es ihnen vor und erwartete wenigstens gottgleiche Bewunderung für meine virtuose Darbietung. Aber nee. Da kam nichts. Überhaupt nichts dergleichen.

Buddy winkte nur ab, drehte sich um und machte sich an seinem Bass zu schaffen und Mariachi und Toyboy schüttelten den Kopf.

»Lass gut sein, Alter. So 'ne Tausendundeinenacht-Nummer ist jetzt nicht so unser Style.«

In diesem Moment platzte mir der Kragen. »Mann, ihr seid solche Vollpfosten! Wieso wollt ihr denn nicht *ein Mal* was Neues ausprobieren? Warum wollt ihr immer nur so eine 2Pac-Kopie sein? Was sag ich. Parodie! Mensch, rafft euch doch mal auf. Beim nächsten Gig – einen einzigen

Song dieser Art. Nur einer. Nur als Versuchsballon. Und wenn wir ausgepfiffen werden, dann mach ich's nie wieder. Versprochen?«

»Kapier es doch endlich. Wir gefallen uns als schlechte 2Pac-Kopie. Und wenn ich mich recht erinnere, war auch dir das bis vor Kurzem gut genug. Mehr wollten wir niemals sein und außerdem ist dieses orientalische Gewinsel echt nicht unser Style.«

Ich verdrehte die Augen und schlug die Tür hinter mir zu. Ignoranten!

Ein paar Tage später hatten wir dann unseren großen Auftritt und wenn ich sage, groß, dann meine ich auch groß. Unsere erste Show allein vor fünfhundert Zuschauern. Kein Club, sondern in einer Sporthalle.

Es fing echt gut an. Alles groovte. Dann war Pause. High Five. Zwei Bier, einen Zungenkuss von Romea und dann ging es weiter. Letzter Song. Aus. Zugabe und dann Überraschung. Mein Solo, von dem keiner wusste. Als ich fertig war, tobte der Saal, aber als ich mich nach den Jungs umdrehte, hatten sie schon die Bühne geräumt. Verdammt, was sollte das denn? Die Leute wollten noch eine Zugabe, aber Toyboy, Buddy und Mariachi weigerten sich, die Bühne noch einmal zu betreten. Also ging ich alleine raus, sagte ein paar nette Worte und behauptete, dass unser Tourbus heute noch weitermüsse. Ha. Ha. Tourbus, wa?

Als ich zu den Jungs zurückkehrte, war ich stocksauer,

aber die drei hatten sich gegen mich verschworen und gingen auf mich los.

»Du Arschloch! Das war nicht mit uns abgesprochen!«, schrie mich Mariachi an.

»Aber das war doch ein krasser Erfolg. Die haben getobt und wollten mehr«, verteidigte ich mich. Ja, ich weiß, es war nicht die feine englische Art gewesen, aber es hatte doch wirklich funktioniert.

»Alter, so ein Alleingang geht nicht. Kapier es endlich: Drei Leute haben keinen Bock auf deine Experimente. Wenn dir das so wichtig ist, dann mach doch ein Soloprojekt. Bei uns bist du jedenfalls raus«, sagte Toyboy.

»Was??? Seid ihr wahnsinnig? Ihr könnt doch nicht einfach euren Sänger rauskicken! Jeder ist irgendwie ersetzbar, aber doch nicht der Sänger. Ich bin eure *Stimme*!«

Buddy sagte gar nichts, sondern haute der Stimme mit hochgezogenen Augenbrauen gleich eine rein. Und dann gab es eine Schlägerei vom Feinsten.

Und weil Veranstalter nichts mehr lieben, als dass ihr Backstagebereich kurz und klein geschlagen wird, und eine Rap-Formation ohne Sänger irgendwie keine Rap-Formation mehr ist, war das Ende der Schlägerei zugleich auch das Ende von »Gangsta's Ghost«.

R

Eigentlich ist es bekannt: Man soll sich nicht zu früh freuen. Und ich, ich hatte mich definitiv zu früh gefreut. Worüber? Darüber, dass, nachdem Julian wieder raus aus dem Knast war, von der ganzen Beterei überhaupt keine Rede mehr war.

Es war aber nur so lange keine Rede mehr davon, bis dieser Eiferer, dieser Murat, dieser falsche Prophet, in Julians Bude zog.

Unsere erste Begegnung war echt der Hammer. Nach der Schule tauchte ich wie verabredet bei Julian auf. Ich klingelte, aber es war nicht Julian, der öffnete, sondern dieser Typ. Fragend sah ich ihn an und überlegte, ob ich mich in der Tür geirrt hatte. Nein, das konnte nicht sein, denn der Typ trug Julians Bademantel, den ich ihm geschenkt hatte und dann behauptete er auch noch, dass er jetzt hier wohne. Zusammen mit Julian. Ich war irritiert, denn davon hatte mir Julian nichts erzählt, aber ich riss mich zusammen und streckte dem Kerl die Hand hin. Sie hing eine ganze Weile sinnlos in der Luft herum, bis ich sie wieder in meiner Jackentasche vergrub.

Arschloch!, dachte ich und schob mich an ihm vorbei in

die Wohnung. Und klar, das Arschloch protestierte auch noch.

»Julian ist aber nicht da und ich ... ich hab jetzt keine Zeit«, sagte er und machte tatsächlich Anstalten, mich wieder zur Tür zurückzuschieben.

»Hör mal gut zu, Arschloch. Ich weiß zwar nicht, was du so dringend in Julians Bademantel zu tun hast und es ist mir auch egal. Ich erwarte auch keine Bespaßung von dir und es wäre mir sogar sehr recht, wenn du genau das unterlassen würdest, aber ich lasse mir von dir Vollpfosten nicht den Zugang zur Wohnung meines Freundes verbieten.«

»Sprich bloß nicht noch einmal so mit mir, du dämliche Bitch!«, fauchte er mich an.

»Sag das noch ein Mal«, knurrte ich.

»Bitch!«, presste der Typ hervor und hob drohend die Hand.

Und ich, ich sah nur noch Rot. Ich musterte ihn: »*Du* halbe Portion willst dich mit mir anlegen, ja?«, fragte ich und lachte ihn schallend aus.

Und da tickte er aus und ging auf mich los. Ich holte mit meinem Bein aus und eine halbe Sekunde später lag er am Boden und fluchte. In diesem Moment ging die Tür auf und Julian kam herein.

»Sagt mal, habt ihr sie noch alle?« Er zog mich weg von dem Typen und in diesem Augenblick war der Kerl aufgesprungen und wollte sich auf mich stürzen. Julian ging dazwischen. »Hallo? Schluss jetzt!«

Danach wollte er mich in den Arm nehmen, aber ich stieß ihn weg.

»Kannst du mir vielleicht mal kurz erklären, warum dieses Arschloch sich in *deinem* Bademantel bewegt, als wäre er hier zu Hause?«

»Ähm, na ja. Der wohnt jetzt auch hier.«

»Seit wann?«, fragte ich und blitzte Julian zornig an. Wie schön, dass ich das endlich auch erfuhr. Vor drei Tagen hatte er schließlich noch nicht hier gewohnt und es war auch nie die Rede von einem Mitbewohner gewesen.

»Seit ... seit gestern Abend.«

Ich schwieg.

»Das ist übrigens Murat.«

Das hatte ich mir schon fast gedacht.

»Murat – Romea«, stellte Julian vor.

In Murats Augen glomm noch immer der Zorn. Feinde fürs Leben. Das war schon mal klar.

Als meine Eltern davon erfahren hatten, dass Julian wieder auf der Bildfläche aufgetaucht war, waren sie natürlich nicht besonders beglückt darüber, aber solange ich meinen Kram einigermaßen erledigte, ließen sie mich machen. Natürlich wurden Besorgnisfalten gebildet und die Elternblicke intensiviert. Aber zum Glück hatten sie früher ja immer so viel von Toleranz geredet, dass ich ihnen meistens mit einem vorwurfsvollen »Und das bedeutet für euch Toleranz, ja?« ganz schnell den Stachel ziehen konnte.

Es gab nur ein Problem: Und das war Murat, der Prophet. Denn da der Stein nicht zum Propheten gekommen war, war der Prophet beim Stein eingezogen und wirkte wahre Wunder. Das erste Wunder war Julians Äußeres. Julian rasierte sich auf einmal nicht mehr und ständig trug er diese Häkelmütze.

»Weißt du eigentlich, wie lächerlich du damit aussiehst?«, hatte ich mich eines Tages vor ihm aufgebaut. Ich hasste seinen Bart. Bärte waren eklig. Bärte waren etwas für alte, hässliche Männer, die ihrem erschlafften Gesicht noch etwas Struktur verleihen wollten. Aber Julian hatte das nicht nötig. Er war schön. Ohne Bart war er schön. Wirklich schön. Aber mit diesem langen Witz eines Bartes wirkte er wie der allerletzte Hinterwäldler.

»Hey, Süße, reg dich doch nicht auf. Es kommt doch gar nicht darauf an, wie ich aussehe. Wichtig ist die innere Haltung.«

»Genau. Die *innere* Haltung. Ha, ha. Natürliche Schönheit kommt von innen. Aber dein Bart ist nur eine Äußerlichkeit und zwar eine ziemlich hässliche.«

»Nein, nicht nur. Er ist ein *Symbol.* Ein Symbol, das zeigt, was ich denke. *Alle* können sehen, was ich denke und dass ich nicht mehr bereit bin, bei diesem ganzen anderen oberflächlichen Scheiß mitzumachen.«

»Ja. Ganz toll. Weißt du was? Deine Revolution hat einen Bart. Und zwar einen soo langen«, sagte ich und zeigte auf seine Brust.

Doch Julian lachte nur und gab mir einen Kuss.

Und egal, wie sehr ich mich auch danach noch über ihn lustig machte, Julian war von seiner neuen Tracht nicht mehr abzubringen.

Und das zweite Wunder, das der Prophet bewirkt hatte, war der Umstand, dass Julian nun ständig in die Moschee rannte. Die »Salafiyya-Bruderschaft«. Und jedes Mal, wenn er von dort zurückkehrte, erkannte ich ihn kaum wieder. Dann war er – irgendwie war er dann nicht mehr Julian. Er war dann so – so unleidlich. Voller Hass.

Einmal saß ich in der Küche und während ich auf ihn wartete, hatte ich mir ein Diesel aufgemacht.

»Musst du dieses Zeugs in dich reinschütten?«, fragte er, als er zurückkam und warf einen missbilligenden Blick auf mein Getränk.

»Nein. Ich muss nicht. Aber ich will.«

Angewidert wandte er sich ab. Ausgerechnet er, der noch bis vor ein paar Wochen lieber zu viel als zu wenig Alkohol getrunken hatte.

Es versetzte mir einen Stich, dass er mir gegenüber so voller Ekel war. Auf einmal schmeckte mir das Cola-Bier gar nicht mehr, aber ich trank es trotzdem aus. Und dann steckte ich mir noch eine Kippe an, obwohl ich eigentlich nicht rauchte. Nur gelegentlich, wenn wir ausgingen.

Halt. Korrektur. Bis vor ein paar Wochen, als wir noch ausgegangen waren. Jetzt gab es ja nur noch die Moschee und den Pizzajob und die ewige Beterei.

In letzter Zeit war die Stimmung zwischen uns ziemlich gereizt. Ich verstand nicht, warum Julian tat, was er tat, und Julian war – Was war Julian? Sauer? Weil ich nicht mitmachte? Vielleicht. Jedenfalls stritten wir uns ziemlich oft. Und das nur, weil der Prophet seine seltsame Vorstellung von Religion aus dem Knast hier eingeschleppt hatte. Ich kam mir schon langsam selbst vor wie im Knast. Das, was Julian neuerdings für Religion hielt, brachte uns auseinander. Was die Liebe fügt, das soll Gott nicht trennen. Wenn das so weiterginge, dann würde Julian eines Tages abhauen mit seiner sogenannten Religion und dem, was er für Glauben hielt, in seine neue, schöne Schwarz-Weiß-Welt, wo es nur Gut oder Böse und nichts dazwischen gab und ich, ich würde bleiben, wo ich war und nicht sein wollte. Und dabei hatten wir doch zusammen abhauen wollen.

Wenn ich Julian nicht ganz verlieren wollte, dann musste ich etwas tun. Jetzt. Ich musste ihm irgendetwas bieten, das sein neues Weltbild einfach nicht so anders werden ließ. Und das war schwierig. Und es kostete Zeit. Sehr viel Zeit. Denn: Ich musste so oft wie möglich bei Julian sein, damit er gar keine Zeit hatte, sich Murats Gefasel anzuhören. Und noch zog Julian ein gepflegtes Schäferstündchen dem Teppichwurf vor. Und dabei hatte ich nie eine von diesen Klammertussis werden wollen, die sich ständig ihrem Freund aufdrängten und versuchten, ihn in eine Richtung zu lenken, in die er gar nicht wollte. Aber es war unübersehbar, gerade ging es um alles. Der Prophet oder ich.

Dummerweise waren Julian und Murat nur bis zum Nachmittag zu Hause. Danach ging es zur »Bruderschaft«

und abends und nachts fuhren sie Pizza aus. Deshalb musste ich morgens bei Julian sein und am besten auch noch den Rest des Tages. Dies wiederum bedeutete, dass ich nicht in die Schule gehen konnte. Zumindest nicht regelmäßig.

Und das, das war der Punkt, an dem sich alles, aber auch wirklich alles ändern sollte.

Ich begann also ziemlich konsequent mit meinem Julian-Engelmann-Bespaßungs-und-Religionsabwehr-Programm, sagen wir, mit mittelmäßigem Erfolg. Derweil rottete sich jedoch die verehrte Lehrerschaft zusammen und informierte meine Eltern, und das, obwohl ich zu den Klausuren im Allgemeinen erschien und wirklich noch ganz, ganz lange nicht vom Durchfallen bedroht war. Dies wiederum führte aber dazu, dass meine Eltern nun doch anfingen, ziemlich durchzudrehen.

»Gib's zu, du warst bei Julian!« Pa hatte zornig die Augenbrauen hochgezogen.

Ich zuckte mit den Schultern. »Ja. Und?«

Pa ließ sich auf einen Sessel fallen und rieb sich die Stirn.

»Warum besuchst du ihn denn nicht wenigstens nach der Schule?«

Wenn ich jetzt gesagt hätte, weil ich nicht will, dass mein Freund so ein bekloppter Salafist wird wie Murat, dann wäre Pa noch völlig durchgedreht und hätte mich schon mit Bomben im Slip gesehen, und deshalb wusste ich nicht, was ich ihm antworten sollte, und zuckte einfach noch einmal mit den Schultern.

»Jetzt zuck gefälligst nicht immer nur mit den Schultern, verdammt! Antworten. Ich will Antworten!« Pa wühlte weiter auf seiner hohen Stirn herum, als wolle er sich die Finger ins Hirn drücken. Auf einmal sprang er auf und schüttelte mich. »Was ist? Sag was!«

Ich entwand mich seinem Griff und sagte: »Was.«

»Romea? So kommen wir nicht weiter. Pass auf. Ich sag dir jetzt mal was und ich schwöre dir, es wird dir nicht gefallen. Wenn das mit dem Schuleschwänzen nicht aufhört, dann musst du ins Internat. Du weißt, wir sind kaum zu Hause und sind darauf angewiesen, dass unsere Kinder ein bisschen mehr Selbstverantwortung zeigen. Und wenn du die nicht hast, dann geht es nicht anders.« Daraufhin riss er mich an sich und drückte mich: »Und glaub bloß nicht, dass uns das leichtfällt.« Er seufzte. »Dann werden wir uns nämlich nur noch ganz selten sehen können.«

Ja, sicher. Weil wir jetzt ja auch ständig zusammenglucken.

»Haben wir uns verstanden, Romea?!«

Ich nickte und machte weiter wie bisher. Sorry, Mum. Sorry, Dad. Es geht wirklich nicht gegen euch, aber das hier ist viel zu kostbar, als dass ich die brave Tochter hätte spielen können. Ich hätte es euch echt gerne erklärt, aber das Dumme ist, dass ihr das nicht versteht und verdammt, ich lasse mir nicht verbieten, meinen Freund zu retten.

J

Es war ein echtes Glück, dass Murat bei mir eingezogen war. Nach dem Crash mit den »Gangsta's Ghost« war er der einzige Freund, den ich noch hatte. Und Freund ist eigentlich noch zu wenig. Murat war mehr. Viel mehr. Er war fast so etwas Ähnliches wie ein Gesandter. Na ja, Gesandter – das ist vielleicht zu pathetisch, doch wie auch immer. Jedenfalls – Murat hatte, wonach ich gesucht hatte. Das war mir im Prinzip schon im Knast klar geworden, aber aus irgendwelchen Gründen, die ich selbst nicht kannte, hatte ich das für eine kurze Zeit wieder vergessen. Doch jetzt, wo er bei mir wohnte, konnte ich die Augen definitiv nicht mehr davor verschließen. Am Anfang hatte ich mich noch ein wenig geziert, wieder mit dem Gebet anzufangen. Aber dann, als ich wieder reinkam, wurde es fast zu einer Sucht. Es gab meinem Leben einen Sinn. Es gab meinem Leben eine Struktur. Und noch besser wurde es, als ich Murat mit in die »Salafiyya-Bruderschaft« begleitete. Murat hatte es ja versprochen: Es war dort wie in einer großen Familie und alle waren Brüder und Schwestern. Und der Imam dort war echt S-Klasse und das Beste war – er predigte auf Deutsch. Wenn er anfing zu sprechen, dann konnte man einfach nicht weghören. Seine erste Predigt werde ich nie vergessen.

»›Siehst du nicht, dass wir die Teufel wider die Ungläubigen ausgeschickt haben, um sie zur Sünde anzureizen?‹«, zitierte er aus der neunzehnten Sure. »Wir müssen uns jetzt die Frage stellen: Wer sind sie denn, die Teufel? Und: Wo sind sie? Die Frage nach dem Wo lässt sich ganz einfach beantworten: Sie sind überall. Aber wer sind sie? Die Teufel sind clever. Sie verstecken sich. Verstecken sich in dem, was die Menschen reizt, in dem, was sie haben wollen. Im Alkohol sind sie. Im zügellosen Geschlechtsverkehr außerhalb der Ehe. Drogen. Im Zinswesen. Also hütet euch vor ihnen. Im Koran, in der dritten Sure steht: ›Den Menschen wurde begehrliche Lust an Frauen und Kindern, Gold und Silber, edlen Viehherden und viel Ackerland eingepflanzt. Doch das alles hat nur für dieses Leben Wert, ewige schönste Stätte ist nur bei Allah.‹ Aber: Das Paradies ist nur für die Rechtgläubigen bestimmt, für die, wie es ebenfalls in Sure drei heißt: ›für die, welche in guten und bösen Zeiten Almosen geben und ihren Zorn unterdrücken und den Menschen gerne vergeben, Allah liebt die guten Menschen.‹ Ich fasse also zusammen, nur wer sich vor den Teufeln der Versuchung hütet und Gutes tut, wird dereinst ins Paradies eingelassen. Und – glaubt mir – das Paradies ist tausend Mal herrlicher als das Herrlichste, was ihr euch vorstellen könnt. Ja, wie schön es da ist, könnt ihr in Sure sechsundfünfzig nachlesen: ›Auf golddurchwirkten Ruhebetten liegen die, die Gott nahestehen, einander gegenüber, während ewig junge Knaben unter ihnen die Runde machen mit Humpen und Kannen voll Wein und einem Becher voll von Quellwasser, von dem sie weder Kopfweh bekommen noch betrunken werden, und mit allerlei Früchten, was immer sie wünschen, und Fleisch und Geflügel, wonach sie Lust haben. Und großäugige Houris haben sie zu ihrer Verfügung, in ihrer Schönheit wohlverwahrten Perlen zu vergleichen.‹«

Am Anfang war ich echt erschrocken, denn mein ganzes bisheriges Leben war ein einziger Irrtum. Eine Sünde nach der anderen hatte ich begangen. Gesoffen, Drogen genommen, rumgehurt hatte ich. An nichts hatte ich geglaubt, außer an das große Geld. O.k., das war eben der westliche Lebensstil. Aber das machte es nicht besser. Zum Glück war es noch nicht zu spät. Dank Murat war es noch nicht zu spät.

Was mich aber traurig machte, war, dass Romea davon absolut nichts hören wollte. Den Bart, Zeichen meiner Würde, fand sie lächerlich, beten sinnlos und die Bruderschaft verdächtig. Ich wusste nicht, was ich tun sollte. Romea irgendetwas einreden zu wollen, war in etwa so aussichtsreich, wie an einem Strand alle Sandkörner zählen zu wollen. Aber ich konnte sie doch nicht ins offene Messer der Hölle rennen lassen. Ich wollte Romea auf keinen Fall verlieren. In diesem Leben nicht. Und im nächsten auch nicht. Und schon gar nicht an die Hölle. Das Dumme war, dass wir uns neuerdings ständig zankten. Ich wollte das eigentlich nicht, aber irgendwas stand plötzlich zwischen uns. Und dann noch das Generve mit Murat und Romea. Ständig droschen sie verbal aufeinander ein. Ein Albtraum. Romea schien es sich in den Kopf gesetzt zu haben, Murat aus meiner Wohnung zu ekeln, und Murat reizte sie bis aufs Blut, damit er dann hinterher sagen konnte: »Alter, in was für einer Welt leben wir eigentlich, in der die Weiber die Männer schlagen?! Kannst du mal bitte dein Frauchen ein wenig an die Kette legen?«

Und ich, ich wollte nur weg. Ganz weit weg. Und manchmal, wenn die beiden sich stritten, rollte ich meinen Teppich aus, den Murat mir geschenkt hatte, und betete. Dafür, dass Romea wenigstens ein Mal das Gebet sprechen würde und dass Romea und Murat sich irgendwann nicht mehr bekriegen würden.

Gerade versuchte ich auch wieder, mich zu sammeln, als in der Küche irgendwas an der Wand zerschellte. Die beiden waren wieder auf Hochtouren. Ich reinigte meine Gedanken und konzentrierte mich ganz auf Allah, da flog die Tür auf und Romea kam herein. Als sie mich auf dem Teppich sah, verdrehte sie die Augen, warf sich wortlos aufs Sofa und blätterte demonstrativ gelangweilt in einer meiner Musikzeitschriften. Ich gab es auf zu beten und setzte mich neben sie. Romea ignorierte mich und blätterte die nächste Seite um. Ich stupste sie in die Kniekehlen.

»Hör auf, Mann!«

Und dann ließ ich es raus: »Wir verlieren uns, Seeungeheuer!«, sagte ich mit belegter Stimme.

Romea warf die Zeitschrift achtlos zurück auf meinen

Schreibtisch. »Ja, wir sind wie ein Stück Eis, das in zwei Schollen zerbrochen ist, die nun langsam, ganz langsam, aber unaufhaltsam auseinandertreiben«, sagte sie und sah mich traurig an.

»Können wir denn gar nichts dagegen tun?«, fragte ich sie leise.

Romea zuckte mit den Schultern. »Ich weiß nicht. Vielleicht, wenn du Murat rauswirfst.«

»Hör mal, Süße. Ich kann Murat nicht rauswerfen. Ohne ihn könnte ich mir die Miete gar nicht leisten. Und … ich will es auch nicht. Ich … ich weiß nicht, wie ich es dir erklären soll. Murat – er hat etwas gefunden, das auch mir Halt gibt.«

Romea schwieg. Nach einer langen Pause sagte sie: »Es ist das Ding mit dem Islam, stimmt's?«

Ich nickte.

Romea drehte sich um und legte ihren Kopf in meinen Schoß, ergriff meine Hand und spielte mit meinen Fingern. Schließlich sagte sie: »Ich sehe auch keinen Sinn in dem, wie ich lebe, wenn ich ehrlich bin. Ich hab keine Lust mehr auf dieses Hamsterrad, das sie Leben nennen. Aber deswegen musst du doch nicht gleich zum Betbruder werden. Lass uns lieber abhauen.«

Ich streichelte Romea, die sich an mich schmiegte wie eine Katze.

»Du weißt doch, das geht nicht. … Wegen der Bewährungsauflagen.«

»Eigentlich könnten wir uns auch einfach umbringen«,

schlug sie vor. »Dann … dann verlieren wir uns wenigstens nicht«, sagte sie und ihre Stimme war tonlos und in ihren Augenwinkeln glitzerte es.

Ich legte ihr meinen Finger auf die Lippen. »Schsch … Ein echtes Seeungeheuer sagt so etwas nicht, denn jedes echte Seeungeheuer wird ururalt.«

Romea hatte sich aufgerichtet, schlang ihre Beine um mich und legte ihre Arme um meinen Hals. »Bitte lauf nicht weg.«

»Ich lauf doch nicht weg, Süße. Es ist eher so, dass ich sicher bin, dass du mich bald verlässt.«

»Niemals!«, rief sie und presste ihre Wange an meine. »Niemals.«

Wir küssten uns wie schon seit Langem nicht mehr.

»Romea?«

»Ja?«

»Darf ich mir was wünschen?«

»Alles, Raphop.«

»Würdest du ein Mal mit mir das Gebet machen? Nur ein einziges Mal. Und wenn es dir nicht gefällt, dann lasse ich dich damit für immer in Ruhe, ja?«

Ich sah den Kampf, der gerade in ihr vorging. Eins war mal sicher, im Prinzip lag es ihr näher, sich umzubringen, als zu beten, aber schließlich schlich sich so was wie Resignation in ihr Gesicht und sie nickte. »Ein Mal.«

R

Und dann hatte ich es wirklich getan. Kaum zu fassen, ich hatte tatsächlich mit Julian diese Betnummer durchgezogen.

Als ich mit ihm im Bad stand, sagte er: »Ich zeig dir jetzt Wudu', die rituelle Waschung«, aber während er noch erklärte, tauchte plötzlich Murat, der Prophet, im Türrahmen auf und starrte mich an. Ich merkte, wie schon wieder der Hass in mir hochkochte. Erst ließ ich mich von Julian bequatschen und nun war der Prophet auch noch Zaungast. Verdammt, wie erniedrigend. Nicht dass ich dann nach dem ganzen Getue irgendwie getauft war oder so.

»Verzieh dich! Das ist intim. Oder musst du gerade aufs Klo, oder was?«, zischte ich ihn an.

»Wer vorher so giftig ist, der wird niemals in die Süße des Gebets finden«, verkündete der Prophet salbungsvoll.

»Und wenn? Wenn mir nach Süße ist, dann esse ich eben eine Tafel Schokolade.«

Der Prophet warf mir einen abschätzigen Blick zu. »Du, du wirst das niemals können«, sagte er und verschwand in seinem Zimmer.

Ph. Der würde sich gleich wundern, was ich konnte

oder nicht. Und ich versuchte wirklich, mich zu sammeln, aber das war gar nicht so leicht, weil mir ungefähr tausend Dinge auf einmal durch den Kopf schossen. Und außerdem, wie sollte ich mich an etwas oder jemanden wenden, an das oder den ich gar nicht glaubte? Sinnlos. Andererseits – wenn ich mich nicht anstrengte, dann hätte Murat gewonnen. Und das, das ging gar nicht. Also stand ich da und verscheuchte jeden Gedanken. Gerade schwänze ich schon wieder die Schule. Nein, das war jetzt nicht wichtig. Innere Ruhe on. Ob Pa das mit dem Internat wirklich ernst gemeint hatte? Verdammt! Darüber konnte ich doch später nachdenken. Aber wenn ich ins Internat müsste, was wäre dann? Das ginge doch gar nicht. Wie sollte ich dann Julian halten? Sinnlos. Ich schaffte es einfach nicht abzuschalten. Loslassen. Ich musste einfach nur loslassen. Wie beim Sex. Da dachte ich doch auch nichts. Julian kniete inzwischen. Ich tat es ihm nach. Neuer Versuch ... Und auf einmal war Ruhe. Ich horchte in mich hinein. Da war nichts. Ich stürzte, aber angenehm. Vielleicht flog ich auch. Und dann, dann hörte ich die Klospülung. Murat, dieses verdammte Arschloch! Ich brach ab, setzte mich aufs Sofa und starrte ins Leere.

Nach einer Weile bemerkte ich, dass auch Julian sein Ritual beendet hatte. Er sah mich fragend an.

»Und? Schon fertig?«

Ich schwieg und Julian hockte sich neben mich und griff nach meiner Hand. Er schien enttäuscht.

»Hast du denn gar nichts gespürt?«

Ich zuckte mit den Schultern. »Weiß nicht. Vielleicht. Ein bisschen.«

»Mann, Süße, lass dir doch nicht alles aus der Nase ziehen.«

»Na ja, ganz kurz war ich in so einem Zustand. Ganz da und auch wieder nicht. Aber dann hat dein Schwachmat von Mitbewohner die Klospülung betätigt und dann war's auch schon wieder vorbei mit diesem Gefühl ...«

Julian starrte mich an, dann glitt ein Strahlen über sein Gesicht. »Aber ... Süße! Das ... das ist doch großartig!«

Was soll daran denn großartig sein?, fragte ich mich.

»Jetzt schau nicht so bedröppelt! Wenn du das so empfunden hast, wie du es mir beschrieben hast, dann hast du das Gleiche gefühlt wie ich.« Julian war ganz aufgeregt.

»Ja? Muss sich das so anfühlen? Aber es war echt nur ganz kurz.«

»Das ist ganz egal. Das Entscheidende ist, dass du es gefühlt hast. Jetzt brauchst du nur noch ein bisschen Übung.«

Stopp. Cut. Aus. »Moment, Moment! Die Rede war von ein Mal beten und nicht von üben«, sagte ich.

Julians Lächeln sank in sich zusammen wie Soufflé. »Ich ... ich dachte, dir hätte dieser kurze Moment gefallen?«

»Nein«, log ich, stand auf und ging nach Hause.

Ich musste jetzt unbedingt allein sein. Irgendwas war gerade ins Rollen gekommen und ich musste dringend nachdenken.

Ph. Von wegen nachdenken. Als ich nach Hause kam, erwartete mich Ma und wedelte mit einem Brief herum. Juhu! Meine Schule hatte eine Schulschwänzer-Kampagne gestartet und ich war ganz vorne mit dabei. Da konnte ich mir ja gratulieren. Und hatte ich vorhin noch darüber nachgegrübelt, ob meine Eltern die Sache mit dem Internat wirklich in Betracht zogen, dann hatte ich jetzt Gewissheit, dass sie es ernst meinten. Verdammt ernst. Ich geriet in Panik. Internat – das ging gar nicht.

»Tut mir leid«, sagte ich und das war schon meine zweite Lüge heute gewesen. »Ich schwöre, dass ich das nie wieder mache.« Damit wollte ich mich in mein Zimmer verdrücken, aber Ma rief mir nach: »Romea?«

Ich drehte mich um. »Ja?«

Sie sah mich streng an. »Das ist deine letzte Chance. Deine allerletzte.«

Genau. Das war meine allerletzte Chance. Und aus eben diesem Grund untersuchte ich detektivisch mein Zimmer und beseitigte alle Spuren, die auf Julian hinwiesen, dann warf ich Laptop, Handy, Geldkarte und meine Lieblingsklamotten in meine Sporttasche und verabschiedete mich zum Kickboxen.

Eine Stunde später war ich draußen bei Julian und läutete Sturm. Gott sei Dank war er noch zu Hause.

»Raphop, verdammt, ich muss für eine Weile bei dir einziehen.«

Was sollte ich machen? Ich konnte meine Freundin ja schlecht wieder nach Hause schicken. Und wenn ich ehrlich bin, dann hätte ich lieber mit Romea allein eine WG gegründet als mit Murat. Aber dafür war es ja nun zu spät. Alles, was ich nicht wollte, war a) noch mal in den Knast zu wandern und b) mit Murat *und* Romea zu hausen. Trotzdem würde ich Murat auf gar keinen Fall rauswerfen.

»Na dann, hereinspaziert«, sagte ich und fügte noch schnell dazu: »Aber du musst mit Murat klarkommen, k.?

»Ich werde es versuchen. Aber nur, weil du es bist.« Sie seufzte tief.

»Und was ist mit deinen Ellis?«

Sie zuckte mit den Schultern. »Was soll mit denen sein? Vermutlich werden sie eines Tages vor der Tür stehen und mich ins Internat karren. Und damit das nicht zu schnell geschieht, habe ich alle Spuren in dieser Tasche. Zum Glück habe ich ihnen nie deinen Nachnamen verraten.« Sie hielt ihre Sporttasche in die Höhe.

»Und Schule?«

»Ph ... Ist bis auf Weiteres abgebrochen.«

Und auf einmal wurde ich richtig froh, dass Romea jetzt immer da sein würde. Und Murat, der konnte sich ja auch ausnahmsweise mal zusammenreißen.

Zu behaupten, dass unsere kleine Zwangs-WG besonders harmonisch verlaufen wäre, wäre eine krasse Behauptung gewesen, aber immerhin, es wurde nicht ganz so schlimm wie ich es erwartet hatte.

Und dann, ein paar Tage nach Romeas Einzug, geschah das Unfassbare. Romea zupfte mich am Ärmel.

»Du, sag mal. Zeigst du mir noch mal, wie man betet? Also, so richtig mit allem und so.«

Ich sah sie erstaunt an. »Ich dachte, du willst das nicht ...?«

»Na ja, irgendwas war ja. Vielleicht kann ich das wirklich üben.«

»O.k. Gerne. Aber ich will dich nicht drängen.«

Sie schüttelte den Kopf. »Bitte zeig es mir noch mal.«

Und das tat ich. Aber als wir fertig waren, da geschah etwas ganz Seltsames. Aus Romeas Augen kullerten dicke Tränen und ich, ich war völlig bestürzt, denn ich hatte meine Freundin noch niemals weinen sehen. Noch nicht mal, als ich in den Knast gekommen war. Verdammt, was hatte ich ihr gerade angetan? »Süße!« Ich schüttelte sie. »Was ist denn los? Geht es dir nicht gut?«

Sie sank mir in die Arme. »Doch. Mir geht es sehr, sehr gut.«

Verwirrt zog ich sie zum Sofa. Wie soll man das auch

verstehen, wenn die eigene Freundin glücklich vor sich hin weint?

Erst am nächsten Tag begriff ich ihr eigenartiges Verhalten. Romea hatte sich infiziert. Mein Herz klopfte schneller und es war die pure Freude.

Romea war neugierig geworden und löcherte mich. Wie das denn alles so wäre mit dem Islam. Ich war völlig überfordert. So groß war mein Wissen ja auch noch nicht. Ich wusste nur, dass ich glaubte. »Frag doch mal Murat. Der praktiziert schon viel länger.«

Erst sträubte sie sich, aber ein paar Tage später beim Abendessen streute sie dann die eine oder andere Frage ein. Ganz beiläufig, versteht sich. Murat hob die Brauen und warf mir einen fragenden Blick zu. Ich zwinkerte ihm zu und Murat begann tatsächlich zu erzählen. Ganz normal und nicht, als säße ihm eine Teufelin gegenüber wie sonst.

Und von diesem Tag an wurde alles besser. Dank Romea hatten wir vorerst keine Geldsorgen und Murat und sie unterhielten sich auf einmal wie zivilisierte Menschen. Dass sie sich anfreundeten, wäre vielleicht zu viel gesagt, aber sie respektierten sich irgendwie.

Romea, die alle Dinge wie immer viel strukturierter anging als ich, hatte sich die Sammlung der Hadithe, die Überlieferung der Aussprüche und Handlungen des Propheten, und die Sira, die Biografie Mohammeds, gekauft und stöberte tagelang zum Thema Islam im Netz. Wahrscheinlich wusste sie inzwischen schon viel mehr darüber als ich. Aber am allerschönsten war, wenn Romea und ich zusammen beteten. Dann fühlte ich mich ihr noch näher als früher, obwohl ich nie gedacht hätte, dass das möglich sein würde. Dann war die Welt irgendwie perfekt. Wirklich perfekt. Und Romea schien das zunehmend auch so zu gehen.

Irgendwie inspirierten wir uns gegenseitig.

Und auch Murat machte sich prächtig. Seitdem er gemerkt hatte, dass Romea sich wirklich für den Islam interessierte, diskutierte er ganz gerne mit ihr und sie, sie sog alles in sich auf wie ein Schwamm. Allah hatte meine Gebete erhört und die Welt war gerade gar nicht mehr so beschissen.

Und, alhamdulilla, irgendwann hatte ich dann auch die Bewährungszeit überstanden.

Nun war ich wirklich wieder ein freier Mann und ich hatte sortiert nach dem, was ich brauchte und was nicht. Und das Schöne war, ich hatte festgestellt, dass ich keinen Luxus brauchte. Früher hatte ich immer von einem fetten Auto und heißen Bräuten auf der Kühlerhaube geträumt und einer Villa mit Pool. Aber inzwischen dachte ich, dass mich das nur vom Eigentlichen ablenken würde. Es war schön, Allah, dem Allmächtigen, so nah zu sein. Außerdem hatte ich die coolste Freundin der Welt und einen inzwischen besten Freund namens Murat. Wenn wir drei zusammenhielten, dann reichte auch unsere Kohle fürs Leben. Was wollte ich eigentlich mehr? Ich war runtergekommen. War angekommen. Ich stand mit beiden Beinen auf der Erde und trotzdem fühlte es sich an, als ob ich schwebte.

R

Ich hatte echt den totalen Horror davor gehabt, mit dem Propheten eine Wohnung zu teilen, dem falschen Propheten, meinem Widersacher, dem Typen, der eine Mauer zwischen Julian und mir errichtet hatte, und davor, dass Ma und Pa eines Tages vor der Tür stehen würden mit vergrämten Was-haben-wir-nur-falsch-gemacht-Gesichtern und rot geheulten Augen. Aber tatsächlich kam alles ganz anders.

Die ganze erste Nacht bei Julian lag ich wach. Ich lag wach und war voller Zweifel. War ich gerade dabei, mein Leben wegzuwerfen? Mir war vollkommen klar, was ich nicht wollte. Aber was wollte ich stattdessen? Klar, Julian. Aber würde ich ihn auch noch wollen, wenn er sich noch mehr in dieses Islam-Ding hineinsteigern würde? Bis auf die Tatsache, dass ich Julian liebte, war ich vollkommen leer. Dass ich heute möglicherweise mit meiner Familie gebrochen hatte, wusste ich zwar, aber ich spürte es nicht. Und diese Leere war unerträglich. Ich stellte mir vor, wie Julian und Murat verzückt beteten und wie ich leer danebenstand. Mit nichts verbunden. Nicht mal mit Julian. Sorry, you are disconnected now.

Mit einem leeren Menschen kann man nichts anfangen, vor allem, wenn man selbst gerade so erfüllt ist. Julian würde unser Band zerschneiden. Eines Tages würde er das. Eine einsame Träne lief mir die Wange herab.

Gab es Gott? Niemand kann beweisen, dass es Gott gibt, aber es kann auch niemand das Gegenteil belegen, weil Gott außerhalb unseres materiellen Bezugsrahmens steht. So oder so. Wir sind einfach zu klein, um zu begreifen. Ich fragte mich, ob ich jemals an Gott geglaubt hatte und konnte mich nicht erinnern. Meine Eltern glaubten an nichts. Na ja, irgendwie waren sie Christen, aber es spielte keine Rolle in ihrem Leben. Nicht wirklich. Es wurde getauft, geheiratet und gestorben mit der Kirche und an Weihnachten ging es in die Christmette und zum Osterfeuer ging es wegen Ostern. Wegen der Stimmung, der Romantik, ein Knicks vor der christlich-abendländischen Leitkultur.

Oder gab es irgendwo in der fernen Vergangenheit ein Flackern, das noch immer seinen Schein in unser Leben warf, ehe das Feuer endgültig verglomm und als Aschehäufchen in sich zusammensank? Lebendig war jedenfalls anders.

Und ich dachte daran, wie ich schon in fünf verschiedenen Ländern unter freiem Himmel gelegen und mich irgendwo zwischen den Sternen verloren hatte. Jeder dieser Lichtpunkte eine eigene riesige Welt und dabei sah ich nur einen winzigen Ausschnitt des Universums, das sich immer weiter und weiter ausdehnte. Und das allein war schon unvorstellbar und wer weiß, wie viele Universen es noch gab. Das erschütterte mich bis ins Mark. Die Erde war nichts im Vergleich zu all den Galaxien, die dort herumwirbelten und schon in Erddimension war ich nur eine von sieben Milliarden, ein Siebenmilliardstel, das war so gut wie nichts und in Universumsdimension gab es mich praktisch gar nicht. Kleiner als eine Amöbe. Unwichtiger als ein Fliegenschiss. Und das machte mir Angst. Furcht und Staunen verbanden sich und übrig blieb so was wie Ehrfurcht und die Erkenntnis, dass mein Verstand an genau dieser Stelle kapitulierte. Ein Nichts, das sich nicht zugehörig fühlte, das drohte, an der eigenen Bedeutungslosigkeit zu zerbrechen, war ich. Und alles, was ich mir wünschte, war eine Nabelschnur, die mich mit all dem verband. Aber Weihnachten und Ostern allein reichten dafür nicht aus.

Und dann dachte ich an das Gefühl, das ich am Tag zuvor gehabt hatte. Einen Kolibriflügelschlag lang nur, aber immerhin, einen Kolibriflügelschlag lang – connected.

Und dann durchlief mich ein Zittern. Ich hatte einen ketzerischen Gedanken, einen, der alles verriet, was ich jemals geglaubt hatte und war. Und ich gab mir selbst meinen eigenen kleinen Judaskuss: Was wäre, wenn es nicht darum ging, dass *ich* Julian vor der Glaubensverwirrung rettete, sondern dass *Julian* mich ans Universum anstöpselte? Plug and play. Romea connected with everything.

Und genau deshalb, weil ich all das dachte, bat ich Julian, noch einmal mit mir zu beten. Ich setzte alles auf eine

Karte. Einen Versuch gab ich mir noch, einen Versuch, um zu testen, ob ich Julian bald oder zumindest irgendwann würde verstehen können oder ob alles sinnlos war und wir bereits auf dem Weg unseres Abschieds waren. Unwiderruflich.

Julian starrte mich ungläubig an. Ob ich das wirklich wolle, fragte er mich. Natürlich wollte ich, sonst hätte ich wohl kaum gefragt. Ich wollte, dass da etwas war und dass es dasselbe war, was Julian fühlte.

Also machten wir noch einmal die rituelle Waschung Wudu' und ich war fast noch aufgeregter als damals, als ich Julian vor dem Knast erwartet hatte. Es ging um alles. Wir hoben die Hände.

»Allahu aqbar!«

Mit an die Seiten angelegten Händen begann Julian, die erste Sure des Korans zu rezitieren. Und ich ließ mich darauf ein. Diesmal ließ ich mich wirklich darauf ein. Und auf einmal war ich weg. Auf gewisse Art war ich aus mir herausgetreten. Romea Achenbach gab es gerade nicht, aber sie fühlte sich ganz deutlich. Aber was noch besser war: Romea fühlte noch viel mehr als sich. Sie fühlte – alles. Romea Achenbach hatte sich mit dem Universum verkabelt. Das Universum, der Urozean aller Dinge, ich tauchte ein, war leicht, war eins. Alles war eins. Eins war alles. Welcome, you are connected now.

Ich hatte gar nicht bemerkt, dass Julian das Gebet unterbrochen hatte. Erst als er mich schüttelte, kehrte ich in mich zurück. Ich war glücklich. So glücklich. Ich hatte Julian und alles andere so deutlich und klar gespürt wie noch niemals irgendwas. Julian wischte mir im Gesicht herum und ich fragte mich, was er da machte. Er sah mich besorgt an und bugsierte mich in Richtung Bett.

»Romea? Romea, was ist mit dir?«, fragte er mich und da erst begriff ich, dass ich geweint hatte.

»Ich bin glücklich«, sagte ich und Julian hatte ein großes Fragezeichen im Gesicht.

Und dann begann eine richtig gute Zeit für uns. Julian und ich kamen uns wieder ganz nah. Näher als jemals zuvor und manchmal so nah, dass es fast schon wehtat.

Und, es war überraschend, Murat war eigentlich ganz o.k., nein, das ist untertrieben, ich begann, ihn richtig gern zu haben. Ich glaube, so nach und nach wurde er zum Freund. Er lud mich auch in die Moschee der »Salafiyya-Bruderschaft« ein und ich, ich hatte zuerst ein wenig Angst davor. Schließlich wusste ich so gut wie nichts. Zum Beispiel wie man sich verhielt, aber Murat zerstreute meine Bedenken.

»Glaub mir, du wirst herzlich empfangen werden«, versicherte er mir immer und immer wieder.

Und eines Tages bin ich dann mitgegangen. Zuerst sprach ich mit dem Imam, der wirklich sichtlich erfreut schien, als ich bei ihm auftauchte. Ich hatte mir Imame immer als alte, bedächtige, weise und mehr oder weniger gütige Männer vorgestellt, ein wenig wie den lieben Gott in christlichen Kinderbibeln, aber dieser Imam Mustafa Metwally war höchstens dreißig und er sprühte vor Energie. Wenn er sprach, dann riss es einen einfach mit, ob man das nun wollte oder nicht.

»Wie schön, dass du gekommen bist. Schau dich nur um. Du bist immer herzlich willkommen«, sagte er.

Ich war erstaunt. So viel Gastfreundschaft hatte ich nicht erwartet.

Murat winkte mir und ich folgte ihm. Er führte mich zu einem Grüppchen von Frauen, die auf dem Hof einen Schwatz hielten. Sie lachten viel. Alle trugen Kopftuch. Und ich, ich kam mir plötzlich seltsam vor so ohne Kopfbedeckung, irgendwie fühlte ich mich ein bisschen nackt und gleichzeitig ärgerte ich mich über mich selbst. Denn warum sollte ich ein Kopftuch tragen? Ich hatte noch nie verstanden, wozu das gut sein sollte.

Als mich Murat vorstellte, löste sich sofort eine ältere Frau aus der Gruppe, sagte auf Deutsch, dass sie Shirin heiße, hakte mich unter und zog mich in die Gruppe. Die meisten Frauen, die vorher noch Arabisch gesprochen hatten, schalteten auf Deutsch um, damit ich sie verstehen konnte. Und ihre Fragen und meine Antworten hüpften hin und her wie Pingpongbälle und wer hätte gedacht, dass ich mich zwischen zehn Kopftuchfrauen so wohlfühlen würde.

Ich ging jetzt öfter mit den Jungs in die Moschee und jedes Mal schienen sich dort auch alle zu freuen, wenn ich mitkam. Und je öfter ich mitkam, desto besser gefiel es mir dort. Vor allem, dass dort die Gemeinschaft zählte und nicht, was jemand darstellte. Es war völlig egal, ob jemand viel oder wenig verdiente oder ob er schlau oder doof war. Und vor allem: Man hatte Zeit füreinander. Irgendwer war immer da, der Zeit hatte und zuhörte oder selbst erzählte.

Ich hatte mich mit Literatur eingedeckt und las und las und las. Ich wollte unbedingt herausfinden, was ich gefunden hatte. Dieser Raum, in dem alles gut war, wenn ich betete. Was war das? Meditation? Selbsthypnose oder Gott? Oder Allah? Machte Gott oder Allah überhaupt einen Unterschied? War es das, wonach ich gesucht hatte?

Ein wenig beneidete ich Julian. Er stellte schon lange keine Fragen mehr. Für ihn war die Sache klar. Er hatte zu Allah gefunden und was der Imam sagte, das war richtig. Immer.

Aber zumindest gab mir das Gebet Sicherheit, weil ich mich geborgen fühlte. Es war wie das alles lösende Puzzlestück. Wenn ich dort war, ergab alles einen Sinn.

»Sag mal, wollen wir nicht irgendwann das Glaubensbekenntnis, die Schahada, sprechen?«, fragte Julian eines Nachts, nachdem wir uns geliebt hatten und aneinandergekuschelt nebeneinanderlagen.

»Wie kommst du denn jetzt darauf?«, fragte ich ihn. Aber ich hatte selbst schon darüber nachgedacht.

»Na ja, du spürst es doch auch?«, fragte er.

»Was?«

»Allah.«

»Ich spüre etwas Großes, das mich glücklich macht, aber ich weiß noch nicht, ob das Gott ist«, antwortete ich.

»Das ist nicht Gott, das ist Allah«, sagte Julian vorwurfsvoll.

»Mann, das ist doch egal«, protestierte ich.

»Nein, Romea. Das ist es nicht. Allah ist viel größer als Gott.« Julian klang fast ärgerlich.

»Ich glaube, das ist dasselbe.«

»Das ist gotteslästerlich, was du da sagst.«

Ich musste lachen. »Gotteslästerlich, ja? Vielleicht allahlästerlich nach deiner Interpretation.«

Julian seufzte. »Was ist denn nun mit der Schahada? Ich kann nicht mehr ewig warten.«

Ich legte meinen Arm um Julian. »Hey, Raphop. Ich bin noch nicht so weit.«

Julian befreite sich von meinem Arm und sagte ärgerlich: »Nenn mich bloß nie wieder Raphop. Raphop gibt es nicht mehr. Rap ist Musik und Musik ist haram.«

»Phhh ... Das glaube ich nicht, dass Musik unrein ist. Das gehört doch zu den schönsten Dingen, die es überhaupt gibt auf der Welt. Das kann nicht unrein sein.«

»Und? Zehn nackte Nutten gehören vielleicht auch zu den schönsten Dingen auf der Welt. Trotzdem ist es haram, mit ihnen zu schlafen«, knurrte er.

Ich wurde sauer. »Du kannst mich mal«, sagte ich und drehte mich um.

Das Gespräch mit Julian ging mir auch in den nächsten Tagen im Kopf herum. Die Schahada wäre ein nächster Schritt. Vielleicht stand ich mir gerade selbst im Weg? Vielleicht stand ich genau vor dem Tor, nach dem ich mein ganzes Leben lang gesucht hatte?

Und je länger ich darüber nachdachte, für desto wahrscheinlicher hielt ich es, dass das, was ich spürte, Gott war. Oder Allah. Und egal, was Julian glaubte, für mich war es dasselbe. Und ich spürte, wie mich jeder Tag weiter brachte. Näher zu Gott oder Allah. Und das machte mich glücklich. Ich war angekommen. Fast war ich angekommen und eine tiefe Zufriedenheit breitete sich in mir aus.

Gut, manchmal war ich ein wenig traurig, dass ich von meinen Eltern nichts hörte und ich fragte mich, wie das wohl für Theresa war, dass ich jetzt weg war, gleichzeitig war ich aber auch froh, dass das so war, denn ich hatte das Gefühl, gerade in ein großartiges neues Leben eingestiegen zu sein. Und wenn man gerade ein neues Leben anfängt, dann ist es doch nur gut, wenn einen das alte Leben einfach in Ruhe lässt, oder?

Und so entglitt es mir nach und nach, mein altes Leben. Wie soll ich sagen? Ich hatte das Gefühl, dass es nach und nach sanft entschlief und irgendwann würde ich es dann endgültig, aber feierlich bestatten.

Was mir aber vor allem gefiel, das war das langsame Hinübergleiten. Ich hatte alle Zeit der Welt und alles, was ich tat, das tat ich nach und nach und vor allem, ich tat es freiwillig.

Doch eines Tages sollte sich alles ändern. Vor allem das Tempo sollte sich ändern. Das Tempo bestimmte nun auf einmal nicht mehr ich, sondern es waren die Umstände, und dann ging alles rasend schnell.

Eines Nachts wachte ich von einem seltsamen Geräusch auf, das ich nachts noch nie in der Wohnung gehört hatte. Ich stand auf und schlich in den Flur. Da war es wieder, dieses Schaben und Klicken an der Tür. Ich hielt den Atem an und lauschte. Verdammt, es kam wirklich von der Wohnungstür. Irgendwer kratzte am Schloss. Shit! Mein Herz begann zu rasen. Ich rannte zurück ins Schlafzimmer und rüttelte Julian an den Schultern.

»Verdammt, lass mich schlafen, Ungeheuer, ich will jetzt keinen Sex!«, murmelte er aus seinem Tiefschlaf hervor.

Ich kniff ihn in den Arm. Mann, hatte der einen festen Schlaf. Endlich öffnete er ein Auge, aber wirklich da schien er noch nicht zu sein.

»Einbrecher!«, flüsterte ich ihm zu.

Er sah mich einen Augenblick verständnislos an. »Wie? Einbrecher?« Doch auf einmal stand er senkrecht neben mir. »Scheiße, scheiße, scheiße! Ice! Schnell, weck Murat. Wir müssen hier weg!«

Doch ich musste Murat gar nicht mehr wecken. Er stand schon völlig bekleidet im Flur. Er öffnete den Mund, aber ich legte den Zeigefinger auf meine Lippen und Murat schluckte runter, was auch immer er gerade hatte sagen wollen.

Julian schlich zum Fenster und hob den Vorhang ein ganz klein wenig an.

»Wir müssen durchs Fenster abhauen«, flüsterte er.

Ich hatte keine Ahnung, was abging. Aber wenn mitten in der Nacht jemand versucht, dein Schloss zu knacken und dein Freund wirkt, als wäre etwas eingetreten, was er schon lange befürchtet hatte, wartest du nicht lange. Ich zog mir auf dem Weg zum Balkon Jeans und Jacke an. Dann hangelten wir uns von Balkon zu Balkon. Wir waren fast unten, als zwei fette Typen auf unserem Balkon erschienen. Im Mondlicht konnte ich ihre Knarren deutlicher sehen, als mir lieb war. Da schlug auch schon irgendwas neben mir ein. Ich zuckte zusammen. Die Arschlöcher hatten Schalldämpfer benutzt. Ich ließ mich fallen. Und noch mal flog etwas dicht an mir vorbei. Dann landete Julian neben mir. Murat war noch ziemlich weit oben und hing am Geländer wie ein Sack.

»Scheiße, jetzt sind sie weg! Verdammt, die kommen runter«, sagte ich zu Julian.

»Das sind die Leute von Ice. Die sind nur hinter mir her«, flüsterte er.

»Dann hau ab. Ich kümmere mich um Murat«, raunte ich ihm zu.

Julian drehte sich gehetzt um.

»Hau ab!«, sagte ich und stieß ihn an.

Endlich rannte er los und ich kletterte wieder nach oben und betete, dass ich schnell genug sein würde, bevor die Typen aus dem Haus kamen. Gut, dass der Eingang hinter dem Haus lag und die Typen so fett waren, dass sie offenbar nicht klettern konnten. Murat wimmerte leise.

Hoffentlich bin ich rechtzeitig oben, bevor er loslässt, dachte ich. Ich hörte, wie die Haustür aufging. Schwere Stiefel auf Asphalt. Nicht nach unten schauen. Klettern! Meine Finger brannten. Zähne zusammenbeißen!, befahl ich mir. Murat hing einen Balkon unter unserem, aber ich konnte nicht gleichzeitig klettern und ihn mit hochziehen.

»Halt dich fest. Ich bin gleich oben.« Endlich hatte ich es geschafft. Am liebsten hätte ich mich auf den Boden geworfen und erst mal nach Luft geschnappt.

»Romea, ich kann nicht mehr!«, rief Murat und ich sah, wie seine Finger Millimeter für Millimeter vom Geländer glitschten. Seine linke Hand rutschte ab und in diesem Moment schaffte ich es gerade noch, nach seiner Rechten zu greifen. Murat war zwar nicht schwer, aber ich taumelte ein wenig und seine Hand war klitschnass. Wahrscheinlich würden wir gleich beide nach unten stürzen.

»Reiß dich zusammen und gib mir deine andere Hand!«, flüsterte ich. Die Stiefelschritte wurden immer lauter.

»Verdammt, Murat! Sie kommen!«

Murat streckte mir mit letzter Kraft die Linke entgegen und ich zog, so gut ich konnte. Er stützte sich mit den Beinen an der Brüstung ab und, alhamdulillah, endlich war er oben. Ich drückte ihn zu Boden und ging selbst in Deckung. Keine Sekunde zu früh. Murat öffnete den Mund, um etwas zu sagen, aber ich hielt ihn ihm zu. In diesem

Augenblick kamen die Typen auch schon um die Ecke geschnauft und sahen sich um. Julian war verschwunden. Trotzdem rannten sie wie von der Tarantel gestochen davon, denn jeder, wirklich jeder, der für Ice arbeitete, musste seinen langen Arm fürchten. Als sie außer Sicht waren, ließ ich Murat los. Er sah mich seltsam an.

»Ich bin mir nicht sicher, ob das nicht haram war, was du getan hast, aber danke. Zwei Sekunden später und ich hätte losgelassen.«

Ich ging da gar nicht darauf ein, sondern sagte: »Meinst du, du kannst mit einem Seil klettern?«

Murat zuckte mit den Schultern. »Keine Ahnung. Offensichtlich bin ich eine Niete im Klettern.«

»Ja. Das ist nicht zu übersehen«, sagte ich. Hoffentlich wachten die Nachbarn nicht auf. Es wäre schwer zu erklären, was wir morgens um halb vier, noch halb im Schlafanzug, auf ihrem Balkon trieben.

»Warte hier, Murat. Ich geh noch mal hoch.«

»Romea?«, fragte er ängstlich. »Was, wenn die wiederkommen?«

»Die suchen erst mal Julian.« Damit ließ ich ihn, wo er war und kletterte nach oben, wo ich noch schnell Geld, Handy, Schlüssel, die Koran-Ausgabe mit meinen Notizen und die Schneekugel von Theresa einsteckte. Dann verknotete ich drei Bettlaken und stieg wieder nach unten. Dort schlang ich das Laken über das Geländer und seilte mich ab. Murat kam nach und ließ sich dann fallen. Die Betttücher ließen wir, wo sie waren und rannten davon, als wäre Shaitan höchstselbst hinter uns her. Als wir schon fast in Friedrichshain waren, konnten wir nicht mehr. Da standen wir dann und sahen uns an.

»Und jetzt?«, fragte ich.

Murat zuckte mit den Schultern.

Ganz toll. Die Wohnung konnten wir vergessen. Jetzt, wo sie wussten, wo Julian wohnte, würden Ices Leute nicht mehr von Julian ablassen. Jetzt waren wir so gut wie obdachlos. Plötzlich ging ein Leuchten über Murats Gesicht. »Mensch, wir können in die Moschee gehen«, sagte er.

»Klar, Mann, morgens um vier gehen wir in die Moschee. Weil da bestimmt noch offen ist«, machte ich mich lustig.

Doch Murat behauptete, dass im Hinterhaus immer jemand da wäre. Also trottete ich ihm in Ermangelung einer besseren Idee hinterher.

Und unglaublich, aber wahr, tatsächlich wurde uns morgens um dreiviertel vier von einem Typen mit Häkelmütze und einem Witz von Bart, der sich als Hilal vorstellte, die Tür geöffnet und ein heißer Tee gebracht, damit wir uns beruhigten.

Als wir wieder etwas zu uns gekommen waren, sagte er: »Ich zeig euch mal, wo ihr schlafen könnt.«

»Sag mal, könnte vielleicht unser Freund nachher noch dazukommen?«, fragte Murat.

Hilal nickte und überreichte uns einen Schlüssel. »Wenn euer Freund da ist, dann schließt bitte wieder zu. Die Nazis machen gerne mal um diese Zeit ihren Rundgang.« Er lachte heiser.

Ich nickte und nahm den Schlüssel an mich.

Murat tippte eifrig auf seinem Handy herum. »Julian kommt gleich«, sagte er.

»Halleluja«, sagte ich.

»Alhamdulillah«, korrigierte er mich und zwinkerte mir zu.

Eine halbe Stunde später stand Julian auf der Matte. Er war völlig abgekämpft. Wir fielen uns in die Arme und kletterten dann sofort die knarrende Treppe zu unserem Matratzenlager hoch. Und was mich betraf, ich kuschelte mich an Julian und schlief sofort ein.

J

Als Ice seine Pitbulls auf mich losgelassen hatte, ging mir der Arsch so was von auf Grundeis, dass ich mich die nächsten zwei Tage nicht mehr auf die Straße traute. O.k., dass Ice sich nicht linken lassen würde, war ja klar gewesen, und dass es nur eine Frage der Zeit war, bis sie mich finden würden, auch. Aber dass er mich gleich umlegen lassen wollte, das machte mich schon fassungslos.

Nur gut, dass wir in der Moschee untertauchen konnten. »Wie lange können wir bleiben?«, hatte ich gleich am nächsten Tag den Imam gefragt.

Seine Augen, in denen eine Art Feuer glühte, sodass man nie genau wusste, ob er wütend war oder nur intensiv nachdachte, blitzten mich an. »So lange ihr wollt.«

Ich sagte darauf, nein, ich wollte etwas darauf sagen, aber ich sagte – nichts. So platt war ich vor so viel Gastfreundschaft.

»Können wir uns vielleicht irgendwie … nützlich machen?«, fragte ich und hoffte, dass er Ja sagen würde.

»Ja, du kannst beim Umbau helfen am Wochenende. Und du kannst dich noch nützlicher machen. Später. Viel nützlicher.«

Und so kam es, dass Romea, Murat und ich praktisch in die Gemeinde der »Salafiyya-Bruderschaft« einzogen. Natürlich durften Romea und ich nicht mehr im gleichen Raum schlafen, weil wir nicht verheiratet waren. Das war schon irgendwie scheiße, aber andererseits waren wir Gäste und konnten nicht einfach so gegen alle Regeln verstoßen.

Mit dem Einzug in das Hinterhaus der Gemeinde ließen wir die restliche Welt hinter uns. Schule, Eltern, Freunde – damit hatten wir ohnehin schon seit Monaten abgeschlossen. Und was mich betraf – ich vermisste das alles nicht. Im Gegenteil. Hier waren wir am Puls dessen, wonach wir immer gesucht hatten. Nach einem Sinn. Und hier war rundum nichts als Sinn.

Das Einzige, was mir nicht so wirklich gefiel, war der Umstand, dass Romea und ich uns plötzlich nur noch wenige Minuten am Tag sahen. Genau genommen nur nach dem Gebet, denn Romea war im Frauentrakt untergebracht und die Männer und die Frauen blieben weitestgehend unter sich.

Die Moschee war ein einziger großer Organismus. So eine Art Bienenstock. Der Einzelne war nicht wichtig, nur das große Ganze, das war es, was zählte. Ein Bienenstock, der Honig erzeugte nur für Allah, den Allmächtigen. Und das Großartige war, dass wir nun auch ein Teil davon waren.

Hier plätscherten die Tage nicht einfach so dahin wie draußen, hier konnte man sich nicht auf den Tag werfen wie auf eine vor sich hin dümpelnde Luftmatratze im See, um einfach nur verpeilt und stoned vor sich hin zu chillen. Hier hatte jeder Tag, jede Stunde, jede Minute einen Sinn. Der Tag gehorchte dem Metronom Allahs.

Jeder hier hatte seinen Platz, seine Aufgabe. Die einen verteidigten das System nach außen, die anderen hielten das Innere am Laufen. Ein Bienenstock eben, nur dass hier die Männchen das Sagen hatten. Und das Zentrum des Ganzen, das waren der Koran und die Hadithen, vor allem aber der Koran.

Und das Metronom tickte. Tickte den ganzen Tag. Tickte zum Fadschr, dem Gebet vor Sonnenaufgang, zum Zuhr, dem Mittagsgebet, zum ʻAsr, dem Nachmittagsgebet, zum Maghrib, dem Gebet nach Sonnenuntergang und zum ʻIscha', dem Nachtgebet, tickte zum Koran-Unterricht und tickte zum Lesen der Hadithen. Und davon wurde der Kopf frei. So frei und leicht. Und wenn du mal nicht weiterwusstest, dann konntest du immer einen deiner Brüder fragen, die es vielleicht wussten, und wenn nicht, jemanden kannten, der es wusste. Oder du gingst gleich zum Imam und da konntest du sicher sein, was richtig war und was falsch. Und warum sollte man das, was er sagte, auch anzweifeln? Er hatte sich ja viel mehr mit diesen Dingen beschäftigt als wir. Zu jeder, aber auch wirklich jeder Frage gab es hier die Antwort.

Aber am schönsten fand ich es, wenn der Imam vom Paradies erzählte.

»Stellt euch das Süßeste vor, das ihr auf Erden kennt«,

sagte er zum Beispiel. »Und das nehmt ihr mal zehntausend. Und so süß, genau so süß ist es im Paradies.«

Leider folgte darauf immer die Beschreibung der Hölle.

»Aber hütet euch vor der Hölle. Denn die Hölle ist schlimmer als das Schlimmste, was ihr euch vorstellen könnt. Zehntausend mal schlimmer. Ihr glaubt, dass es schlimm ist, wenn euch ein Auge ausgerissen wird? – Nein, das ist nicht schlimm. Das ist nichts im Vergleich zu den Qualen der Hölle.«

Früher hatte ich ja nie an so was wie Himmel oder Hölle geglaubt, aber hier glaubten es alle. Und je öfter ich diese Sätze hörte, desto mehr glaubte ich sie selbst. Wer war ich, dass ich mir einbilden konnte, besser zu wissen, was richtig und was falsch war, als der Imam? Wie konnte ich mich gegen das stemmen, was alle glaubten? Und warum auch?

Irgendwie war es cool zu wissen, dass man immer das Richtige tat, wenn man nur den Koran und die Aussagen des Imam befolgte. Nicht wie da draußen, wo ich meinem Vater meistens hatte sagen müsse, wo es langging und das, ohne selbst zu wissen, was richtig war. Hier war alles so leicht und obwohl mein Tag in erster Linie aus Regeln bestand, fühlte ich mich irgendwie schwerelos. Schwerelos, abgesehen davon, dass ich Romea sehen wollte. Es war, als hätte sie sich zwischen den Ritzen der türkisblauen Kacheln aufgelöst. Bei den Gebeten wusste ich, dass sie da war, aber ich musste vorne stehen und sie hinten und ich konnte mich ja schlecht dauernd nach ihr umdrehen.

Deswegen, genau deswegen stehen Männer und Frauen beim Gebet getrennt, damit sie sich nicht ständig gegenseitig von Allah ablenken. Aber wie sollte ich beten, wenn ich mich doch so sehr nach ihr sehnte?

Also beschloss ich nach ein paar Tagen, den Koran-Unterricht zu schwänzen und sie nach dem Gebet abzupassen. Als ich sie so sah mit Kopftuch, im Kreis der anderen Mädchen und Frauen, kamen mir kurz Zweifel. Eigentlich fand ich sie ohne hübscher, aber dann riss ich mich zusammen. Es ging nicht darum, gut auszusehen, sondern nicht vom Wesentlichen abzulenken. Und trotzdem musste ich sofort an Sex denken. Ob sie das Kopftuch auch beim Sex tragen würde? Sicher nicht. Oder doch? Vielleicht sollte ich den Imam fragen? Blödsinn, ich konnte den Imam doch nicht nach Sex fragen. Zumindest nicht, solange wir nicht verheiratet waren, aber dazu mussten wir ja erst einmal konvertieren.

»Romea«, rief ich ihr leise zu.

Sie löste sich aus ihrer Gruppe und kam zu mir rüber. Neugierig beobachteten sie die anderen Mädchen und tuschelten. Als sie vor mir stand, senkte sie die Augen. Romea senkte die Augen! Ich konnte kaum glauben, was ich da sah. Das ... das war so wenig Romea-haft. Romea in die Augen zu sehen, das bedeutete, in ein schlingpflanzengrünes Feuerwerk zu blicken, aber doch nicht auf ihre gesenkten Lider. Auf einmal war alle Leichtigkeit zu Schwere geworden.

In diesem Augenblick bemerkte ich, dass der Imam

mich missbilligend musterte. Romea warf den anderen Frauen einen verunsicherten Blick zu.

Also sagte ich schnell zu ihr: »Wollen wir nicht die Schahada sprechen?«

»Ich glaube schon. Aber gib mir noch ein ganz klein wenig Zeit«, sagte sie.

Das hatte sie neulich schon gesagt und irgendwie ärgerte es mich, dass sie sich immer noch nicht sicher war. Klar, ich hätte die Schahada auch alleine sprechen können, aber das hier, das war doch unser Ding. Das war unsere gemeinsame Flucht und deswegen wollte ich auch unbedingt mit ihr das Glaubensbekenntnis sprechen.

Und obwohl ich selbst gerade voller Zweifel war, hielt ich eine glühende Rede: »Was gibt es da noch zu überlegen? Hast du dem Imam nicht zugehört, oder was? Was willst du noch von dieser Welt? Sie ist bis zu den Wurzeln verfault und verrottet!«, sagte ich zu ihr. »Du willst etwas dagegen tun? Du willst anders sein als die anderen? Mehr anders sein als hier kannst du nirgends. Das ist das Radikalste, das Andersartigste im Vergleich zu allem, was wir bisher gekannt haben.«

Romea verdrehte die Augen. »Was für ein Blödsinn. Das ist doch hier kein Abenteuerspielplatz. Es geht um viel mehr, kapierst du das denn nicht? Sinn. Glaube. Gott. Darum geht es. Nicht um ein billiges Abenteuer!« Ärgerlich hatte sie die Stirn gerunzelt und wandte sich zum Gehen.

»Und heiraten?«, rief ich ihr nach und beglückwünschte mich zu dieser Sternstunde der Brachialromantik. Das war ja fast, als hätte mein Schwanz höchstselbst gemäß seinem Bedürfnis gesprochen.

Sie drehte sich noch einmal um und da war sie plötzlich, die echte Romea, und lächelte ihr Funkensprühlächeln. »Ja«, sagte sie lapidar und ließ mich stehen.

Die Schwere glitt von mir herab und ließ die Leichtigkeit zurück. Ich schüttelte meine Zweifel und Romeas Zerrbild ab, das ich zu sehen geglaubt hatte, und dann war ich tagelang damit beschäftigt, zu verkraften, dass sie Ja gesagt hatte. Einfach so – ja.

Der Aufenthalt in der »Salafiyya-Bruderschaft« verwirrte mich. Verunsicherte mich. Ließ alles einstürzen, wovon ich annahm, dass es Grundfeste meiner Existenz waren.

Ich fragte mich allen Ernstes, wer ich war. Ich tat neuerdings Dinge, die ich früher abgelehnt, ja verachtet hatte. Was machte ich hier und warum?

Prüfend ruhte mein Blick auf meinem Gesicht, das fest umrahmt von einem Kopftuch war. Nie im Leben hätte ich früher ein Kopftuch getragen, aber ohne es fühlte ich mich hier verloren. Niemand hat mich gezwungen, es aufzusetzen, aber ohne es war ich die Fremde. Nicht dass ich ausgegrenzt worden wäre, aber ohne es fühlte ich mich als Zaungast. Mehr als das. Irgendwie fühlte ich mich ohne das Kopftuch nackt. Das war es. Ich fühlte mich nackt, bloßgestellt, dargeboten. Und mit ihm befand ich mich irgendwie in einer Art geschütztem Raum, der die Welt ein wenig auf Abstand hielt, wenn ich in der Stadt unterwegs war.

Bei den Frauen fühlte ich mich wohl. Sie waren einfach da und machten ihr Ding. Aber die Dinge, die es zu tun gab, ermüdeten mich, denn es waren keine besonders spannenden Dinge, die sie machten. Dinge, um die sich wahrscheinlich, seitdem es Menschen gibt, noch nie jemand gerissen hatte und die dann traditionell den Frauen zugeschoben wurden. Wo waren die Abenteuer? Aber es zeigte sich, dass es hier einfach keine Abenteuer gab. Nur Routine. Jeden Tag das Gleiche. Kochen, backen, aufräumen, putzen und wieder kochen, backen, aufräumen, putzen. Der Koch-, Back-, Putz- und Kindergroßziehdienst Allahs. Die Hausfrauen Allahs. Und wir waren es, die die Bühne bereiteten, auf der die Männer dann ihre Vorstellung gaben und vor der wir dann andächtig zu stehen hatten, um verborgen natürlich, aber bewundernd zu ihnen aufzusehen.

»Das ist das Radikalste, das Andersartigste im Vergleich zu allem, was wir bisher gekannt haben«, hatte Julian gesagt. Fing er nun völlig an zu spinnen? Ja, radikal war es im Vergleich zu der Welt, in der wir aufgewachsen waren. Und andersartig. Ja, auch das. Aber eben nur im Vergleich zu dem, wie unsere Eltern lebten. Ein bisschen war es, als lebten wir in der Vergangenheit. Aber mir leuchtete es nicht ein, was an den alten Rollen gut sein sollte. Aber ich hatte es ja selbst zu Julian gesagt. Es ging um Sinn und nicht um Abenteuer. Trotzdem fragte ich mich, ob diese Rolle wirklich zum Glauben gehörte. Und dennoch hatte ich das Gefühl, dass ich mich veränderte, nicht aktiv, die Gemeinschaft veränderte mich. Ich passte mich an. Sich nicht zu verändern bedeutet stehen zu bleiben, aber sich zu verändern bedeutet nicht zwangsläufig, dass man es auch zum Besseren tut, oder?

Aber das war nur die eine Seite und die andere gefiel mir umso besser. Hier gab es diese Mühle nicht. Erfolg und Dinge waren scheißegal. Das Einzige, was zählte, war die Gemeinschaft. Und wenn du reden wolltest, dann war immer jemand da. Und nicht nur in dem Sinn da, dass sie sich anhörten, was man sagte, sondern sie schienen das Erzählte zu spiegeln. Empathie oder so. Der Einzelne zählte zwar nicht, aber es war immer einer für ihn da und auch, wenn die Alltagsdinge, die wir machten, an sich langweilig waren. Aber dadurch, dass sie immer von mehreren gleichzeitig getan wurden, war es fast immer unterhaltsam und Zeitdruck gab es praktisch nie. Andererseits – zum Nachdenken kam man auch nicht. Aber ich gewöhnte mich daran. Sogar an die Hausfrauendinge gewöhnte ich mich. Das lag nicht zuletzt an Shirin. Shirin, die Frau, die mich gleich bei unserem ersten Besuch in die Gruppe eingebunden hatte. Shirin, die Mütterliche. Shirin, die schon so viel Dreck hatte fressen müssen – ihr Mann hatte sie mit ihren fünf Kindern sitzen lassen, zwei Krebs-OPs hatte sie hinter sich und eines ihrer Kinder war bei einem Unfall gestorben – und die trotz allem immer heiter war. Das, genau das war Shirin. Mehr oder weniger führte sie die Frauengruppe an und obwohl sie oft vieles weniger eng sah als die anderen Frauen, akzeptierte man sie als heimliche Anführerin. Sie hatte es geschafft und streute täglich ein wenig Anarchie in die strenge Hierarchie. Und dafür liebte ich sie. Shirin war dreißig Jahre älter als ich, aber ich glaube, dass wir trotzdem Freundinnen waren.

Woran ich mich jedoch nicht gewöhnen konnte, war die Tatsache, dass ich Julian praktisch kaum noch sah, obwohl wir unter einem Dach wohnten. Und obwohl es wirklich kaum Gelegenheit für Selbstmitleid gab, vermisste ich ihn. Ich weiß nicht, wie ich es beschreiben soll. Gleichzeitig gefiel es mir hier und gleichzeitig auch wieder nicht. Manchmal wollte ich einfach nur weg, aber zurück in mein altes Leben wollte ich auch nicht. Ich erfuhr hier so viel Herzlichkeit, wie ich sie »draußen« niemals erlebt hatte, aber trotzdem hatte ich das Gefühl, dass es nicht das Richtige für mich war. Manchmal ertappte ich mich auch dabei, dass ich das Verhalten der anderen Frauen nachahmte und plötzlich beschämt war, wenn ein Mann mich ansah. Das war doch nicht ich? Aber wenn ich ginge, würde ich Julian verlieren.

Eines Tages nahm mich Shirin in den Arm und fragte: »Was ist denn los? Du wirkst so verzweifelt?«

Und da erzählte ich ihr alles. Meine Zweifel. Meine Sehnsucht. Und davon, dass ich manchmal einfach hier wegwollte.

Shirin sah mich lange an. Dann sagte sie: »Romea, Kind. Du musst dich entscheiden. Entweder für den Glauben, dann musst du die Schahada sprechen. Aber wenn du sie sprichst, dann musst du auch ganz nach den Regeln hier leben. Und wenn du das nicht kannst, dann solltest du es besser lassen. Ein halber Mensch kann niemals glücklich sein.«

»Aber Julian?«, fragte ich.

»Tja. Ihm kannst du nur nahe sein, wenn er seinen Glauben ablegt oder du seinen wirklich annimmst. Wenn ihr beide die Schahada gesprochen habt, dann könnt ihr heiraten.«

»Julian hat mich heute gefragt«, beichtete ich ihr.

»Und, was hast du gesagt?«

»Ich hab Ja gesagt.« Ich hatte Ja gesagt. Früher hatte ich mir das gar nicht vorstellen können. Heiraten. Wozu? Aber vorhin hatte ich Ja gesagt. Und ich hatte es auch so gemeint. »Shirin, aber ich kann doch noch gar nicht heiraten. Ich bin doch erst siebzehn!«

»Na und? Hier dürfen Zwölfjährige heiraten.« Sie lachte laut auf. »Das Gesetz der Politiker gilt hier nichts. Hier zählt nur die Sharia.« Sie strich mir über die Haare. Wenn wir Frauen unter uns waren, legten wir meistens das Kopftuch ab. Mir schwirrte der Kopf. Heiraten mit zwölf? Ich war mir echt nicht sicher, ob ich hier richtig war. Aber Julian und dieses Gefühl beim Beten. Das konnte ich doch nicht einfach so aufgeben, oder? Ich musste ziemlich deprimiert gewirkt haben, denn Shirin sah mich mitleidig an: »Du wirst deinen Weg schon finden«, versuchte sie mich zu trösten.

Ich zuckte mit den Schultern.

»Gute Nacht, Shirin!«, sagte ich und ging auf mein Zimmer im Frauentrakt des Hinterhauses.

Du wirst deinen Weg schon finden. Da war ich mir gerade gar nicht so sicher. Im Moment schien mir, dass weder das eine noch das andere mein Weg war. Und das wiederum bedeutete, dass ich weiterhin ein halber Mensch bleiben würde. Und Shirin hatte ganz recht: Halbe Menschen wurden niemals glücklich.

In dieser Nacht dauerte es sehr lange, bis ich schlafen konnte. Irgendwann knipste ich das Licht wieder an und schüttelte die Nixenschneekugel, die Theresa mir geschenkt hatte. Die Fische tanzten und tanzten. Tanzten erst um die grünschwänzige Plastikfigur, dann tanzten sie um mich und ich sah mein Leben unter der Lupe der Wasseroberfläche. Undine, ich war so eine Art Undine und die schwamm unruhig hin und her. Sie hatte Angst und musste sich entscheiden. »Tu ich's oder tu ich's nicht?«, fragte ich mich und pflückte Seepocken von einem Schiffswrack.

Der Tag zog sich so dahin, bis ich es nicht mehr aushielt und zum Haus der Meerhexe schwamm. Nie hätte ich gedacht, dass es jemals so weit kommen könnte, dass ich sie freiwillig aufsuchen würde, dass ich mich eines Tages in die toten Jenseits-Gefilde hinauswagen würde. Schon als ich in die Nähe der Todeszone kam, sträubten sich mir alle Schuppen. Das Meer wurde immer einsamer, nur noch ein paar irre, abgemagerte Fische, die wie unter einem Bann immer im Kreis herumschwammen, und dann waren auch diese verschwunden und die einzigen Lebewesen, die mir noch begegneten, waren ein paar fahle, missgebildete Kreaturen, die sich sofort in den Skeletten der abgestorbenen Korallenwälder verbargen, wenn ich in ihre Nähe kam. Ich zwang mich dazu, weiterzuschwimmen und nach einer Unendlichkeit aus Angst und Erwartung erreichte ich schließlich das Haus der Meerhexe, das sich tief in das bleiche Korallenriff duckte. Von Weitem sah es aus wie ein riesiger Knochenhaufen. Offenbar hatte mich die Hexe schon lange gehört, denn sie lauerte bereits an der Tür auf mich.

»Na, endlich kommst du, Prinzessin, ich habe schon lange, sehr lange auf dich gewartet.« Ungeduldig glitt sie ins Innere des Hauses und ihr Umhang aus Quallenhäuten schwamm hinter ihr her wie ein durchsichtiger Fischschwarm, während die Quallententakel sich wie lockende Finger krümmten.

Ich setzte mich in ihr Laboratorium und Kälte fuhr mir in die Glieder.

»Ich weiß, ich weiß, das dumme Menschlein hat dir den Kopf verdreht und nun willst du zu ihm, aber du wirst ersticken und hilflos wie eine Robbe am Strand liegen, wenn du nicht dein Wesen änderst. Richtig?«

Ich nickte.

»Aber eines sage ich dir und ich wünschte, du würdest auf den Rat einer alten Frau hören. Auch wenn sie mich eine böse Hexe nennen, so bin ich weder das eine noch das andere. Ich habe nur besondere Fähigkeiten, die sich sowohl für das Gute als auch das Schlechte eignen, und ich rate dir, bleib deinem Wesen treu, denn du wirst sterben, das ist sehr sicher, wenn du für immer von dir weggehst. Aber – es ist deine Wahl. Also frage ich dich: Willst du wirklich fort?«

Das Blut gefror mir in den Adern, aber nach einem kurzen Zögern sagte ich: »Ja, bitte hilf mir.«

»Nun gut, dummes Kind. Hier hast du einen bitteren Trank. Aber du musst sofort handeln, denn sonst wirkt er nicht mehr. Geh an den Strand, wo du den Menschen abgelegt hast, und auch wenn du nicht mehr richtig atmen kannst, musst du die Phiole in einem Zug leeren. Dann wachsen dir Beine und es wird schmerzhaft sein, aber du wirst zum Menschen. Doch bedenke, es gibt kein Zurück mehr. Wenn du dort nicht findest, was du suchst, dann wird dir das Herz brechen.«

Sie überreichte mir das Fläschchen und ich fragte: »Was willst du dafür haben?«

Aber sie lachte nur. »Ich will nichts von dir, denn ich habe alles, was ich brauche.«

Ich dachte an Julian und schwamm los.

Als ich an den Strand kam, machte ich alles so, wie die Hexe es gesagt hatte. Und verdammt, sie hatte recht, denn als ich das Fläschchen geleert hatte, verspürte ich einen Schmerz, wie ich ihn niemals vorher gekannt hatte.

Als ich wieder zu mir kam, beugte sich ein Gesicht über mich, ein Gesicht, das ich nur zu gut kannte. »Romea? Was machst du denn hier?«, fragte Julian und ich, ich wollte ihm antworten, aber ich konnte nicht mehr sprechen, meine Zunge war nur noch ein nutzloser Klumpen, und genau in dem Moment, als Julian sich verstört von mir abwandte, da wachte ich auf, und als Julian mich das nächste Mal fragte, ob ich die Schahada sprechen wollte, da sagte ich Ja. Und dann würde ich für immer an seiner Seite bleiben. Und das war doch wunderbar.

Und jetzt, ein paar Tage später, jetzt würden wir die Schahada sprechen. Gleichzeitig, so wie Julian es sich gewünscht hatte, und gleich danach würden wir heiraten. Einerseits war das toll, aber dann, was würde aus mir werden? Wollte ich mich für immer unterordnen? Aber nun war es zu spät. Ich hatte den Trank der Meerhexe schon geschluckt ...

Julian war so enthusiastisch, wie ich ihn noch niemals zuvor erlebt hatte. Julian blühte, trieb Knospen, wuchs und wuchs über sich hinaus. Fort war der linkische Kerl, den die Umstände herumwirbelten wie der Wind ein abgefallenes Blatt. Mal hierhin, mal dorthin. Immer einen Schritt vor dem Abgrund. Neben mir würde gleich der Mann stehen, der genau zu wissen schien, was er wollte. Er war kein Blatt mehr, sondern ein Baum, der entschlossen war, hier Wurzeln zu schlagen, weil er seinen Grund gefunden hatte. Und ich, ich kam mir so klein vor, weil mir diese Festigkeit fehlte, weil ich vielleicht doch viel lieber durch die Lüfte oder die Meere getrieben worden wäre.

Schon gestern hatten mich die anderen Frauen für die Hochzeit geschmückt und mir Hände und Füße mit Henna bemalt. Und nun stand ich da und sollte vor dem Imam und der Gemeinde die Schahada sprechen und mich für immer und alle Zeiten zum Islam bekennen. Und auch wenn die Augen des Imam immer dieses ungeduldige Flackern hatten, gerade glühte wirkliche Ungeduld in ihnen. War ich schon etwas gefragt worden und hatte es nicht mitbekommen? Unsicher blickte ich mich um. Alles starrte mich erwartungsfroh an. Ich hatte das Gefühl, als wollten mir gleich die Beine wegsacken.

Reiß dich zusammen, befahl ich mir. Wollte ich zurück in mein altes Leben? Niemals. Hatte ich nicht im Gebet eine Ruhe gefunden, nach der ich mich immer gesehnt hatte? Eben, ich hatte. Und Julian? Diese Frage stellte sich gar nicht erst. Also. Goodbye, Romea.

»*La ilaha illa 'allah(u), es gibt keinen Gott außer Allah*«, fing ich leise und mit bebender Stimme an. Und dann ärgerte ich mich über mich selbst. Es war mein Entschluss. Niemand hatte mich gezwungen. Scheiß auf meine Angst. Es gab keinen Weg zurück. Und das war auch gut so. Und dann sagte ich laut und fest: »*Muhammadun rasulu 'llah(i), und Muhammed ist der Gesandte Allahs!*«

Ich hatte es getan. Hatte sie gesagt, die Schahada. Jetzt war ich Muslima. Jetzt war ich nicht mehr Romea, jetzt, jetzt war ich Shania.

Und auf einmal war alle Angst wie weggefegt. Ich war erlöst, hatte meine Entscheidung getroffen. Alhamdulillah. Jetzt war alles klar. Der Imam gratulierte mir und dann umringten mich die Frauen und fielen mir um den Hals und da wurde mir klar, was es wirklich bedeutete, in der Umma zu sein. Ich war nie wieder allein. Ich konnte nichts dagegen tun, aber ich heulte. Und es war vor Glück. Wirklich, ich war glücklich.

Zuletzt kam Shirin und sie heulte auch. Und ich konnte überhaupt nicht mehr nachvollziehen, was die letzten Tage mit mir los gewesen war. Gleich würde ich Julian heiraten und wir könnten uns bald wieder ganz nahe sein, nein, wahrscheinlich noch viel näher als jemals zuvor, denn jetzt war unsere Liebe nicht mehr haram, sondern halal. Ich war total überwältigt. Ich war angekommen. Mit siebzehn. Was für ein Glück. Mit siebzehn. Wer konnte das schon von sich sagen? Zu Hause. Was wollte ich eigentlich mehr?

J

Das war echt der Tag meines Lebens. Gleich nach Romea hatte ich die Schahada gesprochen und fühlte mich jetzt wie erlöst. Jetzt war ich nicht mehr der Kafir Julian Engelmann, sondern Abdel Jabbar, der Diener des Mächtigen.

Und jetzt würde ich auch noch heiraten. Ich hatte es geschafft. Mit neunzehn hatte ich es echt geschafft, wonach manche Leute ihr ganzes Leben lang suchen und es nicht finden. Ich war der Fels in der Brandung. Mit Allah, dem Allmächtigen an meiner Seite, konnte nichts mehr schiefgehen, und in wenigen Minuten würde ich für immer mit meiner Traumfrau zusammen sein. Krass.

Mit Allah an deiner Seite bist du immer ein Gewinner, hatte der Imam gesagt. Und verdammt, ja, er hatte recht. Natürlich hatte er recht. Er hatte das alles ja auch jahrelang studiert.

In diesem Moment kam der Wali, das war der Vormund, der von der Gemeinde für Romea bestellt war, und der für sie die Hochzeitsurkunde unterschreiben sollte. Und dann war da noch unser Imam, Mustafa Metwally, anwesend, der die Urkunde noch mal durchsah, dass auch alles mit der Scharia vereinbar war. Ansonsten war noch Saad da, einer aus der Gemeinde, der Romeas Trauzeuge war. Wieso hatte der Imam denn den zum Trauzeugen bestimmt? Dieses schleicherhafte Frettchen, dieser Schnüffler, der immer dann plötzlich hinter einem auftauchte, wenn man am wenigsten mit ihm rechnete. Aber ich zwang mich, zu ignorieren, dass mich die Anwesenheit Saads ärgerte. Ich konzentrierte mich lieber auf Murat, der mein Trauzeuge war und von einem Bein aufs andere tanzte und irgendwie ziemlich schräg drauf war. Er war gereizt und ich wusste gar nicht, wieso. Er könnte sich ruhig ein bisschen mehr freuen, wenn sein bester Freund heiratete.

Aber bevor ich mich ärgern konnte, reichte mir der Imam schon die Urkunde, damit ich sie unterschrieb und meine Hand zitterte ein wenig, als ich meinen Namen unter das Ganze setzte. Dann reichte ich das Klemmbrett an den Wali. Damit war der Ehevertrag geschlossen. Dann kam noch der Imam und ich sprach auf Arabisch etwas nach, das ich nicht verstand und danach durchquerte er die Moschee und ging zu Romea, die in der anderen Ecke des Raums mit Shirin und einer anderen Frau wartete. Auch ihr murmelte er etwas vor, was sie nachsprach und nach zehn Minuten waren wir verheiratet.

Krass. Wie schnell sich doch manchmal die Dinge ändern können. Ein ganz klein wenig war ich enttäuscht. Ein bisschen feierlicher hätte ich mir das Ganze schon vorgestellt. Aber egal. Jetzt konnte ich mein ganzes Leben mit Romea verbringen. So nah ich wollte. Vor einem Jahr war ich noch voll im Arsch und jetzt, jetzt war ich auf der

Überholspur Allahs. Ein echter Mann mit einer echten Frau an seiner Seite.

Und dann wurde gefeiert. Die Männer feierten und die Frauen feierten wohl auch. Ich war wie im Rausch und gleichzeitig konnte ich es gar nicht erwarten, dass das Fest endlich vorbei war. Seit zwei Monaten war ich nicht mehr mit Romea allein gewesen.

Das Zimmer, das ich seit unserer Ankunft in der Gemeinde mit Murat geteilt hatte, würde ich ab heute Nacht allein mit Romea bewohnen dürfen.

»Na toll. Und ich? Ich muss jetzt das Zimmer mit irgendwem teilen, oder was?«, hatte sich Murat am Tag zuvor ereifert.

»Du wirst es schon überleben«, feixte ich.

»An dein Geschnarche hatte ich mich wenigstens schon gewöhnt«, sagte Murat.

»Du wirst mir mein Glück doch gönnen, oder? Hey, Alter, sind wir beste Freunde oder sind wir beste Freunde?«, entgegnete ich.

Murat warf mir einen langen Blick zu, den ich irgendwie nicht deuten konnte. Fragend sah ich ihn an und es dauerte eine gefühlte Ewigkeit, bis er endlich antwortete: »Ja.« Er seufzte. »Klar Mann. Freunde … Wir sind Freunde.«

Ich hielt ihm die Hand hin und nach kurzem Zögern schlug er ein. Dann packte er seinen Kram und räumte das Feld für Romea.

Und jetzt, endlich, war es so weit. Ich hockte auf der Bettkante und wartete und wartete. Echt seltsam, aber irgendwie war ich total aufgeregt, so als wäre Romea eine Fremde und nicht die Frau, mit der ich schon seit mehr als einem guten Jahr zusammen war.

Und als dann endlich die Tür aufging, da war es tatsächlich fast ein wenig so, als käme eine Fremde herein. Ihre Henna-Tattoos waren so ungewohnt und irgendwie hatte ich mich noch immer nicht an ihr Kopftuch gewöhnt. Shirin hatte sie begleitet und umarmte sie nun. Dann entfernte sie sich und Romea blieb im Türrahmen stehen, um ihren Blick durch den Raum schweifen zu lassen.

Ich konnte gar nichts dagegen tun, aber mein Herz machte einen kleinen Aufstand in meinem Brustkasten und als ich mich erhob, um zu ihr zu gehen, hatte ich Wackelpuddingbeine. Und dann, dann standen wir uns gegenüber, die Gewesenen, Romea und Julian. Wir standen uns gegenüber und irgendwas war anders, war neu, war verstörend. Ich hätte gerne Romea gerufen, aber irgendwie war es mir nicht möglich, diese Frau so zu nennen. Konnte man sich in zwei Monaten so stark verändern?

Wir starrten uns an. Aber dann hielt ich es nicht mehr aus und vorsichtig streifte ich Romea das Kopftuch ab. Ihre Mähne fiel darunter hervor und Romea lächelte.

»Ich fürchte, es wird mir am Anfang schwerfallen, dich Abdel zu nennen«, sagte sie.

Und ich, ich entgegnete: »Ich … glaube, ich kann dich nicht mehr Romea nennen.«

Sie blickte mich fragend an und ich lachte.

»Schau nicht so entsetzt, das ist doch eigentlich gut so, oder? Wollten wir nicht zu jemand anderem werden?«

Shania lächelte und nickte. »Ja, Jul… Abdel.«

Sie schob ihre Hände unter mein Hemd und dann war alles klar. Shania und Abdel, das war die fetteste Lovestory, die diese Gemeinde wohl jemals gesehen hatte.

Und in unserer Hochzeitsnacht fiel auch noch der letzte Rest von Romea Achenbach von mir ab und Abdel machte mich zu Shania und nur zu Shania. Und ich kann nicht behaupten, dass es mir leidgetan hätte um Romea. Ich konnte gut ohne sie leben. Echt. Ich hatte meinen Platz gefunden und lebte jetzt ein Leben neben dem Mann, den ich liebte und mit den Leuten, die immer für mich da waren. Ja, es war ein kleines Leben, ein ruhiges, aber wozu sollte ich die Welt erobern, wenn ich mich hier wohlfühlte?

Und Abdel, das war der wundervollste Mann, den man sich überhaupt vorstellen konnte. Er war zwar ständig mit den anderen Männern zusammen, mit denen er wichtige Dinge besprach, aber wenn er da war, dann war er die Zärtlichkeit in Person.

Seitdem ich die Schahada gesprochen hatte, hing ich dauerhaft an dieser Nabelschnur allen Lebens, ich konnte Allah fühlen, jeden Augenblick spürte ich seine Existenz und das erfüllte meine. Bis in die letzte Zelle erfüllte er mich. Auf einmal ergab alles einen Sinn, auf einmal konnte ich die Welt, die wirkliche Welt, sehen. Klar und schön stand sie vor mir. Und auch meine Gedanken waren so gebirgsbachklar, so diamantenrein und gleichzeitig so rasierklingenscharf, dass ich allen Versuchungen widerstand. Jetzt konnte ich nur noch darüber lachen, wie manipulierbar ich gewesen war. Wie ich der billigen Oberfläche dieser Welt so hatte verfallen können. Endlich hatte ich meine Rolle kennengelernt. Ich war stark, aber anders stark, als ich früher gedacht hatte. Jetzt erst war ich wirklich klug und stolz darauf, eine Muslima zu sein. Seltsam, ich war noch gar nicht so lange hier, aber mein altes Leben war schon so weit weg, dass es mir fast schon so vorkam, als hätte ich es nie gelebt.

Ich ging echt auf in meiner Rolle. Was gewesen war, das war so weit weg. In eine unvorstellbar ferne Vergangenheit gerückt. Alle Verbindungen gekappt. Over.

Doch dann, eines Tages, etwa drei Monate nach der Hochzeit, kam Zihan, mein Wali, zu mir. »Da draußen stehen Leute, die behaupten, deine Eltern zu sein.«

»Was?«, fragte ich. Meine Eltern? Richtig. Ich hatte Eltern. Gehabt. Irgendwann. In dieser unendlich fernen Romea-Achenbach-Vergangenheit.

»Sie kommen schon seit Tagen jeden Tag her und wollen dich sprechen«, sagte Zihan.

Ich geriet in Panik. Wie hatten sie mich gefunden? Was wollten die hier? Jetzt, nach so langer Zeit?

»Schick sie doch weg.«

»Das versuche ich ja. Aber die sind ganz schön hartnäckig.«

Meine Panik wurde größer und größer, baute sich vor mir auf wie eine riesige Woge, die mich mit sich fortreißen wollte.

»Das ist mir egal. Mach doch was, damit sie gehen.« Ich sah ihn flehend an. »Bitte!«

»Gut«, sagte er und drehte sich um.

Mein Herz galoppierte, setzte aus, schlug wieder. Systole, Systole, Diastole, Pause, nichts, Systole, Pause. Nichts. In meinen Ohren rauschte es. Wieso kamen sie jetzt? Ausgerechnet jetzt? Ich fragte mich, warum sie mich nicht eher gefunden hatten. Sie waren doch sonst so schlau. Oder hatten sie das wieder in einem ihrer großartigen Erziehungsratgeber gelesen, dass sie nichts tun müssten, weil Kinder, die gegangen sind, ja ohnehin eines Tages wieder winselnd vor der Tür stehen würden? Aber da konnten sie lange warten. Kapierten sie es denn nicht, dass es mir ohne sie viel besser ging? Wie konnte man nur so egoistisch sein?

Ärgerlich trat ich ans Fenster und hob den Vorhang ein wenig an. Tatsächlich. Da draußen standen sie. Susanne und Michael Achenbach. Mit energisch verkniffenen Wir-holen-uns-unsere-Tochter-wieder-Gesichtern. Und außerdem noch ein ganzer Menschenauflauf. Journalisten. Blitzlichtgewitter. Der Imam, der geduldig auf sie einredete. Mein Vater hysterisch gestikulierend. Hakim, der gerade seine Hand auf eines der Kameraobjektive legte und Mohammed, der der neugierigen Journalistenbrut den Eingang verstellte.

Ich ließ das Vorhangende los und gnädig verbarg es diese Szenerie vor mir. Hoffentlich ließen sie sie nicht rein. Die hatten mir jetzt wirklich gerade noch gefehlt. In meinem Kopf drehte sich alles oder vielleicht drehte sich auch die Welt, drehte sich immer schneller und schneller. Ein Kettenkarussell in Dauerbeschleunigung, das mich jeden Moment aus dem Sitz schleudern und auf dem Asphalt aufkrachen lassen konnte. In meinen Schläfen tobte es und halb blind vor Schmerz tastete ich mich in unser Zimmer zurück und kaum hatte ich es betreten: Cut.

»Hey, Shania, Süße!«

Von ganz fern hörte ich eine Stimme. Abdels Stimme.

»Hey!«

Ganz langsam kam ich wieder zu mir. »Sie sind da«, flüsterte ich.

»Wer? Wer ist da?«, fragte er.

»Meine Eltern.«

»Beruhig dich, Süße. Es zwingt dich doch keiner, mit ihnen zu sprechen, wenn du es nicht willst. Mohammed und Hakim lassen sie bestimmt nicht rein.«

Ich richtete mich auf. »Ich weiß. Aber ... sie sollen einfach nicht hierherkommen. Es macht mich wahnsinnig, wenn sie mir vor dem Haus auflauern.«

Abdel küsste mich. Dann bugsierte er mich aufs Bett und brachte mir einen Tee. »Hör zu, ich rede morgen mit ihnen, ja?«

»Echt? Das willst du tun?«

Er lächelte und nickte. »Na klar. Für dich würde ich alles tun.«

Und am nächsten Abend, als meine Eltern wieder mit ihrem Sit-in vor dem Gemeindehaus begannen, ging Abdel tatsächlich nach unten. Wieder stand ich hinter der Gardine und beobachtete die Szene. Kaum hatten sie Abdel erblickt, verwandelten sich Susanne und Michael Achenbach in Furien und stürzten sich auf ihn. Ich konnte nicht hören, was sie sprachen, aber ich ertrug es nicht, wie sie mit Abdel umgingen. Ich seufzte. Es blieb mir wohl nichts anderes übrig, als selbst nach unten zu gehen.

Als ich nach draußen trat, ließen sie schlagartig von Abdel ab und starrten mich an. Ich starrte zurück. Was sollte ich auch tun? Doch auf einmal warfen sie sich beide auf mich, als hätten sie sich abgesprochen. Und dann hingen sie an mir und der Körperkontakt mit ihnen war mir so unangenehm, zwei Bleikugeln namens Vergangenheit, aber ich wusste nichts Besseres, als einfach zu erstarren und mich innerlich zu Boden reißen zu lassen. Aber, alhamdulillah, irgendwann ließen sie wieder von mir ab.

Die Frau, die mal meine Mutter gewesen war, musterte mich. Das Entsetzen war ihr deutlich ins Gesicht geschrieben.

»Kind, wie läufst du denn rum? Du warst so hübsch und jetzt … Dieses unförmige Kleid und dieses Kopftuch. Ich hätte dich fast nicht erkannt.«

Ich schwieg.

»Warum tust du uns das denn an? Was haben wir dir denn getan, dass du uns einfach so im Unklaren lässt? Weißt du, was wir die letzten Monate durchgemacht haben?«

Da war es wieder. Es ging immer nur um sie.

»Ich möchte euch wirklich nicht vor den Kopf stoßen, aber mir geht es gut. Viel besser, als es mir bei euch in eurem Stechuhrleben jemals gegangen ist.«

Verständnislos sahen sie mich an.

»Romea, komm doch mit nach Hause!«, sagte der Mann, der mal mein Vater gewesen war.

Was bildete er sich denn ein?

»Zu Hause ist hier«, sagte ich.

Meine Eltern wechselten Blicke.

»Wahrscheinlich wisst ihr es noch nicht, aber Abdel – ich meine, Julian – und ich, wir – wir haben geheiratet und sind echt glücklich«, versuchte ich zu erklären.

Susanne Achenbach schüttelte ungläubig den Kopf. »Du – du bist schon konvertiert? Und hast geheiratet? – Das geht doch gar nicht. Du bist doch erst siebzehn!«

»Ja. Und?«

»Aber ich verstehe das nicht. Warum?«, fragte sie.

»Weil mich das glücklich macht«, antwortete ich.

»Glücklich? Glücklich?!« Mein Vater redete sich in Rage. »Du willst mir doch nicht etwa erzählen, dass dich das«, er deutete auf mein Kopftuch, »dass dich das glücklich macht. Was haben die mit dir gemacht? Haben sie dir Drogen gegeben? Oder dir angedroht, dich umzubringen, wenn du die Wahrheit sagst?« Mein Vater packte mich an den Schultern und schüttelte mich. Das Fernsehteam, das auch heute wieder da war, filmte alles mit.

»Nehmt es nicht persönlich, aber ich wäre euch echt dankbar, wenn ihr mich einfach in Ruhe lassen könntet.«

Meine Eltern kamen mir vor wie Fremde. Unglaublich, dass ich vor einem halben Jahr noch unter einem Dach mit ihnen gewohnt hatte.

»Michael! Lass sie jetzt«, mischte sich meine Exmutter wieder ein.

»Ich denke nicht daran. Die haben doch irgendwas mit meiner Tochter gemacht! Das ist doch nicht Romea. Die haben ihr Drogen gegeben oder eine Gehirnwäsche mit ihr gemacht oder ihr sonst etwas angetan. Das gibt es doch gar nicht!« Wütend deutete er auf den Imam und die Jungs. »Ich lass mir doch von diesen Terroristen nicht meine Tochter wegnehmen!«

»Macht euch keine Sorgen. Mir geht es gut. Wirklich gut«, sagte ich, drehte mich um und ging zum Gemeindehaus zurück.

Perfekt. Diese Szene hatte die Presse im Kasten. Das konnten sich die Achenbachs dann zu Hause wieder und wieder ansehen. Und vielleicht würden sie es dann ja irgendwann begreifen.

Ich sah noch, wie mein Vater das Gemeindehaus stürmen wollte, aber Abdel, Hakim und Mohammed versperrten ihm den Weg.

Romea gab es nicht mehr. Alhamdulillah.

VI

*»Es ist nicht gesagt, dass es besser wird, wenn es anders wird.
Wenn es aber besser werden soll, muss es anders werden.«*

Georg Christoph Lichtenberg

Romeas Eltern waren echt zäh. Die Jungs und ich hatten alles gefilmt. Die Achenbachs konnten uns gar nichts. Außerdem hatten sie ja gerade selbst Hausfriedensbruch begangen. Noch eine ganze Woche lang tauchten sie mit den Presseschmeißfliegen auf, dann schienen sie es kapiert zu haben und ließen sich nicht mehr blicken.

Ich hatte befürchtet, dass Shania der Kontakt zu ihren Eltern verstören, dass er sie vielleicht sogar vom Glauben abbringen könnte, aber das Gegenteil trat ein: Der Auftritt der Achenbachs schien sie nur noch in ihrem Glauben bestärkt zu haben. Sie machte, was sie zu erledigen hatte und ansonsten vertiefte sie sich Tag und Nacht in den Koran und die Hadithen.

»Wir müssen endlich richtig Arabisch lernen, damit wir das Wort des Propheten – Allah halte ihn in Ehren und schenke ihm Heil – im Original lesen können. Das ist doch scheiße sonst«, sagte sie und wischte wütend mit dem Arm ihre Notizen vom Tisch. »Wer weiß, wie viele Informationen uns durch die Übersetzung verloren gehen?«

Ich sah sie entgeistert an. Ich hatte ja auch schon einmal

damit angefangen. Aber es fiel mir so verdammt schwer. Und eigentlich machte es mir auch viel mehr Spaß, mit den Jungs zu diskutieren und mir die Wahrheit über den Westen auf YouTube reinzuziehen. Wie naiv ich die letzten achtzehn Jahre gewesen war! Murat und die anderen und ich, wir zogen uns außerhalb der Gebete diese Videos rein. Murat und ich, wir waren uns einig. Die besten Videos waren die Nine-Eleven-Clips. Wir hatten uns eben noch einmal einen angesehen und ich war noch immer ganz gefangen in der Verwirrung, die dieses Video in mir ausgelöst hatte.

Nine-Eleven.

Ich kann mich noch genau an den Tag erinnern, als es wirklich geschehen war. Dabei war ich noch ein Kind gewesen. Tom hing vor dem Fernseher und da krachte dieses Passagierflugzeug in den einen Tower des World Trade Centers. Mit dem Rest der Welt hielten wir den Atem an. Tom hatte sich die Augen gerieben und gesagt: »Das glaube ich jetzt nicht.«

Das Flugzeug hatte ein klaffendes Loch in die Haut des Gebäudes gerissen. Tyrannosaurus zerfleischt den Brachiosaurus. So sah das für mich aus. Damals, als ich eine Phase hatte, in der ich alles in Dinosauriern maß. Und dann kam dieser Rauch aus dem Loch und eine Feuersäule, und ich weiß noch, wie mir der Atem stockte, weil Tom und Mutsch ihren Atem angehalten hatten. Natürlich habe ich das damals nicht verstanden, was ich da sah. Kinder können so was auch nicht kapieren. Was sie aber schnallen, ist, wenn ihre Erzeuger es mit der Angst zu tun kriegen. Und ich bekam eine Gänsehaut und ich fürchtete mich, weil Tom und Mutsch sich fürchteten. Und trotzdem konnte ich nicht wegsehen. Aus dem Turm qualmte es. Der Turm, ein gigantisches Krematorium, das seine schwarze, fette Rauchschwade wie einen Trauerflor über New York wehen ließ. New York schwieg das Schweigen der Fassungslosigkeit und mit der Stadt schwieg die Welt. Ihr Herzschlag hatte für ein paar Sekunden ausgesetzt.

Aber als kurze Zeit später das zweite Flugzeug etwas tiefer in den zweiten Twin Tower krachte und die orangefarbene Feuerwolke sich aufblähte und in den Himmel emporstieg, da schrie New York auf. Die ganze Welt schrie auf. In Panik schrie sie auf. Das war kein Unfall. Das war ein Angriff. Das war die Apokalypse.

Und noch bevor die ersten Trümmer auf das Dach des Marriotts hagelten, schlugen die ersten Körper in ihm ein. Und dann sackte der Turm in sich zusammen und mit ihm ging die ganze Welt in die Knie. Und als auch noch der zweite Turm eingestürzt war, hatte Lower Manhattan, hatte die Welt, eine Wunde, die nicht mehr verheilte.

»Das hat die CIA selbst gemacht«, rief einer der Jungs.

»Gar nicht wahr, da steckt das FBI dahinter!«

»Nein, die Juden!«

»Ey, bist du bescheuert? Das hat Al-Qaida gemacht«, schrie ein anderer und sprang auf. Die vier prügelten sich, bis Blut floss. Die Welt hatte eine Wunde …

Und während die Jungs sich weiter das Leben schwer

machten, starrte ich auf das Standbild der verkohlten, verbogenen Stahlträger, die in den mittlerweile wieder blau gewordenen Himmel ragten, und wusste nicht, wem ich glauben sollte. Ich konnte meinen Blick einfach nicht von diesem Skelett der Überheblichkeit lösen. Ich hatte diesen Anblick schon als Kind geliebt. Endzeit. Die Ästhetik des Hässlichen. Die Schönheit des Morbiden. Und ich dachte, wenn das wirklich Al-Qaida war, dann hatten sie doch damit fast so etwas wie Kunst geschaffen ...

»Hallo? Hörst du mir überhaupt zu?«, fragte Shania.

Nein.

»Was?«

»Arabisch. Lass uns Arabisch lernen.«

Eigentlich hatte ich keine Lust dazu. Ich war einfach sprachunbegabt. Und lernfaul noch dazu. War halt so. Aber Shanias Aktionismus konnte ich mich gerade nicht entziehen.

»Wir müssen zum Imam gehen und ihn fragen.«

Ich seufzte.

»Ja, lass uns den Imam fragen.« Den Imam fragen. Neuerdings wollte Shania dauernd den Imam fragen. Wahrscheinlich hatte sie recht, denn der Imam wusste natürlich alles viel besser und Shania wollte auf keinen Fall etwas falsch machen. Vermutlich hatte sie inzwischen schon viel mehr Punkte für das Paradies gesammelt als ich. Und das, wo sie doch viel später mit dem Islam angefangen hatte. Aber wenn sie eine Sache in die Hand nahm, dann richtig.

Also gingen wir zu Mustafa Metwally und fragten, wo wir gutes Hocharabisch lernen konnten.

»Das ist gut. Sehr gut, dass du die Sprache des Korans lernen willst, Abdel. In Alexandria gibt es eine ganz ausgezeichnete Sprachschule«, sagte er zu mir und ignorierte Shania.

»Gibt es denn eine Möglichkeit, dass wir diese Schule irgendwann besuchen können?«, fragte Shania.

Der Imam warf ihr einen seiner flackernden Blicke zu. Scheinbar war er überhaupt nicht erfreut über ihren Eifer. »Für dich nicht. Du kannst hier mit den Frauen Arabisch lernen.«

Shania wollte protestieren, das sah ich genau, aber sie hielt sich zurück und schlug die Augen nieder. Der Imam wandte sich wieder mir zu. »Gut, sehr gut. Du wirst als Vorbild für die anderen zurückkehren. Ich werde das regeln. Warte noch einen Augenblick.« Dann griff er zum Handy und wählte eine ziemlich lange Nummer. »Salam!«, sagte er und dann sprach er noch jede Menge auf Arabisch, was ich nicht verstand. Als er aufgelegt hatte, sagte er zu mir: »Du kannst fahren. In zwei Wochen. Und nimm Murat mit.«

»Toll, jetzt muss *ich* dahin fahren«, nörgelte ich, als wir wieder in unserem Zimmer waren. Ich war echt angepisst. Was sollte ich denn in Ägypten in der Sprachschule?

»Abdel, beruhige dich. Sei dankbar, dass du fahren und die Sprache des Propheten – Allah halte ihn in Ehren und schenke ihm Heil – lernen darfst«, sagte sie streng. »Und dann, wenn du zurückkommst, bringst du mir alles bei, ja?« Shania hatte sich an mich geschmiegt, aber gerade ging mir das ein wenig auf die Nerven. Die kluge Frau wirkte durch ihren dummen Mann. Warum ließen sie nicht sie fahren und mich in Ruhe? Ich entzog mich ihren Annäherungsversuchen. So ständig in einem Raum aufeinanderzuhocken, war manchmal ganz schön anstrengend. Oder war es Shania, die anstrengend war? Romea war das nie gewesen. Was war nur los? Vielleicht war es ja gut, mal ein paar Wochen woanders zu sein? Und ich muss zugeben, irgendwo schmeichelte es mir, dass der Imam der Meinung war, dass ich als Vorbild zurückkehren würde.

Die zwei Wochen waren schneller vorbei als gedacht. Und dann war es so weit. Keine Ahnung, ich glaube, ich war aufgeregt oder so, jedenfalls konnte ich mich nicht konzentrieren. Gedankenkino. Ich war noch nie aus Europa rausgekommen und jetzt saß ich plötzlich im Flugzeug und würde, inschallah, in Ägypten wieder aussteigen. Unglaublich. Und in drei Monaten wäre ich zurück, als besserer Mensch, als Vorbild. Wer hätte das gedacht, dass ausgerechnet ich mit dem Abo fürs Ablosen jemals auch nur für irgendwas ein Vorbild werden würde?

Und neben mir saß Murat und der war grün im Gesicht, und verdammt, warum gab es dieses Wort nicht, aber statufiziert würde es genau treffen. Katatonisch. Als würde das Beil der Guillotine über ihm schweben. Plötzlich kam Bewegung in ihn: »Alter, ich schaff das nicht. Ich schaff es einfach nicht. Ich muss hier raus!« Sprach's, sprang auf, stieg über mich rüber und machte tatsächlich Anstalten, sich durch das Chaos der Noch-immer-Hereinströmenden und Koffer-in-Fächer-Wuchtenden Richtung Ausgang zu verdrücken.

»Murat!«, rief ich. »Murat! Verdammt, komm zurück!« Und als er nicht hörte, quetschte auch ich mich durch das Koffer-Menschen-Chaos und fand ihn auf der Gangway, wo er völlig aufgelöst mit einer der Stewardessen diskutierte.

»Junger Mann, Sie müssen sich entscheiden. Wenn Sie mitfliegen möchten, dann steigen Sie jetzt sofort wieder ein und setzen sich auf Ihren Platz, oder wir fliegen ohne Sie.«

Murat wand sich und sah mich flehend an.

»Ist das Ihr Freund?«, fragte mich die Stewardess.

Auch wenn es mir peinlich war, nickte ich.

»Dann klären Sie das mit ihm. Sie haben«, sie blickte auf ihre Armbanduhr, »genau dreißig Sekunden Zeit.« Damit drehte sie sich um und machte sich an der Tür des Flugzeugs zu schaffen.

Und ich, ich verhandelte gar nicht erst lange, sondern packte Murat am Kragen und schleifte ihn hinter mir her zurück in unsere Sitzreihe.

»Sterben. Wir werden sterben. Nie kommen wir nach Ägypten. Es ist alles des Teufels«, winselte Murat und zitterte.

Die Stewardess warf mir ein anerkennendes Lächeln zu und ich zwinkerte zurück, und verdammt, das war eine Sünde. Aber vielleicht konnte ich es in Alexandria in der Schule wiedergutmachen.

Die Stewardessen klickten die Kofferfächer zu, das Anschnallzeichen ertönte, das Flugzeug rollte in Richtung Startbahn und Murat hatte den Kopf zwischen den Händen vergraben und murmelte ständig, Allah möge ihm all seine Sünden verzeihen und ihm Einlass ins Paradies gewähren. Und als die Boeing abhob, fuhr Murat noch einmal kurz hoch und starrte mich böse an. »Wir werden sterben, Abdel.«

»Klar. Alle Menschen sterben. Das ist ganz normal«, sagte ich und grinste ihn an. »Irgendwann sterben wir alle.«

»Nein, Arschloch. Wir werden jetzt sterben, bevor wir gute Muslime geworden sind. Und deswegen werden wir bald im ewigen Feuer der Hölle schmoren. Verdammt, ich hätte mich einfach nicht von dir bequatschen lassen sollen.« Damit versank er wieder in sein Vergebungsgewimmere. Alhamdulillah, schlief er darüber irgendwann ein.

Drei Stunden später setzte die Maschine auf der Landebahn des Burg al'Arab auf und Murat schoss aus seinem Tiefschlaf empor.

»Sind wir schon in der Hölle, Abdel?«, fragte er und seine Augen waren angstgeweitet.

»Bedaure. Wir leben und können uns gleich in Alexandria von allem reinwaschen, Blödmann.«

Erst als wir die Gangway betreten hatten, kam er so langsam wieder runter. Passkontrolle, Kofferband, und dann hielten wir in der Ankunftshalle Ausschau nach einem Typen namens Amir, der uns abholen sollte. Die Halle leerte sich, aber Amir war nicht zu sehen. Zumindest niemand, der sich als solcher zu erkennen gab. Ich zückte mein Handy und wählte die Nummer, die wir in der Moschee bekommen hatten. Freizeichen. Freizeichen. Und dabei blieb es. Toll. Dann probierte ich die Nummer der Sprachschule. Nichts. Verdammt. Unsere Fortbildung zu Mustermuslimen fing ja echt mustermäßig an.

Ich kramte in meiner Tasche und förderte einen zerknitterten Zettel mit halb abgegriffener Schrift zutage. Die Adresse der Sprachschule.

Murat war schon wieder nervös geworden und wippte ungeduldig auf und ab. »Und jetzt? Verdammt, was machen wir denn jetzt? Wir kennen uns doch gar nicht aus hier.«

»Aber du bist doch Ägypter.«

Murat verdrehte die Augen. »Ja, ich bin Ägypter. Ich bin so viel Ägypter, wie du Christ warst. Ich habe einen deutschen Pass, eine deutsche Mutter, einen türkischen Vornamen und einen ägyptischen Vater. Genau so viel Ägypter bin ich. Und: Ich war noch niemals hier. Genau genommen war ich überhaupt noch nie irgendwo anders als in Deutschland.«

»Mann, jetzt komm mal wieder runter«, sagte ich. »Wir nehmen uns ein Taxi und lassen uns zur Schule fahren.«

»Bist du verrückt? Was ist, wenn der Taxifahrer rauskriegt, dass wir aus Deutschland sind?«

Ich sah ihn verständnislos an. »Und? Was soll dann sein?«

»Ich meine, wenn der rausfindet, dass wir Deutsche sind, dann entführt der uns vielleicht, weil er denkt, dass wir reich sind und dann will er Geld erpressen. Aber für uns, für uns, wer soll da schon Geld zahlen? Keinen müden Euro wird irgendwer für uns ausgeben.«

»Mach dich mal locker. Ich hab noch nie gehört, dass in Ägypten Touristen von Taxifahrern entführt worden sind.«

»Ja, weil du ja auch der Ägypten-Crack bist«, maulte Murat weiter.

»Halt die Klappe, Mann, und komm endlich.« Ich ließ Murat stehen und stiefelte nach draußen.

Er trottete mir schimpfend hinterher.

Draußen stürzte sich gleich eine ganze Schar Taxifahrer auf uns und redete auf uns ein.

»Los, sag ihnen, wo wir hinwollen.«

Murat warf mir einen vernichtenden Blick zu. »Alter, mein Ägyptisch ist unterirdisch.«

»Yalla! Versuch es! Oder willst du den ganzen Tag auf dem Flughafen verbringen?«

Murat riss sich zusammen und bedeutete einem der Taxifahrer wild gestikulierend, wo wir hinwollten. Der sah ihn nur fragend an und wütend entriss mir Murat schließlich den lumpigen Zettel und deutete auf die Adresse. Der Fahrer nickte und wir setzten uns in Bewegung in Richtung seines Autos. Er wollte unser Gepäck im Kofferraum verstauen, aber Murat weigerte sich, seinen Rucksack aus der Hand zu geben. Der Fahrer wirkte etwas betroffen, ließ aber schließlich von ihm ab, legte nur meinen Rucksack in den Kofferraum und fuhr los.

Es war glühend heiß. Der Fahrer hatte die Fenster heruntergekurbelt, sodass ein wenig Luft und Dieselsmog und der Geruch von irgendwas Verbranntem in den Wagen drangen.

»Where are you from?«, fragte der Fahrer.

»Germany«, antwortete ich.

Murat boxte mich in die Seite und verdrehte die Augen.

»Ah, Germany. Good land. Very good land«, antwortete er.

Ja, ja. Thumbs up.

»Germany – Adolf Hitler. Great man«, sagte er.

Ich rutschte befremdet auf meinem Sitz herum, während Murat stocksteif auf dem Rücksitz saß. Er sah starr geradeaus und hatte sich in seinen Rucksack verkrallt wie alte Tanten in ihre Handtaschen.

Aus dem Autoradio schallte die zweite Sure und ab und zu nahm der Fahrer einen Schluck aus einer Flasche Stella-Bier, die er in einer Ausbuchtung an der Tür aufbewahrte. Offenbar war er Linkshänder. Im Rückspiegel konnte ich sehen, wie Murat missbilligend die Brauen hochgezogen und die Lippen voller Abscheu gekräuselt hatte. Ich musste lächeln. Murat würde noch mal ein großer Religionswächter oder so was werden.

Auf der Stadtautobahn war die Hölle los. Vor uns rumpelte ein alter Van, der Hühner und Schafe geladen hatte und der immer wieder Heu verlor. Unser Fahrer hupte und wieder fiel Heu auf die Frontscheibe. »Fi sittin dahya!«, fluchte er und startete ein Überholmanöver, das uns beinahe in einen Lkw mit Bananen geschleudert hätte. Murat hatte sich mit aufgerissenen Augen an meinen Sitz geklammert. Dabei hatte er sogar seinen Rucksack losgelassen, der ihm auch gleich vom Schoß fiel. Den Fahrer schien das aber alles nicht weiter zu beeindrucken, denn er plauderte munter weiter.

»What are you doing here? Holidays?«

»No. We want to learn the *real* Islam«, sagte ich.

Der Fahrer nahm noch einen Schluck von seinem Stella und meinte: »The *real* Islam, hm?!« So, wie er es sagte, klang es nicht nach einer Frage, sondern eher wie eine Kritik. Plötzlich schien er schlechte Laune zu haben, denn auf einmal beschränkte er das Gespräch auf das Nötigste und fuhr wesentlich aggressiver als vorher. Scheinbar wollte er uns schnell loswerden.

Als er uns vor der Schule absetzte, stieg er nicht mal aus, um mir meinen Rucksack zu geben. Kaum hatte ich mein Gepäck in der Hand und die Klappe zugedrückt, preschte er grußlos davon.

Und da plusterte sich Murat auch schon auf. »Wo, bitte

schön, sind wir denn hier gelandet? Hast du das gesehen? Dieser ganze Dreck auf den Straßen.«

»Mann, Murat! Benimm dich doch nicht so deutsch!«

»Was heißt hier deutsch? Ich bin Ägypter!«

»Ach? Wie war das gerade mit deutschem Pass und deutscher Mutter und ich will hier wieder weg?«

»Nein, nein! Ägypten ist schon meine Heimat. Irgendwie. Allein, dass mein Vater Ägypter ist, reicht ja wohl aus, dass das hier meine Heimat ist! Aber irgendwie ist sie völlig vom Weg abgekommen. Da haben sie hier das große Glück, von Anfang an in den Islam hineingeboren zu sein. Und was machen sie daraus? Hast du das vorhin mitgekriegt?«, ereiferte er sich. »Der Taxifahrer hat Bier getrunken. Am Steuer! Und das, während im Radio gerade die zweite Sure rezitiert wurde! Also, entweder war das ein Christ, einer von diesen verdammten Kopten, oder – und das wäre viel schlimmer – ein Moslem, der völlig vom rechten Weg abgekommen ist. Und: Er hat die Flasche mit der Linken gehalten!«

»Und?«

»Mann, weißt du das denn nicht?!? Nur der Teufel isst mit links.«

»Komm mal wieder runter, Murat!«

»Na, ist doch so.« Er hatte die Hände empört in die Seiten gestemmt. »Das kommt allein durch den schädlichen Einfluss des Westens. Ägypten muss wieder rein werden, inschallah!«

Ich verdrehte die Augen und deutete auf ein Gebäude.

»Das da muss die Schule sein.«

Besonders groß war sie nicht, unsere neue Schule. Nur zwei Stockwerke hoch. Und hier sollten wir auch schlafen? Wir betraten das Gebäude. Junge Männer, einige fast noch Kinder, und ein paar ältere Leute liefen geschäftig herum in Galabiyas, langen, kaftanartigen Gewändern, und Häkelmützen und dazwischen ein paar wenige mit T-Shirt und Jeans. Fast alle trugen einen mehr oder weniger langen Bart wie Murat und ich. Der jüngste Typ, den ich sah, war höchstens zwölf, aber er hatte die drei Haare, die seinem Kinn entsprossen, schon ordentlich lang wachsen lassen, und sie sahen aus wie angeklebt. Mit Händen, Füßen und Englisch fragten wir uns zum Schulleiter durch.

Er saß an seinem Schreibtisch und kritzelte eifrig irgendwas auf einen Zettel, neben ihm ein Flatscreen und ein hoher Stapel lässig aufgeschichteter Papiere. An allen Wänden windschiefe Regale voll mit Wörterbüchern, Infobroschüren und Koran-Auslegungen. Als wir eintraten, hob der Leiter seinen Kopf. Er lächelte freundlich und bedeutete uns mit einem Kopfnicken, dass wir auf den beiden Sesseln vor seinem Schreibtisch Platz nehmen sollten. Dann faltete er seine Hände so, dass sich nur die Fingerkuppen berührten.

»Ich bin Arif Ibn Asmi. Womit kann ich euch helfen?«, fragte er uns auf Englisch.

Wir erklärten, dass wir Arabisch lernen und den echten Islam kennenlernen wollten. Beim Stichwort »echter Islam« ging ein Leuchten über sein Gesicht.

»Ja, ja. Da seid ihr hier genau richtig. Nur hier wird der echte Islam gelehrt.« Sein Lächeln wurde noch breiter. Er ließ sich unsere Namen nennen und begann, den unordentlichen Aktenstapel nach unserer Anmeldung zu durchforsten.

»Ah, hier haben wir euch ja. Murat und Abdel. Wo ist Amir? Er sollte euch doch abholen?«

Murat und ich zuckten mit den Schultern. Ein kurzes Stirnrunzeln furchte Arif Ibn Asmis Stirn. Dann glättete sich sein Gesicht wieder. Der Schulleiter war um die fünfzig, klein und kugelig und wirkte wie ein freundlicher Frosch, was an den dicken Brillengläsern lag, durch die seine Augen aussahen, als würden sie ihm aus dem Kopf quellen.

»Drei Monate, ja?«

»Ja«, sagte Murat.

»Gut. Ihr könnt dann auch einfach verlängern, wenn ihr wollt.« Er reichte uns einen Zettel, den wir unterschreiben sollten.

Dann, nachdem die Formalitäten abgeschlossen waren, schien er sich nur noch für mich zu interessieren.

»Nun … Abdel. Du bist also Deutscher und zum Islam konvertiert. Ist das richtig?«

Ich nickte.

»Das ist gut. Sehr gut. Das freut mich für dich, dass du die richtige Entscheidung getroffen hast. Deutschland ist ein gutes Land. Starke Menschen. Hitler, zum Beispiel.«

Da war es schon wieder. Was hatten sie hier nur mit

dem? Ich wollte nicht die ganze Zeit mit Hitler in einen Topf geworfen werden.

»Warst du vorher Christ?«

Ich schüttelte den Kopf.

»Oder hast du sonst einer Religion angehört?«

Ich wurde rot. »Nein. Nichts. Ich habe an gar nichts geglaubt.«

Arif Ibn Asmi nickte verständnisvoll. »Sehr gut, dass du konvertiert bist. Nur so kannst du gerettet werden.«

Ich schwieg.

»Warum ausgerechnet der Islam?«, bohrte er weiter.

Mein Gott, wie sollte ich das erklären? Das war etwas so Privates. »Weil ... es gibt mir Halt. Und ich – ich war ein schlechter Mensch. Ich möchte einfach ein guter Mensch sein.«

Arif Ibn Asmi stand auf und wuchtete sich hinter seinem Schreibtisch hervor. Dann legte er mir seine Hand auf die Schulter. »Sei unbesorgt. Das wirst du hier.« Er lächelte gütig und wurde dann auf einmal sehr geschäftig. »Memnun«, brüllte er. »Memnun! Komm gefälligst her, wenn ich dich rufe!«

Ein kleiner Junge in Galabiya und viel zu großen Adiletten kam um die Ecke geschossen.

Der Schulleiter legte dem Kleinen seine Hand auf den Kopf. »Geh! Zeig den beiden ihre Unterkunft. Ach ja, kommt morgen um zehn wieder hierher. Dann stelle ich euch euren Lehrern vor.« Damit zwängte er sich wieder in den Sessel und tauchte in seinen Akten unter.

Wir folgten Memnun, der mit seinen riesigen Latschen erstaunlich schnell die Treppe runterrannte. Er bog aber nicht links in die untere Etage ein, wo ich die restlichen Räume vermutete, sondern führte uns aus der Schule heraus. Ich sah Murat fragend an, aber der bekam das gar nicht mit. Memnun führte uns durch die vielen gewundenen Gassen. Eselskarren, mit allem Möglichen beladen, Leute in Galabiyas, die meisten aber westlich gekleidet, vor allem die Männer, deren rechtes Ohr mit ihren Handys verwachsen schien, ein paar Straßenhändler, ein Heer stehender und hupender Autos, McDonald's, Schuhgeschäfte, Kioske, so eine Art ägyptisches Beate-Uhse-Geschäft mit Dingen, die ich mir nicht mehr ansehen durfte und deshalb blickte ich auch schnell weg. Keines der Häuser, an denen wir vorbeikamen, sah auch nur im Entferntesten fertig aus, und schon gar nicht die Mehrgeschosser, an denen wir gerade vorbeieilten.

Auf einmal blieb Memnun abrupt vor einem stehen und schloss die Tür auf. Ich hätte alles erwartet, nicht aber, dass wir in einem Hochhaus wohnen würden. Es gab sogar einen Aufzug. In der obersten Etage stiegen wir aus. Alles war hell und sah noch ziemlich neu aus. Memnun schloss eine Wohnung auf, die wir offenbar ganz für uns alleine hatten. Während wir noch die Zimmer inspizierten, hatte sich der Kurze auch schon wieder verdrückt und wir hörten nur noch das sich entfernende Flapflapflap seiner Latschen und das Pling der Aufzugtür.

Ich sah Murat an. Murat sah mich an. Wow. Unsere

Unterkunft war ungefähr um die Potenz zehn höher, was den Luxus betraf, als unsere Bude in der Gemeinde. Die Wohnung bestand aus vier kleinen Zimmern, einem großen Wohnzimmer, Bad, Küche und Balkon. Ich drückte die Klinke des dritten Zimmers und linste hinein. Wir schienen einen Mitbewohner zu haben, der aber offensichtlich gerade nicht zu Hause war. Dann sah ich noch ins vierte. Auch dieses war bewohnt, aber sein Besitzer schien ebenfalls unterwegs zu sein. Also waren wir wohl zu viert. Murat und ich traten auf den Balkon. Die Sonne stand schon ziemlich tief und in der Ferne konnten wir das Meer sehen. Der Wind trug eine frische Brise herüber und jetzt erst wurde mir bewusst, dass es hier ganz anders roch als zu Hause. Diesel, Salz, die Düfte aus den zahllosen Bratereien und der Gestank der vor sich hin rottenden Abfälle. Das also war er, der Geruch Alexandrias. Eine Geruchslandschaft, die sich in meiner Nase festsetzte und die von nun an für immer dort gespeichert sein würde. Die große weite Welt, die ich nicht kannte, aber selbst wenn ich sie eines Tages kennenlernen würde, würde sie nun für immer und alle Zeiten nach Alexandria riechen.

Nachdem wir unseren Kram ausgepackt und noch einmal zufrieden die Räumlichkeiten abgeschritten hatten, fanden wir mitten im Wohnzimmer zwei Zettel. Der eine war ellenlang und belehrte uns darüber, was wir durften und was nicht, der andere zeigte die Kibla an, damit wir immer in die richtige Richtung gen Mekka beteten. Und dann setzten wir uns auf den Balkon und blickten auf die Stadt, ihr Häusermeer, dieses 3-D-Mosaik aus unterschiedlich großen Kuben und den blauen Teppich dahinter, das Mittelmeer. Und wie immer, wenn ich irgendwo Meer oder Wasser sah, dachte ich an Romea. Und ja, ich dachte an Romea und nicht an Shania. Und plötzlich wurde mir klar, wie sehr ich meine Laster vermisste. Wie sehr wünschte ich mir gerade ein kühles Bier und eine Schachtel Kippen. Und wie gerne wäre ich jetzt mit Romea hier gewesen – als Julian. Das hat dir Satan eingegeben, dachte ich, oder der verfluchte Engelmann, der sich leider immer mal wieder über Abdel Jabbar stülpte, und dann versuchte ich mir genau das, was ich mir gerade am allermeisten wünschte, nicht zu wünschen.

»Jetzt sind wir also hier«, sagte Murat nach einer Weile.

»Ja. Jetzt sind wir hier«, antwortete ich. Und mehr musste, mehr konnte fürs Erste nicht gesagt werden.

Irgendwann am Abend flog die Tür auf und zwei Typen polterten in die Wohnung. Als sie uns sahen, hielten sie kurz in der Bewegung inne und der eine sagte: »Ah, die Neuen. Hi!«, und der andere »Salam«. Der, der uns mit »Hi!« begrüßt hatte, trug eine beige Galabiya und eine weiße Häkelmütze, der andere T-Shirt und Jeans.

Hi-Man, der viel älter sein musste als wir, mindestens dreißig, stellte sich als Omar vor. »Früher hieß ich Justin-Joe und war Cowboy«, tat er mit breitestem Texas-Akzent kund und gab ein rasselndes Lachen von sich, wie es nur Leute haben, die ziemlich lange ziemlich viel geraucht haben. »Und das da«, er deutete auf den Typen neben ihm, der neben Omars Stiernacken und seinen gefühlten zwei Metern zehn so zerbrechlich wirkte wie ein Kolibri neben einem Elefanten, »ist Samir. Er ist Waise und aus Palästina.«

Wir schüttelten uns die Hände und ich konnte gar nicht mehr aufhören, Justin-Joe-Omar anzustarren, der so sehr dem Cowboy-Klischee entsprach, dass ich einfach nicht darüber wegkam, dass er diesen Rauschebart und die Galabiya trug.

Ich bot an, einen Tee zu kochen und dieser Vorschlag wurde erfreut angenommen. Also ging ich in die überraschend gut ausgestattete Küche, zertrat zwei Kakerlaken, die eben unter dem Kühlschrank hervorgekrochen waren und setzte Teewasser auf. Der Inhalt des Kühlschranks war bemerkenswert. Schokoriegel und Mayonnaise. Ich drehte den Herd wieder ab und schlug vor, dass wir ja vielleicht alle zusammen essen gehen könnten.

Eine halbe Stunde später saßen wir dann bei irgend so einem ägyptischen Imbiss, der scheinbar auf McDonald's machen wollte, aber wo das Zeug an den Tisch gebracht wurde. Wir futterten Pommes und Burger und tranken eine Coke nach der nächsten. Das muss man sich mal vorstellen: Da war man mehr als fünftausend Kilometer von zu Hause entfernt und man hatte keine originellere Idee, als Pommes und Burger zu verschlingen. Aber etwas anderes war auf die Schnelle nicht aufzutreiben gewesen, der Magen hing mir an den Knien und musste unbedingt gefüllt werden. Seit dem recht übersichtlichen Bordfrühstück hatte ich nichts mehr gegessen.

»Omar hat vorhin gesagt, du bist Waise?«, fragte ich Samir auf Englisch.

Samir nickte traurig mit dem Kopf. »Ja. Meine ganze Familie hat es erwischt. Die Israelis haben einfach unser Haus bombardiert. Ich war in der Schule und als ich zurückkam, war alles weg. Einfach weg. Innerhalb von ein paar Stunden hat sich alles geändert. Als hätte es die ersten fünfzehn Jahre meines Lebens nie gegeben.« Betreten sah er auf die Ketchuppfütze, in der eine einsame Pommes ertrunken war und in mir blitzte das Bild einer in ihrem eigenen Blut schwimmenden Leiche auf und ich musste schnell wegsehen.

»Ich wünschte, ich wäre bei ihnen gewesen«, sagte Samir und flüsterte es fast. Omar hustete laut und klopfte ihm auf die Schulter. Es sollte wohl beruhigend sein, doch Samirs feingliedriger Körper erbebte unter dem Cowboyschlag und er hustete ein Stück Pommes aus, das neben der auf dem Blutsee treibenden Kartoffelleiche landete.

»Sei froh, dass Allah – er ist der Größte – dich am Leben gelassen hat. Jetzt hast du allen Grund, in den Djihad zu ziehen. Auserwählt bist du, Samir. Niemand ist glücklicher als der, der im Djihad als Shahid, als Märtyrer, fällt.«

Samir wich zurück. »Märtyrer? Ich bin noch nicht einmal konvertiert!«

Der gemütliche Omar winkte ab. »Aber das wirst du ja bald. Mach dir keine Sorgen.«

Murat hatte große Augen gekriegt und obwohl er den Mund noch voller Burger hatte, fragte er: »Wie kann das sein, Samir? Du bist Palästinenser und musst erst noch konvertieren?«

»Ja. Ich bin Christ. Und ich will ehrlich zu euch sein – ich bin mir auch nicht sicher, ob ich wirklich zum Islam konvertieren werde.«

»Ach was, dich drehen wir schon noch um. Du wirst das ohnehin bald unbedingt selbst wollen. Und wir alle werden dafür im Paradies besonders belohnt werden.« Omar lachte sein lautes, heiseres Lachen. Wir anderen fielen mit ein. Nur Samir, der hielt sich bedeckt. Als Omar sich wieder ein wenig beruhigt und sein Husten sich gelegt hatte, lehnte er sich satt und zufrieden zurück und faltete die Hände vor seinem Bauch.

»Warum bist du eigentlich konvertiert?«, fragte ich ihn.

»Lungenkrebs«, sagte er. »Es war wegen dem Krebs. Ich war Mormone und habe zum Lord Jesus gebetet. Zwei Jahre habe ich gebetet, aber es ist immer schlimmer geworden, bis die Ärzte gesagt haben, dass sie nichts mehr für mich tun können. ›Austherapiert‹ nennen sie das. Und da bekam ich Angst. Was hatte ich bisher aus meinem Leben gemacht? Ich hatte mein ganzes Leben Vieh zusammengetrieben. Gut, das ist nicht der schlechteste Beruf. Ich hatte geheiratet und zwei Kinder in die Welt gesetzt. Aber – ich hatte geraucht. Das war eine Sünde. Meine Frau hatte es mir immer und immer wieder vorgehalten. ›Gott wird dich strafen‹, hatte sie gesagt. Und sie hatte recht behalten. Gott vergab mir nicht. Als ich im Krankenhaus war und eine Chemo nach der nächsten bekam, hat sie mich verlassen und natürlich hat sie die Kinder mitgenommen. Ich war echt am Ende, das könnt ihr mir glauben. Alles hatte ich verloren. Und dann war ich austherapiert. Ich habe alles versucht. Buddhismus und die rauchenden Ohrstäbchen der Indios, Akkupunktur und Kügelchen, kurz war ich sogar mal Hindu, aber nichts hat geholfen. Nur Allah – er ist der Größte –, der hat mich gerettet, indem er mir das Herz geöffnet hat. Ich bin jeden Tag in die Moschee gegangen und habe immer und immer gebetet. Viel mehr als das salat. Und von Tag zu Tag ging es mir besser. Ich hätte längst tot sein müssen, aber ich starb nicht. Irgendwann bin ich dann noch mal zum Arzt gegangen und der glaubte, er hätte das falsche Röntgenbild, denn der Tumor war ganz klein geworden. Und so betete ich und betete und nach einem Jahr war er weg. Ein Jahr nur und der Scheiß war verschwunden.«

Wir drei starrten ihn fasziniert an. Murat machte eben den Mund auf, um Omar noch eine Frage zu stellen, da blickte der auf seine Uhr und sprang auf.

»Sorry, guy. Frag mich später.« Er bekam einen Hustenanfall. Dann, als sich seine Bronchien beruhigt hatten, sagte er: »Brüder, ich muss los!« Er warf einen Stapel ägyptische Pfund auf den Tisch und sprang auf. »Ihr seid eingeladen, aber ich muss jetzt einfach noch mal beten.«

Und mit wehender Galabiya verschwand der Cowboy in der Nacht.

Der Abend beim ägyptischen Imbiss war unser erster und letzter entspannter Abend in Alexandria gewesen. Danach kam die Pflicht und ich erkannte, was für ein gigantisches Minus ich in meinem bisherigen Leben gegenüber Allah angehäuft hatte.

Pünktlich um zehn Uhr am nächsten Morgen erschienen Murat und ich im Büro von Arif Ibn Asmi. Er saß bereits wieder über seine Papiere gebeugt und blickte für einen Moment irritiert auf. Dann schien er sich an unser gestriges Gespräch zu erinnern.

»Ach ja, Abdel und Murat. Ich wollte euch heute ja euren Lehrern vorstellen.«

Auch Memnun, der kleine Junge, der uns gestern die Unterkunft gezeigt hatte, sprang wieder in seinen viel zu großen Latschen herum. Arif Ibn Asmi bewegte ungeduldig seinen Kopf.

»Bring sie zu Abdel Rahman«, befahl er. Und zu uns: »Abdel Rahman wird euch im Koran unterweisen. Wie gut hat Allah, der Allmächtige, es eingerichtet, dass ihr gerade jetzt gekommen seid. Heute beginnt sein neuer Kurs. Heute Nachmittag kommt ihr noch einmal hierher und dann sehen wir weiter. Ich muss noch nach einem geeigneten Arabischlehrer für euch suchen.« Damit war für ihn das Gespräch beendet. Mit ausgestrecktem Zeigefinger versuchte er, sich über seinen gewaltigen Bauch zu beugen. Er stieß einen angestrengten Seufzer aus und erwischte den Anschaltknopf seines LCD-Bildschirms. Mit einem weiteren, diesmal zufriedenen Seufzer ließ er sich zurück in seinen Drehsessel fallen und starrte auf den Monitor.

Wieder folgten Murat und ich Memnun und seinen Schlappen, und diesmal führte er uns tatsächlich in den Teil der Schule, den wir gestern nicht zu sehen bekommen hatten. Wir stellten unsere Fliflops vor der Tür zu den anderen und gelangten in einen Raum, der mit einem großen Reisstrohteppich ausgelegt und schon gut gefüllt war. Am Ende des Raums saß der Sheikh hinter einem geschnitzten Koran-Ständer. Er kraulte sich seinen langen tiefschwarzen Bart, kaute versonnen an einem Wurzelholzstöckchen, das viele der tiefgläubigen Muslime als Zahnbürsten benutzten, und beobachtete dabei gelassen das Eintreten seiner Schüler. Abdel Rahman hatte ein riesiges Gebetsmal auf der Stirn und ich fragte mich beeindruckt, wie viele Jahre man wie oft am Tag gebetet haben musste, um ein solches Mal zu bekommen.

Wir setzten uns zu den anderen und ich ließ meinen Blick über meine Mitschüler schweifen. Erstaunt stellte ich fest, dass man tatsächlich ohne Übertreibung sagen konnte, dass diese Klasse international war, und meine Befürchtung, ich könnte möglicherweise der einzige mitteleuropäische Konvertit sein und eventuell allein dadurch negativ auffallen, zerstreute sich. Meine Mitschüler waren Schwarze, Araber, Europäer, Asiaten. Und wir waren alle

Brüder. Die ganze Welt, die ganze Gemeinschaft der Muslime, die Umma, gespiegelt auf fünfundzwanzig Quadratmetern in Galabiyas und Häkelmützen oder in T-Shirts und Jeans. Alle Rassen friedlich vereint am Anfang des langen und beschwerlichen Weges ins Paradies.

Der Unterricht begann und wir mussten kurz nach vorne gehen und uns vorstellen. Abdel Rahman befragte uns auf Englisch, genauso, wie uns gestern Arif Ibn Asmi befragt hatte, während die Koran-Unterrichts-Umma uns neugierig beäugte. Plötzlich erkannte ich Samir wieder und freute mich. Denn obwohl Samir noch zu den Verlorenen zählte, weil er noch nicht konvertiert war, mochte ich ihn irgendwie. Aber es freute mich sehr, dass er hier war und wahrscheinlich früher oder später konvertieren würde, sodass er nicht in die Hölle kommen würde.

Der Unterricht wurde auch weiterhin in Englisch fortgesetzt. Ich war ein wenig enttäuscht. Englisch war die Sprache der westlichen Shaitane. So hatten wir es jedenfalls zu Hause in der Moschee gelernt. Entweihten wir nicht den Koran, wenn wir in seiner Gegenwart Englisch sprachen? Andererseits – wie sollten wir sonst kommunizieren? Hocharabisch konnten wir ja alle noch nicht, deswegen waren wir ja hier. Und überhaupt wurde Hocharabisch ohnehin von niemandem wirklich gesprochen. Es war die heilige Sprache des Korans und der Gelehrten. Und die Schriftsprache.

Wir begannen vorne. Ganz vorne. Erste Sure. Al-fatiha. Abdel Rahman erläuterte, dass sie auch fatihat al-kitab oder auch fatihat al-Quran oder umm al-kitab genannt wird. Dann erhob er sich und drehte uns den Rücken zu in Richtung des grün gemalten Qibla-Schildes, das die Richtung nach Mekka angab, und sagte: »Takbir!«

Alle erhoben wir uns, die Hände in Ohrhöhe erhoben. »Allahu aqbar!«, sagten wir gleichzeitig.

Dann legten wir die Hände flach an die Seiten unserer Oberschenkel an. Und Abdel Rahman sprach uns Zeile für Zeile vor und wir mussten jede Zeile zehn Mal wiederholen, während die Neonröhren ihr bläulich flackerndes Licht über uns warfen und die altersschwache Klimaanlage lautstark vor sich hin stotterte.

»Bi-smi llahi r-rahmani r-rahim – Im Namen des barmherzigen und gnädigen Gottes – al hamdu li-llahi rabbi l-'alamin – Lob sei Gott, dem Herrn der Welten – Ar-rahmani r-rahim – dem Barmherzigen und Gnädigen – Maliki yaumi d-din – der am Tag des Gerichts regiert! – Iyyaka na'budu wa-iyyaka nasta'in – Dir dienen wir, und Dich bitten wir um Hilfe – Idhina s-sirata l-mustaqim – Führe uns den geraden Weg – sirata l-ladhina an'amta 'alayhim ghayri l-maghdubi 'alayhim wa-la d-dallin – den Weg derer, denen Du Gnade erwiesen hast, nicht den Weg derer, die Deinem Zorn verfallen sind und irregehen! Amin – Amen.«

Abdel Rahmans Stimme war ruhig und weich und sanft – ich liebte sie sofort. Und Arabisch – was liebte ich diese Sprache. Durch die mehrfache Wiederholung geriet ich in eine Art Trance und in meinem Kopf hörte ich Musik. Ich war so weggetreten, dass sich diese Musik in immer kühneren Schwüngen emporschraubte, eine Symphonie, wie sie die Welt noch nie gehört hatte, eine Musik, die Völker vernichten und Völker erheben konnte, und ich jagte eingehüllt in eine Wolke aus purem Klang auf einem geflügelten Pferd mit Menschenkopf über New York hinweg und sah, wie die Skyline sich krümmte und zerbarst. Sie zerbarst durch meine Musik.

Doch plötzlich fuhr ich hoch. Was hatte ich getan? War ich wahnsinnig geworden? Ich hatte mich auf dem Burak, dem Reittier des Propheten, reiten sehen. Das war Blasphemie. Mehr als das, das war namenlos. Unglaublich. Das war haram. So was von haram. Wie konnte ich mir anmaßen, auf dem Burak zu reiten? Wie konnte ich es mir anmaßen, zu Allahs, des Barmherzigen, Wort mit meinem begrenzten Talent etwas hinzuzufügen? Und dann auch noch Musik. Musik war sowieso haram. Und überhaupt, ich hatte überhaupt nicht gebetet, sondern komponiert. Ich lief rot an und schämte mich vor Allah, dem Barmherzigen. Ich schämte mich so, dass ich dem weiteren Unterricht kaum noch folgen konnte und als ich eine Zeile rezitieren sollte, begann ich zu stottern. Murat boxte mich in die Seite und schüttelte den Kopf.

Nach neunzig Minuten war der Unterricht vorbei, der tatsächlich nur aus dem Rezitieren bestanden hatte. Als Hausaufgabe sollten wir bis übermorgen die nächsten fünf Suren auswendig lernen. Das war's.

Im Anschluss bestand noch die Möglichkeit, dem Sheikh

Fragen zum Koran oder zur Lebensführung zu stellen und obwohl ich mich fürchtete, stellte ich mich an.

»Was bedeutet es, wenn man den Burak gesehen hat?«, fragte ich Abdel Rahman.

Er zog erstaunt die Brauen empor. »Du hast den Burak gesehen?«

Ich lief rot an und nickte.

»Erzähl mir das genauer.«

Und ich erzählte ihm von meiner Vision, behauptete aber, es sei ein Traum gewesen und ließ das mit der Musik weg.

Abdel Rahmans Arm zuckte, als wollte er zum Schlag ausholen und ich ging schon in Deckung, aber dann entspannte er sich wieder und während er mich lange und durchdringend ansah, kraulte er seinen Bart.

»So, so. Du bist den Burak geritten. Das ist eine schlimme Blasphemie, Abdel ... Andererseits – inschallah, vielleicht hat dir Allah, der Allmächtige, deine Zukunft vorausgesagt und dich zum großen Krieger bestimmt.«

Ich erschrak. Ich wollte kein großer Krieger sein. In den Djihad ziehen und Leute töten? Ich? Da gab es doch andere, die besser dafür geeignet waren, Shahid zu werden. Sogar zu Hause in der »Salafiyya-Bruderschaft« gab es ein paar Jungs, die davon träumten, als Märtyrer zu sterben. Als wir die Nine-Eleven-Clips geschaut hatten, haben wir auch Märtyrervideos gesehen. Wie sie dalagen. Friedlich. Tot. Wahrscheinlich schon im Paradies. Ich hatte sie bewundert. Dafür, dass sie ihr Leben für die Sache gaben.

Und auch dafür, dass sie töten konnten. Hakim, zum Beispiel, der hatte bei diesem Video geheult, so ergriffen war er, und dabei hatte er leise gemurmelt: »Wenn ich doch bloß auch Shahid werden könnte ...« Aber ich, ich musste doch erst noch jede Menge Sünden abtragen. Und da war doch auch noch Shania und überhaupt, eigentlich lebte ich ganz gern. Und Leute töten? Dazu war ich viel zu schwach. Ich war einfach noch nicht so weit und war doch nur hier, um diese schöne Sprache zu lernen und ein besserer Mensch zu werden. Ich wollte nichts, außer ein ganz normaler Mensch zu sein, mit Shania eine Familie zu gründen und glücklich und im rechten Glauben zu leben.

Abdel Rahman erkannte meine Bestürzung und sagte: »Erschrick nicht vor dem, wozu Allah, der Allmächtige, dich bestimmt hat, sondern freue dich. Schon mit der ersten Wunde kommt der, der für Allah kämpft, ins Paradies und am Tag des Jüngsten Gerichts wirst du der Anwalt deiner Familie sein und sie vor der Hölle bewahren. Wie glücklich müssen deine Eltern sein.«

Damit widmete er sich seinen Füßen und entfernte einen Krümel, der sich zwischen seinen Zehen festgesetzt hatte und ich fragte mich, ob er Gedanken lesen konnte.

Mein Herz raste immer noch, als ich Murat erreichte, der an der Tür stand und auf mich wartete.

»Was hast du ihn gefragt?«, wollte er wissen.

»Ach, nichts Wichtiges. Nur, ob ich Spielfilme sehen darf«, log ich.

»Ob du Spielfilme sehen darfst?« Murat starrte mich ungläubig an. »Du hast ihn wirklich gefragt, ob du Spielfilme sehen darfst? Das weiß doch wahrscheinlich sogar jeder Ungläubige, dass ein wahrer Salafist, der den reinen Weg der Ahnen geht, natürlich *keine* Spielfilme sehen darf.« Er schüttelte seinen Kopf über meine Unwissenheit.

»Der Sheikh hat eine tolle Stimme. Findest du nicht?«, fragte ich, um ihn abzulenken.

»Ja. Ganz groß.« Murat sah mich erwartungsvoll an. »Wir haben ein wahnsinniges Glück, dass wir hier sein dürfen, stimmt's?«

Ich war mir da gerade nicht so sicher. Hätte ich doch bloß Abdel Rahman nichts von meiner Vision erzählt.

Trotzdem schlug ich Murat auf die Schultern. »Klar, Mann. Wir haben echt Glück.« Ich sah auf meine Uhr. Schon fast Mittag. »Gleich ist Zuhr. Lass uns eine Moschee suchen. Hier gibt es so viele Moscheen, da können wir für jedes Gebet in eine andere gehen.«

Murat nickte und so verrichteten wir unser Mittagsgebet in einer wunderschönen kleinen Moschee, die rundum von Palmen umgeben war. Danach schlenderten wir in die Schule zurück und Arif Ibn Asmi schickte uns zu Abu Ismail, bei dem wir zu zweit Arabischunterricht haben sollten.

Abu Ismail war ein kleines altes Männchen mit eingefallenen Zügen und wachen, aber gütigen Augen, das mich irgendwie an Obi-Wan Kenobi erinnerte.

»Dann wollen wir mal sehen, ob ihr schon was könnt

oder ob wir ganz von vorne anfangen werden«, sagte er und teilte uns Zettel mit einzelnen Zeichen aus.

»Lest vor«, sagte er.

Als wir fertig waren, nickte er erfreut. »Ich sehe, ihr habt euch schon ein wenig mit der Schrift beschäftigt.«

Er hatte eine angenehme Art, Sprache zu vermitteln und ich freute mich, dass wir morgen schon die nächste Stunde haben würden.

Gut gelaunt suchten wir uns die nächste Moschee, denn es war schon wieder Zeit für das 'Asr, das Nachmittagsgebet. Danach schlenderten wir ein wenig die Geschäftsstraßen entlang.

»Was für ein Dreck überall. Ich verstehe das nicht. Wie kann man denn als geborener Moslem nur so verkeimen?«, echauffierte sich Murat einmal mehr.

»Alter, entspann dich. Ich versteh dich nicht. Sei doch froh, dass du mal was anderes siehst als das, was zu Hause normal ist.«

»Aber ich bin doch nicht hergekommen, um Dreck zu sehen!«

Ich verdrehte die Augen. Murat war zimperlich wie ein Weib. Aber dann fiel mir ein, dass das ja gar nicht stimmte, dass alles, was Titten hatte, zimperlich war. Und ich musste an Shania denken und mein Herz zog sich schmerzhaft zusammen. Und das Wort »Titten« hätte ich lieber nicht denken sollen, denn plötzlich saß meine Jeans unerfreulich eng. Mann, noch fast ganze zwei Monate würde ich sie nicht sehen können.

»Murat – irgendwie verhältst du dich echt wie der klassische nörgelnde deutsche Bilderbuchtourist. Iiieh, es ist dreckig. Igitt, wie kann man denn nur so leben, bäh, so viel Müll ...«

»Na ja, ich hab ja auch 'nen deutschen Pass«, grinste er mich an.

Dann kauften wir in einem dieser seltsamen kleinen Garagengeschäfte, die es hier überall gab, Brot, Obst und Käse, ein paar Flaschen Wasser, Cola und Mokka, Instantnudeln und Kekse, damit die Auswahl im Kühlschrank etwas größer werden würde. Wir schafften das Zeug schnell nach Hause. Die Sonne stand schon ziemlich tief und wir waren hundemüde. Ich kochte uns einen Mokka und dann war schon wieder Zeit für das Maghrib, das Gebet nach Sonnenuntergang. Wir beteten zu Hause, weil wir so müde waren, dass wir uns nicht noch einmal aufraffen konnten, die Wohnung zu verlassen. Danach fielen wir über unsere Vorräte her und versanken im Wohnzimmer auf dem Sofa und starrten in die Glotze. Ich war ein wenig enttäuscht, denn ich hatte gehofft, noch ein wenig sündigen zu dürfen und vielleicht einen Spielfilm anzuschauen. Aber hier liefen nur ein paar Nachrichtenkanäle, so eine Art ägyptisches Teleshopping und Sendungen à la »Frag den Imam«. Murat zappte wild herum und fand schließlich einen Kanal, der »Salafiyya-TV« oder so ähnlich hieß. Während er noch immer eine Banane zwischen die Lippen geklemmt hatte, verfolgte er gebannt die Hörerfrage einer Frau, ob es denn gestattet sei, als Hochzeitsgast einen roten Niqab zu tragen. Der TV-Sheikh schüttelte empört den Kopf und teilte ihr mit, dass sie gefälligst einen schwarzen tragen sollte.

Ich kaute an meinem Fladenbrot herum und fragte mich, wo eigentlich Samir und Omar blieben. Mann, war ich müde. Am liebsten hätte ich mich sofort hingelegt, aber es gab ja noch das 'Ischa'. Immer wieder fielen mir die Augen zu, und immer, wenn ich aus meinem Sekundenschlaf hochzuckte, starrte ich sehnsüchtig aus dem Fenster, ob es denn nicht bald richtig dunkel würde. Endlich war es so weit. Wir verrichteten das Nachtgebet und auf einmal war ich so aufgekratzt, dass ich nicht einschlafen konnte. Meine Vision mit dem Burak kreiste und kreiste in meinem Kopf herum. Was hatte sie nur zu bedeuten? Blasphemie? Eine Bewusstseinstrübung oder war ich wirklich auserwählt? Sie hatte sich so echt angefühlt. Ich hatte sogar die zuckenden und schweißgebadeten Flanken des Burak gespürt. Und diese Musik. Warum hatte ich diese unglaubliche Musik gehört, wo doch jegliche Musik haram war, weil sie von Allah, dem Allmächtigen, ablenkte?

Erst kurz vor dem Fadschr musste ich eingeschlafen sein und der heilsame Schlaf verwehte die Vision wie eine laue Brise ein abgestorbenes Blatt.

Ich war so unglücklich, als Abdel abgereist war. Drei Monate. Drei ganze Monate. Aber ich war ja auch selbst schuld, schließlich hatte ich ihm die ganze Sache eingeredet.

Damit ich nicht ständig an Abdel denken musste, verbrachte ich jetzt viel Zeit mit den Frauen, vor allem mit Shirin. Wir waren ein fester Kreis und trafen uns zweimal die Woche in einem Hinterzimmer der Moschee, um über alles Mögliche zu diskutieren.

Doch eines Tages tauchte Djamila nicht auf. Eine seltsame Stimmung hing im Raum.

»Weiß jemand, was mit Djamila ist? Ist sie krank?«, fragte ich.

Die Frauen schwiegen. Schwiegen lange. Und ihr Schweigen war eisig. Schließlich sagte Faizah: »Ja, Djamila ist krank. Im Kopf ist sie krank und im Herzen verfault.«

Ich verstand kein Wort. »Djamila ist verrückt geworden?«

»Nein, Dummchen! Sie ist eine Murtadda, eine vom Glauben Abgefallene.«

Ich musste schlucken. »Aber ... aber wie kann sie so

etwas denn tun? Sie ist doch schließlich in den Islam hineingeboren?«

Die Frauen blickten finster vor sich hin.

»Das ist ja noch lange nicht alles. Jetzt will sie auch noch Buddhistin werden. Das ist Schirk, Götzendienst. Wie kann sie das nur tun?«, ereiferte sich Safiya.

Meine Hände zitterten. Es wollte mir einfach nicht in den Kopf gehen, wie man dieser wunderbaren Religion einfach so den Rücken kehren konnte, um dann in diese grauenhafte Welt da draußen zurückzukehren. Wie konnte sie nur die Herrlichkeit des Paradieses gegen ein paar irregeleitete Jahre auf dieser Welt eintauschen? Welch schreckliche Höllenqualen würde die Ärmste dafür erdulden müssen? Ich wurde von einer solchen Traurigkeit erfasst, die ich gar nicht mit Worten beschreiben konnte. Vielleicht war Djamila ja wirklich verrückt geworden? Anders konnte ich mir ihre Entscheidung gar nicht vorstellen.

»Wir müssen ihr irgendwie helfen«, schlug ich vor. »Bestimmt ist sie nur verwirrt. Wir müssen sie zur Reue auffordern. Dann kommt sie sicherlich gerne wieder zu uns zurück«, schlug ich vor und sah die anderen erwartungsvoll an.

Safiya spuckte aus. »Die kommt nicht zurück. Alles, was sie getan hat, ist Schirk. Sie hat uns alle belogen, betrogen. War sie es nicht, die uns allen immer die Supermuslima vorgespielt hat, die den Koran auswendig konnte? Aber das war alles Heuchelei! Sie ist eine Murtadda und das ist überhaupt das Schlimmste!« Sie spuckte noch einmal aus.

Nour ergriff das Wort und auch sie war verbittert. So was von verbittert: »Sie hat den Tod verdient.«

Die Frauen murmelten zustimmend. Außer Shirin. Die schwieg.

»Aber das ist doch Unsinn! Ein *Mensch* kann doch keinen anderen dazu zwingen, etwas zu glauben. Das ist doch etwas, was nur zwischen ihr und Allah, dem Barmherzigen, ausgehandelt werden kann!«, rief ich. »›Ertrage geduldig, was die Ungläubigen sagen und halte dich schön vor ihnen zurück! Überlass das nur mir, was mit denen geschehen soll, die die göttliche Botschaft für Lüge erklären und sich des Wohlbefindens erfreuen‹«, zitierte ich ein paar Verse aus der dreiundsiebzigsten Sure. »Ja, sicher wird Allah, der Barmherzige, sie irgendwann bestrafen. Aber es ist doch nicht an uns, dies zu tun!« Ich war verzweifelt. Wie konnten sich meine Schwestern zu einer solchen Selbstgerechtigkeit aufschwingen und sich in Allahs, des Barmherzigen, Angelegenheiten einmischen wollen? Das war doch auch haram.

Aber da fielen sie alle über mich her. Was ich mir denn einbildete. Gerade mal drei Monate konvertiert und schon spielte ich mich auf. Und ich hätte doch überhaupt keine Ahnung.

Ich blickte Hilfe suchend zu Shirin. Sie nahm mich in den Arm und ergriff das Wort: »Liebe Schwestern. Beruhigt euch wieder. Natürlich hat Djamila den Tod verdient, aber Shania hat ganz recht, es ist nicht an uns, ihn herbeizuführen.«

Ich starrte Shirin an und konnte nicht glauben, was ich da hörte. Ein Mensch durfte doch nicht darüber richten, wer den Tod verdient hatte und wer nicht. Das war allein die Entscheidung Allahs. Ärgerlich befreite ich mich von ihrem Arm und ließ die Frauen zurück.

Als Shirin und ich uns am Abend noch einmal zufällig über den Weg liefen, brach ich einen Streit vom Zaun.

»Ich versteh dich einfach nicht, Shirin. Wie konntest du das nur sagen, dass Djamila den Tod verdient hat? Wie kannst du dir anmaßen, über so etwas überhaupt zu urteilen?«

»Ach, Shania. Du bist noch nicht lange genug dabei, um das alles hier zu verstehen«, sagte Shirin und lächelte.

Ich funkelte sie böse an. Dann sagte ich: »Sag es mir jetzt ins Gesicht! Sag mir, dass du das wirklich glaubst, dass Djamila den Tod verdient hat. Dann sind wir Freundinnen gewesen.«

»Nein, ich glaube das nicht. Aber du hast doch gesehen, wie sie sind.«

»Shirin! Ist dir klar, was du da treibst?! Du sagst andere Dinge, als du meinst. Das ist Heuchelei!«

Shirins Lächeln erstarb, und leise und ernst sagte sie: »Du verstehst das nicht. Manchmal ist es gar nicht so einfach, sich hier zu behaupten.«

»Es geht hier auch nicht darum, sich zu behaupten,

sondern darum, das Richtige zu tun«, fauchte ich sie an. Dann drehte ich mich um und ging.

»Shania!«, rief sie mir nach. »Jetzt warte doch mal!«

Aber ich wollte nichts mehr hören. Für heute hatte ich genug gehört. Genug, um mich hier auf einmal verdammt einsam zu fühlen.

Murat und ich hatten uns ziemlich schnell an das Leben in Alexandria gewöhnt und Murat hatte es tatsächlich irgendwann aufgegeben, sich über die seiner Meinung nach mangelhaften hygienischen Zustände zu beschweren. Das Leben hier spielte sich ein, eine tägliche Routine aus um halb fünf aufstehen, duschen, Wudu', Fadschr, Koran-Unterricht, Zuhr, Arabischunterricht, 'Asr, einkaufen oder eine Kleinigkeit essen gehen, Maghrib, Hausaufgaben, 'Ischa'.

Damit war der Tag vorbei und für Blödheiten blieb gar keine Zeit. Und das war auch gut so, denn ab und zu machte sich noch immer Julian Engelmann in mir breit, der dann gerade gerne sonst was mit Romea getan oder ein Bier getrunken oder einen Stickie gequarzt hätte. Alhamdulillah gab es die Routinen. Der Mensch braucht Routinen, die ihm Halt geben, denn sonst denkt er nach. Und wenn der Mensch nachdenkt, kommt er auf dumme Ideen und ist nicht bei Allah.

Einmal abgesehen davon, dass ich Shania ganz unglaublich vermisste, fühlte ich mich aber trotzdem alles in allem sehr wohl auf dem Campus der Schule. Es war wirklich eine große Gemeinschaft. Wir waren alle Brüder, eine große, eine funktionierende Familie. Klar, da gab es natürlich auch Brüder, mit denen man weniger anfangen konnte als mit anderen, aber es gab so gut wie nie Feindseligkeiten untereinander. Wenn du eine Frage oder ein Problem hattest, konntest du dich einfach bei deinen Brüdern durchfragen. Denn egal, wen du gefragt hast, jeder kannte zumindest jemanden, der jemanden kannte, der dir helfen konnte. Alle waren jederzeit zum Gespräch bereit und das kannte ich bestenfalls aus der Moschee, aber nicht aus meinem restlichen Leben in Deutschland.

Aber das, das war irgendwie schon so weit weg, dass es gar nicht mehr real war. Mein ganzes Vorleben war nicht real. Nur Allah. Unser größtes Band hier war der Glauben und dieses Band war unheimlich stark. Nahezu reißfest. Außer, wenn einer vom Glauben abfiel. Wer abfiel, war ein Murtadd, und ein Murtadd, war so gut wie tot. Er existierte nicht mehr für die Gemeinschaft. Man sprach nicht mit ihm und ignorierte ihn. Angeblich kam es hin und wieder auch zu Todesfällen von Abtrünnigen. Erlebt hatte ich das bisher nie, aber selbst wenn, es gab ja auch nichts Schlimmeres, als vom Glauben abzufallen. Das war schlimmer, als schon immer kufr, ungläubig, gewesen zu sein. Wenn jemand geglaubt hatte und dann nicht mehr, das war noch viel schlimmer, als nie geglaubt zu haben. Was konnte also schlimmer sein, als zum Murtadd zu werden?

Wenn ich so richtig Abdel war und mir dann vorstellte, ich wäre wieder Julian Engelmann – dann kroch mir eine Gänsehaut über den Rücken. Dann war es fast unvorstellbar, dass ich jemals dieser dämliche Typ gewesen war. Ich kann das gar nicht erklären, aber mein altes Leben war inzwischen so weit weg. Ein ferner Albtraum. Mutsch war weg, aber das spielte keine Rolle mehr. Zumindest nicht wirklich. Aber ein wenig bedauerte ich, dass sie in die Hölle kommen würde. Doch dass sie ihren Mann und ihr Kind verlassen hatte, das wog nun einmal schwer vor den Augen Allahs, des Allmächtigen. Ab und zu dachte ich auch an Tom und ich betete, dass er sich fangen würde und nicht schon als Penner durch die Straßen zog. Vielleicht würde ich ihn eines Tages retten können, aber vorerst musste er alleine klarkommen.

Was ich hier hatte, das war ohnehin viel besser. Lauter Gleichgesinnte. Wir dachten alle so ziemlich genau das Gleiche. Und das war doch echt groß, oder? In welcher Familie gab es das schon? Und wir hielten zusammen, egal, was kommen würde, denn wir waren alle Brüder. Die Jungs aus der Schule, Omar, Samir, ich – wir waren ein seltsamer, zusammengewürfelter Haufen, aber irgendwie gehörten wir zusammen.

Außer mit Murat unterhielt ich mich am liebsten mit Samir, obwohl er eigentlich von allen, die ich kannte, der am wenigsten Gleichgesinnte war. Na ja, noch. Nicht dass ich Omar nicht mochte, im Gegenteil – aber er war ja kaum da. Entweder machte er noch sein halbes Dutzend Extragebete oder er verschwand zu irgendwelchen Treffen, über dic cr – so behauptete er wenigstens – nicht reden durfte.

Eines Abends saß ich mit Samir auf dem Sofa. Im Hintergrund lief »Frag den Imam«, aber wir hatten die Sendung auf lautlos gestellt.

»Sag mal, warum bist du eigentlich nicht schon längst konvertiert?«, fragte ich ihn.

Er blinzelte mich mit seinen rehbraunen Augen groß an und zuckte dann hilflos mit den Schultern. »Ich bin wohl noch nicht so weit«, sagte er bedrückt. »Und ich bin mir auch nicht sicher, ob ich jemals so weit sein werde.«

»Schade. Ich würde mich echt freuen, wenn ich dich eines Tages im Paradies wiedersehen könnte«, sagte ich. Und ich war traurig. Wirklich traurig.

Wir schwiegen eine Weile vor uns hin.

»Hattest du ein gutes Verhältnis zu deiner Familie?«, fragte ich schließlich.

»Ja.« Er starrte vor sich hin und massierte geistesabwesend seinen Knöchel.

»Magst du mir ein wenig erzählen? ... Na ja, nur, wenn es dir nichts ausmacht? Ich meine, in Deutschland kommt im Fernsehen und im Radio zwar ständig irgendwas über den Gazastreifen und das Westjordanland und dass die Hamas einen Terroranschlag verübt und Israel dann mit einem Vergeltungsschlag reagiert hat und dass immer und immer wieder Unschuldige getötet werden.

Und die Spirale schraubt und schraubt sich. Immer höher. Immer weiter. Irgendwie klingt das alles immer sehr hoffnungslos.«

Samir seufzte. »Ja. Es *ist* auch hoffnungslos.«

»Und hasst du die Juden denn nicht?«, fragte ich.

Samir wand sich. »Die Juden sind nicht gleich Israel und umgekehrt.« Er setzte sich auf und sah mir in die Augen. »Weißt du, das ist alles sehr kompliziert. Ich war ja Christ. Und als Christ ist es auch nicht so einfach, sich in Gaza zurechtzufinden. Es gibt nur ganz wenige Christen dort. Irgendwie gehörst du nirgends so richtig dazu. Ich … ich habe nie nach außen gezeigt, dass ich Christ bin, habe immer so getan, als sei ich Moslem …«

»Alter! Das ist Schirk, einfach so zu tun, als wäre man ein Muslim!« Ich zwinkerte ihm zu. Er ging nicht darauf ein, sondern erzählte weiter.

»Na ja, und als meine Familie dann getötet wurde, kam ich bei Verwandten unter. Aber ich wollte da nicht leben. Sie haben alles hingenommen, weil sie es gewohnt sind, dass sie getreten werden. Von den Muslimen, weil sie eine Minderheit sind, und von den Israelis, weil sie eben zufällig in Gaza wohnen und keine Juden sind. Und unter der Hamas ist alles noch schlimmer geworden. Die versuchen nicht nur, Politik zu machen, sondern auch, die Gedanken der Leute zu kontrollieren. Und irgendwann habe ich es einfach nicht mehr ausgehalten. Ich dachte, wenn ich nicht sofort etwas tue, werde ich wahnsinnig. Du glaubst gar nicht, wie sehr ich meine Familie vermisse. Meine Verwandten waren so apathisch, das war echt nicht zum Aushalten. Ich glaube, die haben nur noch auf den Tod gewartet. Ob nun durch die Israelis oder die Hamas, ich glaube, das war ihnen inzwischen scheißegal. Deswegen bin ich weg. Ich hatte zunächst überhaupt gar keinen Plan. Weg. Einfach nur weg. Rache. Alles in mir schrie nach Rache. Ihr jüdischen Schweine, das werdet ihr mir büßen!, dachte ich. Auge um Auge, Zahn um Zahn …«

Ich fragte mich, warum er nicht weitersprach. »Und dann?« Ich wollte wirklich wissen, was dieser seltsame, aber sympathische Kerl hier suchte.

»Und dann dachte ich, die Islamisten, die handeln wenigstens. Ich teile nicht alles, was sie denken, aber auf jeden Fall glauben auch sie an einen Gott und wenigstens tun sie etwas, jedenfalls die Radikaleren, um ihr Ziel zu erreichen. Also habe ich meinen Verwandten Geld gestohlen. Viel Geld. Und dann habe ich einen falschen Pass gekauft, laut dem ich schon achtzehn bin, eigentlich bin ich ja erst sechzehn, und habe zwei ägyptische Grenzer bestochen, damit sie mich rüberlassen. Noch zu Hause hatte ich im Internet recherchiert und war auf diese Schule gestoßen. Ich wollte kämpfen lernen. Mit in den Djihad ziehen. Aber nicht in erster Linie für Allah, sondern für meine Familie. Aus Rache. Damit ich meine Familie rächen kann.«

Dass man hier kämpfen lernen konnte, wusste ich gar nicht. Nicht dass ich gerne gekämpft hätte, aber ich fragte trotzdem: »Hier kann man kämpfen lernen?«

»Nicht direkt hier, aber wenn du in den Djihad ziehen

willst, findest du hier die Leute, die dich vermitteln. Aber es wird keiner gezwungen.« Und nach einer längeren Pause fügte er hinzu: »Streng genommen musst du nur Omar fragen.«

»Und du? Du willst das wirklich machen?«

»Was?«, fragte er erstaunt.

»Na, in den Djihad ziehen.«

»Nein. Ich hatte nur gedacht, dass ich es will. Jetzt bin ich nicht mehr wütend genug. Und ich glaube auch nicht mehr, dass es richtig ist. Es muss doch andere Lösungen geben.«

»Echt. Ich versteh dich nicht. Hasst du jetzt die Juden oder nicht?«

»Nein. Nicht mehr. Es wird ja auf allen Seiten gestorben. Wer hat angefangen? Darauf gibt es keine Antwort.«

Ich verstand ihn nicht.

»Und was hält dich dann hier?«

»Ich weiß nicht. Ich glaube, es ist die Gemeinschaft. Wo soll ich auch hin? In Gaza brauche ich mich nicht mehr blicken zu lassen. Und ist es nicht egal, ob er Gott, Jahwe oder Allah heißt?«

Ich wollte schon protestieren, dass Jahwe und Gott viel schwächer wären als Allah, der Allmächtige, denn es gibt keinen Gott außer Allah, aber dann biss ich mir auf die Zunge, weil ich plötzlich den Gedanken zuließ, dass es vielleicht tatsächlich nur verschiedene Namen waren und das, was hinter diesen Namen steckte, möglicherweise wirklich dasselbe war.

»Irgendwie hab ich diesen Konflikt noch nie so richtig verstanden.«

Samir zuckte mit den Schultern. »Das alles ist auch echt ziemlich verzwickt. Die Araber haben das Land nach dem letzten Weltkrieg zugesprochen bekommen und dann haben es die Israelis annektiert, irgendwann durften die Palästinenser das Gebiet wieder selbst verwalten, aber radikale jüdische Siedler haben sich dann dort breitgemacht und die Palis kamen dadurch weder zum Strand noch zu einem Teil ihrer Felder. Und seitdem gibt es dieses ewige Hin und Her. Und nichts als Gewalt und Hass und Krieg und Tote. Aber wenn du es genau wissen willst, ich such dir was raus«, zwinkerte mir Samir zu. Damit begab er sich an den Computer, der zur allgemeinen Benutzung im Wohnzimmer stand. Er tippte ein wenig herum.

Schüsse. Panik. Geschrei. Samir saß auf einmal wie erstarrt vor dem Rechner und begann plötzlich, sich ruckartig vor und zurück zu bewegen. Immer und immer wieder. Ich sprang auf und lief zu ihm.

»Samir! Hey, Samir! Verdammt, was ist mit dir?« Ich tätschelte ihm die Wange, aber Samir bewegte sich vor und zurück und vor und zurück und …

Ich packte ihn an den Schultern, die sich kalt anfühlten, und hievte ihn in sein Zimmer, wo ich ihn auf sein Bett manövrierte. Samir ließ sich alles willenlos gefallen. Ich stopfte ihm noch ein Kissen unter den Kopf. Und fragte noch einmal: »Samir?«

Samirs Zuckungen hatten aufgehört. »Ja?« Er blickte sich um. »War was?«

»Du hast gezuckt und warst vollkommen weggetreten.«

»Hmm ... Schon wieder?«, fragte er und klang recht mutlos.

Ich schwieg.

»Das habe ich seit der Bombe. Na ja, vielleicht sollte ich mich einfach nicht mehr damit beschäftigen.«

Ich stand noch immer besorgt über Samir gebeugt, als Murat hereinkam. »Was macht ihr denn da?«

Samir warf mir einen Blick zu, den ich als »Bitte erzähl das nicht weiter« deutete, also sagte ich zu Murat: »Samir war es nicht gut.« Und zu Samir flüsterte ich: »Wenn was ist, gib Bescheid.«

Das Gespräch mit Samir geisterte mir noch die ganze Nacht im Kopf herum und ich fragte mich, was ihn denn davon abhielt, sich zu rächen. Ich verstand das nicht. Also, wenn das mit meinen Eltern früher jemals wirklich schön gewesen wäre und dann wäre jemand gekommen und hätte sie einfach so weggebombt, ich würde doch keine Sekunde zögern und ihnen alles dreimal zurückzahlen. Mal angenommen, irgendjemand würde Shania etwas antun, dann war es doch meine Pflicht als ihr Ehemann, sie zu rächen. Das wäre doch ein Angriff nicht nur auf sie, sondern auch auf mich. Und genauso wurde man doch auch als Sohn angegriffen, wenn die eigene Familie getötet wurde.

Zu Hause in der Gemeinde hatte ich mir ja schon öfter mit den Jungs Kämpfervideos reingezogen. Die waren echt cool. Ein bisschen wie Counterstrike, aber eben real. Echt tough, dass die tatsächlich ihr Leben für ihren Glauben opferten. Wir hatten sie uns angesehen, Dutzende Videos von Märtyrern. Und die waren alle mit einem Lächeln auf den Lippen gestorben. Cool. Was war wirklich cool? Na, genau das. Ein echter Shahid war cool. Er war ein echter Zeuge, ein Märtyrer. Winner in Sachen Paradies. Der musste nicht lang klopfen, der wurde gleich auf einer Wolke oder so hineingetragen. Und dann sah ich mich mit der Flagge der Hizb-ut-Tahrir, der Partei der Befreiung, der weiße Schriftzug der Schahada auf weißem Grund. Sie wehte hinter mir her und ich, ich ritt durch die Wolken. Und wieder war es kein Pferd, auf dem ich ritt, sondern der Burak. Und unten auf der Erde fegten die berittenen Scharen dahin und sie folgten mir, egal, in welche Richtung die Flagge des Kalifat Islam auch wehte. Und ich … ich …

»Wach endlich auf, verdammt!«

Irgendwas zerrte an mir. Und ich presste die Lider über meine Augäpfel, weil ich unbedingt wissen wollte, wohin ich die Scharen führen sollte, aber ich wurde weiterhin geschüttelt und wütend riss ich schließlich die Augen auf und starrte in Murats verstörte Züge.

»Scheiße, was ist denn?«, knurrte ich ihn an. Ich war sauer. Jetzt würde ich nie erfahren, was das alles sollte.

»Los! Steh auf! Samir – Samir ist …«

Ich fuhr hoch.

»Was? Was ist mit Samir?«

»Er ... er ist ... da unten«, murmelte Murat.

Ich sprang aus dem Bett und schüttelte Murat. »Sprich in klaren Sätzen, verdammt. Was ist mit Samir?«

Und statt einer Antwort zerrte mich Murat in Samirs Zimmer ans offene Fenster und deutete nach unten. »Da.«

Ich starrte auf den Hof und da lag er. Völlig verdreht. Und mausetot. Ich schlug mit der Faust auf die Kante des Fensterbrettes, bis mir das Blut aus der Hand lief. Warum war ich ins Bett gegangen, anstatt bei ihm Nachtwache zu halten? Mir wurde flau und ich rannte ins Bad und übergab mich. Drei Mal übergab ich mich.

Dann ging ich mit Murat nach unten. Es war ein fürchterlicher Anblick und es wollte mir einfach nicht in den Kopf, wie man sechs Stunden vorher noch so lebendig sein und jetzt aussehen konnte wie eine aufgeplatzte Puppe mit verdrehten Gliedern.

»Was machen wir denn jetzt?«, fragte Murat.

Der Schmerz riss mich fort. Wenn Samir konvertiert wäre, dann hätte es vielleicht noch Hoffnung für ihn gegeben, aber nun hatte er diese große Sünde begangen. Jetzt würde er für immer und immer und immer allen Qualen der Hölle ausgesetzt sein. Ich wandte mich ab.

»Wir ... wir müssen die Schule verständigen«, sagte ich.

Das taten wir dann auch, aber der Leiter erklärte sich für nicht zuständig und rief stattdessen die Polizei. Die machten sich ein paar Notizen. Wir radebrechten irgendwas zusammen und dann nahmen sie ihn mit. Ich habe keine Ahnung, was mit Samir geschah, wahrscheinlich wurde er irgendwo verscharrt. Die Schule wollte jedenfalls nichts mit einer unkonvertierten Selbstmörderleiche zu tun haben. Überhaupt wurde die ganze Sache mehr oder weniger totgeschwiegen.

Als Omar, der ein paar Tage unterwegs gewesen war, am Abend zurückkam, wurde er ganz bleich. Oder war er schon davor so bleich gewesen? Irgendwie hatte ich schon seit ein paar Wochen das Gefühl, dass irgendwas mit ihm war, aber als ich ihn danach gefragt hatte, hatte er nur gelacht und gesagt: »Mir geht es bestens. Wie kann es einem zukünftigen Mudjahed auch anders gehen als prächtig?« Wie auch immer. Jedenfalls wirkte er völlig schockiert und fragte: »Er hat was? Aber er wollte doch konvertieren? Wieso hat er das gemacht?«

Ich schwieg. Omar war wohl nicht auf dem neuesten Stand, was Samirs Konversionswünsche betraf.

Omar saß am Tisch und hatte seinen Kopf zwischen den Pranken vergraben. Und er sah noch mitgenommener aus als die letzten Wochen. Plötzlich richtete er sich auf und sagte bedeutungsschwer: »Ihn haben die Ungläubigen also auch auf dem Gewissen.«

»Wieso? Er ist doch selbst gesprungen«, protestierte Murat.

»Ja. Aber sie haben ihn dazu gebracht. Mit ihren teuflischen Methoden haben sie ihn dazu gebracht. Ich sage euch: Von allen Kuffar sind die Juden am schlimmsten.«

Murat und ich sahen uns vielsagend an, aber Omar fing unsere Blicke auf.

»Was? Glaubt ihr mir nicht? Dann will ich euch mal was zeigen.« Er hockte sich vor den Rechner und dann mussten wir uns ein Video nach dem anderen reinziehen. Mir verschwamm schon alles vor Augen. Iran. Irak. Afghanistan. Gaza. Westjordanland. Zerfetzte Leichenteile. Tote Kinder. Verstümmelte Menschen. Krüppel. Rauchende Ruinen. Ein unendlicher Loop des Grauens. Es war mir nicht wirklich neu, was ich hier sah, aber in dieser Dichte war es ein Albtraum. Und zwar ein verdammt realer.

Murat liefen Tränen die Wangen hinab und auch Omar hatte feuchte Augen.

»Und das Schlimme ist – die ganze Welt hilft ihnen auch noch dabei. Meine eigene Regierung pumpt jedes Jahr Milliarden Dollar nach Israel. Und dann all die Kriege, die sie gegen uns führen – und Europa macht mit. Ich frage euch? Warum hassen sie uns Muslime so?«, fragte er mit brüchiger Stimme. »Wenn man das sieht, dann ist es doch gar kein Wunder, dass Samir sich umgebracht hat. Und es wäre eine schreiende Ungerechtigkeit, wenn man ihm die Schuld dafür geben würde. Ich meine, das sieht doch ein Blinder, dass er nur ein unschuldiges Opfer der westlichen Teufel geworden ist.«

Zuerst überzeugte mich Omars These nicht so recht. Aber je länger ich darüber nachdachte, desto unwahrscheinlicher erschien es mir, dass er unrecht hatte. Und was auf jeden Fall stimmte: Man konnte Samir seinen

Freitod wirklich nicht anlasten und den ganzen Tag betete ich zu Allah, dem Allmächtigen, dass er Samir verzeihen möge.

»Omar, Samir hat gesagt, dass du dich für den Kampf vorbereitest?«, fragte ich ihn am nächsten Morgen beim Frühstück, während Murat unten in der Stadt ein paar Einkäufe erledigte. Ich weiß nicht, warum es so war, aber es war so: Murat war mein bester Freund, aber irgendwie konnte ich ihm gerade deswegen nicht sagen, was momentan alles in meinem Kopf herumspukte.

»Hat er das, ja? Nun ... Ja. Man kann nicht immer nur reden, man muss seinen Worten irgendwann auch Taten folgen lassen. Warum, willst du auch kämpfen?«

»Ich ... ich weiß es noch nicht. Ich würde erst einmal einfach nur mehr darüber erfahren wollen. Meinst du, dass das geht?«

Omar sah mich lange an. »Da musst du Amir fragen. Ich kann das nicht entscheiden. Komm heute einfach mal mit.«

Ich wartete dezent draußen, bis Amirs und Omars Besprechung beendet war. Schließlich trat Amir vor die Tür und musterte mich. Das war also Amir, der vergessen hatte, uns vom Flughafen abzuholen. Aber schließlich hatte er ja auch weitaus Wichtigeres zu tun, als Chauffeur zu spielen.

Amir war um die dreißig, groß und durchtrainiert, Typ Sportmodel. Hätte er nicht den einzig richtigen Weg gefunden, hätte er wahrscheinlich jede Nacht eine andere haben können.

Er legte freundschaftlich seinen Arm um meine Schulter und wir setzten uns. Kurz darauf schlingerte Memnun mit seinen Teegläsern um die Ecke und stellte sie vor uns hin.

»Wie kommt es, Bruder, dass du dich für den Kampf interessierst? Hat es mit deiner Vision vom Burak zu tun?«, fragte er.

Ich erschrak. »Hat … hat Abdel Rahman dir davon erzählt?«

Gedankenverloren zwirbelte Amir die Fransen seines Palituches und ließ dabei seinen Blick auf mir ruhen. »Dir ist sicher klar, was für eine ungeheuerliche Anmaßung das ist?«

Schuldbewusst nickte ich.

»Gut. Aber davon mal abgesehen, ist es vielleicht auch ein Zeichen Allahs, des Allmächtigen.«

»Aber – Zeichen wofür?«, fragte ich.

»Dafür, dass du in den Kampf ziehen sollst.«

Auf diese Idee war Abdel Rahman ja auch schon gekommen.

»Könntest du denn einen Grund dafür finden, vielleicht eines Tages in den Djihad zu ziehen?« Amir sah mich forschend an.

Bei dieser Frage setzte mein Hirnkino wieder ein. Samirs verrenkte Gestalt. Ein unschuldiges Opfer. Und dann diese Videos, die ich gesehen hatte. All die Gewalt, die Übergriffe des Westens auf die Umma. Es war doch tatsächlich so, dass sie Krieg gegen uns führten, und sie waren es, die uns angegriffen hatten. Und ohne nachzudenken, zitierte ich aus der zweiten Sure des Korans: »Und tötet sie, wo immer ihr sie zu fassen bekommt, und vertreibt sie, von wo sie euch vertrieben haben!«

Und dann hing dieser Vers im Raum. Große Worte. Heilige Worte. Es bedeutete ein riesiges, fettes Ja. Ob ich das nun wollte oder nicht. Ich schluckte. Gesagt war gesagt. Und vielleicht war es überhaupt die einzige Chance, all den Mist, den ich als Julian Engelmann gebaut hatte, wieder auszubügeln. Möglicherweise reichte der Rest meines Lebens ansonsten gar nicht mehr aus, um noch ins Paradies zu kommen. Wenn ich aber den Märtyrertod starb, dann würde ich definitiv nicht in die Hölle kommen. Ich dachte an Shania und irgendwas in mir zog sich schmerzhaft zusammen.

Amir ließ wohlwollend seinen Blick über mich gleiten.

Ich zwang meine Stimme dazu, nicht dünn und leise und zittrig zu klingen, als ich fragte: »Und ... und wie funktioniert das?«

»Du fährst doch in drei Wochen nach Hause, wenn ich richtig informiert bin?«

Ich nickte.

»Gut. Wenn du zurück bist, dann organisiere eine Spendenaktion, damit du genug Geld für eine Reise in ein Ausbildungslager im Nordjemen oder Pakistan hast. Wenn du das Geld beisammenhast, schickst du mir eine Mail mit dem Betreff ›Paradise‹. Alles Weitere erfährst du dann.«

Ich musste sehr besorgt gewirkt haben, denn Amir legte tröstend seine Hand auf meinen Oberarm. »Mach dir keine Sorgen, Bruder. Ich werde dir noch rechtzeitig die richtigen Kontakte vermitteln.«

Er ging und als er weg war, kam mir alles wie ein Traum vor. Ein sehr realer Traum allerdings.

Als ich in die WG zurückkam, saßen Murat und Omar schon vor dem Fernseher und diskutierten eifrig darüber, ob Gummibärchen haram waren oder nicht.

»Natürlich sind Gummibärchen haram. Da ist Schweinegelatine drin!«, sagte Omar.

»Das stimmt doch gar nicht!«, protestierte Murat. Ich wusste genau, wie sehr er Gummibärchen liebte.

»Abdel, stimmt das mit den Schweinen?«

»Ich glaube ja. Aber in Ökoläden gibt es so Veganergummibärchen. Da ist gar keine Gelatine drin«, sagte ich, um ihn zu trösten.

Aber Murat wirkte trotzdem nicht besonders beglückt. »Ihr habt ja beide überhaupt keine Ahnung. Ich ruf jetzt bei ›Frag den Imam‹ an.«

Omar hustete. »Brüder, es tut mir leid, aber ich muss ins Bett. Ich glaube, ich werde krank«, sagte er und verschwand in seinem Zimmer.

Weder Murat noch ich achteten besonders auf ihn, denn das Gummibärchenproblem stand noch immer im Raum. Hektisch wählte Murat eine Nummer und während er in der Leitung hing, verdrehte er die Augen. Ich lachte mich halb schlapp über ihn. Als er nach zehn Minuten noch immer nicht durchgekommen war, gab er es auf und das Problem Gummibärchen wurde vertagt. Leider, denn jetzt arbeitete die Begegnung mit Amir in mir. Und so nach und nach wurde mir klar, worauf ich mich vorhin eingelassen hatte. Warum konnte ich manchmal nicht einfach mal meine Klappe halten? Ich hockte mich neben Murat und starrte in den Fernseher, ohne etwas zu sehen.

»Was ist denn los mit dir?«, fragte auf einmal Murat, der mich schon eine ganze Weile aus den Augenwinkeln beobachtet hatte.

»Nichts«, versuchte ich ihn loszuwerden.

»Natürlich. Irgendwas verschweigst du mir. Sind wir Freunde oder sind wir Freunde?«

Ich seufzte. »Murat, ich ... ich werde irgendwann in den Djihad ziehen«, sagte ich schließlich leise.

»Du wirst WAS??? Und das sagst du mir erst jetzt?«

Murat war aufgesprungen und stemmte empört die Hände in die Hüften. »Hast du sie noch alle? Mann, Alter, ich bin dein Geistesbruder und du machst einfach so dein Ding und erzählst nichts.«

»Ach, komm. Mach kein Drama draus und setz dich wieder hin!«

»Das kannst du vergessen, dass ich mich noch mal hinsetze. Wie kannst du so eine Entscheidung fällen, ohne mich mit einzubeziehen? Vielleicht will ich ja auch in den Djihad ziehen? Da kann man doch vielleicht mal nachfragen, oder? Ich bin enttäuscht. Echt. Und ich dachte immer, wir sind Freunde.«

Ich sprang auf. »Murat! Natürlich sind wir Freunde. Du bist mein bester Freund!«

Aber Murat wollte nichts mehr von mir hören und verbarrikadierte sich in seinem Schlafraum.

Verdammt. Murat war echt sauer. Manchmal war er die totale Drama-Queen. Was für ein Scheißtag. Auf einmal fühlte ich mich unendlich schwer und der Weg in mein Zimmer erschien mir plötzlich wie ein unüberwindbares Hindernis. Und so blieb ich einfach auf dem Sofa liegen. Aber jedes Mal, wenn ich kurz davor war einzunicken, schreckte ich auf, weil aus Omars Zimmer ein solches Gehuste und Geröchel kam, dass ich mir langsam Sorgen um ihn machte. Und dazu kam noch, dass mir langsam so richtig klar wurde, was ich vorhin mit meinem Zitat ausgelöst hatte: Ich würde Djihadist werden. Es gab kein Zurück mehr. Aber je mehr ich darüber nachdachte, desto weniger schlimm fand ich es. Meine Vision war ein Zeichen Allahs, des Allmächtigen. Wie konnte ich es mir anmaßen, diesen Ruf zu überhören? Gar nicht.

Gut, vielleicht würde ich sterben, aber andererseits wäre ich dann schneller im Paradies. Und dadurch würde auch Shania auf jeden Fall dorthin kommen, denn ein Märtyrer war ein Garant dafür, dass die Familie dorthin nachfolgen würde. Und mit meinem Handy surfte ich noch ein wenig im Grauen herum, so lange, bis ich ganz sicher war, dass es nur gut war, in den Krieg zu ziehen. Denn der Westen, er griff uns an. Aber ich, ich wäre mit dabei, um meine Brüder und Schwestern zu verteidigen.

Am nächsten Tag nach dem Koran-Unterricht verschwand Murat plötzlich und war unauffindbar, aber am Abend war er wieder in unserem Wohnturm und baute sich vor mir auf.

»Nur damit du es weißt: Ich werde auch in den Kampf ziehen!«, verkündete er mir, ehe er wortlos in seinem Zimmer verschwand.

Murat? Als Kämpfer? Der kleine Kerl? Aber ich kam gar nicht dazu, über seine Beweggründe nach zu grübeln, denn aus Omars Zimmer drangen wieder diese entsetzlichen Geräusche. Und als ich nach ihm sah, wirkte er, als wäre er kurz vorm Ersticken. Ich rief den Leiter der Schule an und der holte den Notdienst. Murat kam noch einmal aus seinem Zimmer geschlurft und verfolgte das Geschehen mit verstörtem Blick. Omar wurde auf eine Bahre gehievt.

»Omar! Was machst du denn für einen Scheiß?«, fragte Murat.

Omar lächelte müde.

»Hey, Bruder. Morgen besuchen wir dich im Krankenhaus. Und dann siehst du wieder munterer aus. Versprich uns das!«, sagte ich, während ich neben der Bahre hertrabte.

»Versprochen«, sagte Omar und hob den Daumen. Aber in diesem Moment krümmte er sich und stöhnte vor Schmerzen. Die Sanitäter schoben ihn in den Krankenwagen, sprangen ins Fahrzeug und fuhren mit Blaulicht davon. Und als wir am nächsten Nachmittag ins Krankenhaus kamen, da durften wir nicht zu ihm.

»Kommt nächste Woche wieder«, sagte die Schwester am Empfang.

Aber als wir in der darauffolgenden Woche noch einmal vorsprachen, da hieß es, Omar sei tot. Eine Woche bevor er ins Ausbildungscamp gehen wollte, starb er. Lungenkrebs. Austherapiert. Exitus. Es war einfach nicht zu fassen.

Und ich konnte mir nicht helfen, aber diesmal schien mir der Weg Allahs vollkommen idiotisch. Oh, Allmächtiger, vergib mir, ich meinte, unergründlich.

Seit dem Streit mit Shirin war ich echt einsam geworden, aber nachdem ich das wahre Gesicht meiner Schwestern gesehen hatte, wollte ich auch nichts mehr mit ihnen zu tun haben. Sie waren Verblendete und dabei hatten sie doch selbst den Koran gelesen. Sie erhöhten sich, indem sie sich auf die Rücken anderer stellten. Das war nicht halal.

Aber zumindest hatte ich jetzt sehr viel mehr Zeit, mich meinen eigenen Koran-Studien zu widmen und Arabisch zu lernen. Diese Sprache faszinierte mich und ihren Klang liebte ich so sehr, dass ich sehr schnell vorankam. Das war das Einzige, was mich hier noch froh machte.

Aber nun würde bald alles nicht mehr schlimm sein, denn Abdel würde zurückkehren. Ich hatte schon seit Tagen nicht mehr richtig schlafen können, weil ich mich so sehr auf seine Ankunft freute. Klar, er schrieb ab und zu und ein paarmal telefonierten wir auch, aber was waren schon eine E-Mail oder ein Telefonat im Vergleich dazu, sich wirklich zu sehen?

Und dann endlich waren die drei Monate vorbei und wir

standen uns wieder gegenüber. Abdel ließ seinen Rucksack fallen und ich flog ihm in die Arme. Wir waren so ausgezehrt, dass der Rest echt nicht mehr jugendfrei war und es dauerte eine ganze Weile, bis wir beide erschöpft nebeneinanderlagen. Und erst dann wechselten wir das erste Wort seit Monaten, und wenn ich ehrlich bin, ich wünschte, wir hätten geschwiegen.

»Süße! Es ist Großes passiert!«, fing Abdel an, während er meinen Kopf streichelte.

»Echt? Was denn?«, fragte ich. In seinen Mails war das nie angeklungen. »Du hast gar nichts erwähnt?«

»Na ja, das … ich … es wäre unklug gewesen, das in einer Mail zu schreiben oder am Telefon zu sagen.«

So eine Art inneres Frühwarnsystem setzte in mir ein, ich richtete mich abrupt auf und starrte Abdel an. »O.k. Bitte sag mir *genau*, was passiert ist!«

»Jetzt schau doch nicht so!«, sagte Abdel und grinste. »Ich habe gesagt, dass etwas Großes, nicht, dass etwas Schlimmes passiert ist.«

»Ich höre …«

Abdel strahlte über das ganze Gesicht. »Ich bin auserwählt.«

»Auserwählt???«

»Ich werde Gotteskrieger«, sagte er. »In Pakistan.« Abdel war stolz wie ein Hund, der seinem Herrchen eben die Pantoffeln apportiert hatte.

»Du wirst *was*??? Bitte, sag, dass ich mich verhört habe.« In mir war ein Karussell angesprungen, das sich drehte, immer und immer schneller drehte, eine Zentrifuge, die mich aus mir selbst herausschleudern wollte. Es war nicht wahr. Alles gar nicht wahr.

»Du hast schon richtig gehört. Ich werde Gotteskrieger.«

»Sag mal, spinnst du? Weißt du, was das bedeutet?« Ich war wütend. So was von wütend.

Abdels Miene verfinsterte sich. »Ich weiß genau, was ich tue«, sagte er trotzig.

»Das wage ich zu bezweifeln.« Ich sprang aus dem Bett und lief auf und ab. Abdel kam hinterher.

»Jetzt beruhige dich doch mal«, sagte er und versuchte, seinen Arm um mich zu legen. Doch ich schüttelte ihn ab.

»Und? Darf man den Grund erfahren, warum du dir einbildest, Gotteskrieger werden zu müssen? Und seit wann trägst du eigentlich ein Palituch?«

»Ich bilde mir das *nicht* ein. Allah hat mir ein Zeichen gegeben. Und das Tuch, das ist ein Vermächtnis. Ein Vermächtnis von Samir, von dem ich dir geschrieben habe, und ich trage es als Flagge meines Zorns.«

»Flagge deines Zorns! Ph … Und natürlich, Allah hat dir ein Zeichen gegeben.« Ich rollte mit den Augen. »Was hat er denn gesagt? Steh auf und werde Arschloch, oder was?«

»Ich bin auf dem Burak geritten und habe die Scharen in den Krieg geführt. Im Traum.«

»Weißt du, was du da sagst? Das ist Blasphemie. Den Burak reiten! Nur der Prophet, Allah gebe ihm Heil und

Gesundheit, reitet den Burak. Selbst wenn das nur ein Traum war, ist das Blasphemie. Was haben die denn in Alexandria mit dir gemacht? Bist du verrückt geworden, oder was?«

»Ich hab dir doch schon gesagt, dass ich auserwählt bin«, presste Abdel hervor.

»Natürlich bist du auserwählt. Auserwählt, wahnsinnig zu werden. Gotteskrieger! Gegen was willst du denn kämpfen? Gegen die US-Army? Mit Faustkeil und Speer, oder was? Da wünsch ich dir jetzt schon viel Glück!«

»Nein, gegen die Verderbtheit des Westens werde ich kämpfen. Und wenn ich falle, dann hast auch du gleich die Eintrittskarte ins Paradies.«

»Weißt du überhaupt, was Djihad bedeutet? Djihad heißt Anstrengung, Mühe. Und zwar die eigene Anstrengung, zu Allah zu finden, und nicht, wie ein muslimischer Rambo wild draufloszuschießen. Und außerdem: Sei unbesorgt, den Eintritt ins Paradies finde ich auch ohne dass mein Mann wahnsinnig wird.«

»Wahnsinnig!? Ich und wahnsinnig? Die haben Samir und Omar getötet. Jeden Tag tötet der Westen Zehntausende von Unschuldigen. Und das Morden geht weiter. Tag für Tag für Tag fließt Blut.« Abdel funkelte mich böse an.

»Der Westen, ja? Dann sag mal, wer ist denn der Westen? Du bist doch auch der Westen. Du, du hast doch überhaupt keine Ahnung von Politik und jetzt willst du Gotteskrieger spielen? Weißt du eigentlich, wie lächerlich du bist?«

Abdel hob seine Hand und auf einmal spürte ich einen Schmerz am Kinn und blickte Abdel erstaunt an. Verdammt, dieses Arschloch hatte mir einen Kinnhaken verpasst.

»Halt's Maul, Shania! Halt einfach das Maul! Du, du weißt doch gar nicht, was du sagst. Deswegen sollen die Weiber auch schweigen, weil sie nämlich zu allem zu doof sind. Und erst recht über den Krieg sollen sie das Maul halten!«

»Wer hat dir denn in der Schule geholfen, wenn du nichts kapiert hast, hm?«, fragte ich. Ich hatte so einen Störton im Ohr, der immer lauter, immer allumfassender wurde. War nicht mehr nur im Ohr. Ich hatte einen Störton im Körper, im Hirn. Was da vor mir stand und redete, das war weder Julian noch Abdel, das war ein Fremder. Ein völlig Fremder. Einer, mit dem ich mich niemals abgeben würde.

»Verdammt! Ich hab dir doch gesagt, dass du das Maul halten sollst. Gehorch endlich! Im Hochzeitsvertrag hast du es unterschrieben, dass du mir gehorchen wirst!« Damit stürzte er sich auf mich und schlug auf mich ein, und ich war so was von verblüfft, dass ich mich nicht wehrte. Verdammt! Ich wehrte mich nicht. Ich hatte alles vergessen. Dass ich kickboxen konnte – hatte ich vergessen. Wer ich war – hatte ich vergessen. Warum ich diesen Mann bis eben geliebt hatte – hatte ich vergessen. Alles – alles hatte ich vergessen.

Ich war ganz weit weg von mir, von allem, und sah von

fern, dass diese Frau, zu der ich geworden war, heulend und apathisch in viel zu langen Gewändern am Boden lag und sich von ihrem Mann zusammenschlagen ließ und dabei völlig vergaß, sich zu wehren. Verwundert griff ich mir ins Gesicht und als ich danach auf meine Hände starrte, waren sie blutig. Blut. Ich sah Blut. Überall Blut. Rot und feucht. Und dann auf einmal schwarz. Und dann – nichts mehr. Alhamdulillah.

VII

»Und tötet sie [die Ungläubigen, d.h. Nichtmuslime], wo immer ihr auf sie stoßt, und vertreibt sie von dort, von wo sie euch vertrieben.«

Koran, 2:191

A

Als Shania sich nicht mehr rührte, schlüpfte ich in Hose und Sweater und ging raus auf die Straße. Ich musste unbedingt an die frische Luft. Es war mitten in der Nacht und kalt. Verdammt kalt. Ich lief einfach drauflos und lief und lief und irgendwann stand ich dann an der Friedensglocke im Volkspark und starrte auf den Großen Teich. Die Kälte kroch in mir hoch, kroch mir über den Rücken, die Schultern, kroch über den Hals in meinen Kopf hinein und ich starrte auf meine Hände, an denen Blut klebte. Shanias Blut. War ich irre geworden? Warum hatte ich sie geschlagen? Warum hatte sie sich nicht gewehrt? *Sie* hätte das doch gekonnt. Sich wehren.

Warum hatte ich erst aufgehört, als sie sich nicht mehr bewegte? Ich schüttelte mich. Was war nur aus mir geworden? Vor allem, warum hatte ich sie einfach so liegen lassen? Ich spurtete zurück. Scheiße, scheiße, scheiße!

Als ich vor unserer Zimmertür stand, brauchte ich einen Moment, bis ich es wagte, die Klinke runterzudrücken. Ich war auf alles gefasst, aber nicht darauf: Sie war weg. Es klebte noch ein wenig Blut auf dem Teppich, aber Shania war weg.

Ich fühlte mich wie betäubt. Shania war weg. Ich ließ mich auf den Boden sinken. Sie war weg. Und ich wusste ganz genau, sie würde niemals zurückkommen. Nicht Shania. Ich legte meinen Kopf auf den Fleck und begann zu heulen. Ich hatte alles kaputt gemacht. Alles. Wie immer.

Am nächsten Morgen klopfte es und Murat trat ein. Er sah sich fragend um. »Wo ist denn Shania?« Er war sichtlich verwundert.

»Weg«, murmelte ich.

»Und warum schläfst du auf dem Fußboden?«, bohrte er weiter.

»Weil ich ein Arschloch bin.«

»Ich weiß. Aber das hat noch nie dazu geführt, dass du auf dem Fußboden geschlafen hast.«

Ich stand auf und Murat starrte erst auf den Fleck und dann auf mich. »Was hast du getan?«, fragte er tonlos.

Und dann erzählte ich ihm von unserem Streit.

»Du bist echt ein Arschloch, Abdel! An ihrer Stelle wäre ich auch gegangen«, sagte er und schüttelte den Kopf über mich.

Ich nickte. »Ich auch.« Dann lachte ich bitter auf: »Na, wenigstens du verlässt mich nicht.«

»Nein, ich verlasse dich nicht«, sagte Murat. Ernst. Todernst. Zu ernst. Aber so verwirrt, wie ich war, hatte ich mich vielleicht auch getäuscht.

»Kannst dich schon mal darauf einstellen, das wird ein

ganz schönes Gerede geben in der Gemeinde«, wechselte Murat auf einmal das Thema.

Ph ... Was interessierte mich jetzt noch das Gerede? Ich zuckte mit den Schultern. »Das ist jetzt auch egal.«

»Und? Was willst du jetzt tun?«, fragte Murat mit großen Augen.

Ich zuckte mit den Schultern. Egal. Mir war alles so was von egal. Sogar Allah, der Allmächtige, ging mir gerade ganz gewaltig am – na ja, jedenfalls vorbei.

Immer wieder versuchte ich, Shania – oder war sie jetzt wieder Romea? – zu erreichen. Aber sie ging nicht ran. Ich wusste, dass sie nie, nie, niemals wieder mit mir sprechen würde, und versuchte es weiter.

Die nächsten zwei Wochen war nichts mit mir anzufangen. Außerdem hatte die Tuschelei begonnen. Murat hatte recht gehabt. In einem Bienenstaat – da halte mal was geheim. Sie lachten über mich. Ich wusste genau, dass sie über mich lachten, mich für so eine Art Pantoffelheld hielten. Ich redete mir ein, dass mir das nichts ausmachte. Sie hielten mich für ein Weichei. Vielleicht hatten sie recht, aber es machte mich wahnsinnig, dass sie mich auslachten.

Aber im Lauf der Zeit wurde mir klar, dass es so hatte kommen müssen, denn Shania stand zwischen Allah, dem Allmächtigen, und mir, weil ich sie mehr geliebt hatte als ihn. Außerdem hatte der Imam recht: Eine Frau verlässt ihren Mann nicht einfach so. Aber genau das hatte sie getan. Mich verlassen. Verdammte Bitch. Das würde ich ihr nie verzeihen, nie. NIE. Eine Schlampe war sie. Auch nicht besser als all die anderen Schlampen da draußen.

Der Schmerz blieb, aber ich gewöhnte mich daran. Das war nur irdischer Kleinkram. Die Weichen waren ohnehin anders gestellt. Amir wartete sicherlich schon auf Antwort. Das Ausbildungslager. Jetzt gab es nur noch eine große Sache in meinem Leben und das war der Krieg gegen die Ungläubigen. Und der nahm mich mehr und mehr in Beschlag. Immer und immer wieder sah ich mir all die Clips an, auf die mich Omar, möge er im Paradies sein, gestoßen hatte. Und das Bild war eindeutig: Der Westen hasste und bekämpfte uns, wo er nur konnte. Das fing in Deutschland mit Dingen wie Pro-Köln an und setzte sich unendlich fort über Afghanistan, Iran, Irak, Gaza, das Westjordanland und den Sudan. Überall waren sie gegen uns. Ich fragte mich, woher all der Hass gegen uns kam? Es war eine Koalition des Grauens, die USA nur ein Spielball der jüdischen Weltverschwörung. Und alle schlossen die Augen davor. Alle. Dabei hatte man das schon zu Beginn des letzten Jahrhunderts gewusst. Es stand ja alles in den Protokollen der Weisen von Zion. Jeder, der wollte, konnte es nachlesen. Die Juden hatten es damals ja selbst protokolliert. Aber wie das so ist: Keiner will so etwas wissen, geschweige denn handeln. Und weil keiner etwas hören, sehen und sagen wollte, deswegen wurde einfach behauptet, die Schrift der Weisen von Zion sei eine bösartige Fälschung. Na, danke. Das Einzige, was bösartig war,

war die Ignoranz. Und deswegen war es gut, dass es uns gab. Es war allerhöchste Zeit, dass etwas geschah. Auf der ganzen Welt wurden unsere Brüder und Schwestern beleidigt und abgeschlachtet.

Murat war wieder in mein Zimmer gezogen. Wir waren Brüder. Im Geiste waren wir Brüder und im Glauben. Und das schweißte uns zusammen. Und eines Tages fragte mich Murat: »Alter, wie lang willste denn die Kummernummer noch schieben? Ich kann dein Gewinsel wegen Romea schon verstehen, aber eines sage ich dir: Die kommt nicht zurück. Nicht, nachdem du sie geschlagen hast.«

»Aber es war mein Recht, sie zu schlagen. Als ihr Mann darf ich das. Das hat auch der Imam gesagt«, sagte ich trotzig.

»Ja, schon. Klar, du darfst das. Aber war es klug?«

Nein, verdammt. Es war nicht klug. Und Julian Engelmann hätte nie, nie, niemals eine Frau geschlagen. Gerade ging mir die ganze Bruderschaft und ihr ganzes dämliches Salafistengetue so was von auf den Keks. Was war, wenn sie sich irrten?

Stopp. Cut. Es war Julian Engelmann, der hier sprach und der in den letzten Wochen in Alexandria schon so angenehm tot schien.

»Murat – ich werde hier noch verrückt. Ich muss weg.«

»Genau! Luftveränderung!« Murat grinste. »Ich weiß ja nicht, was Amir zu dir gesagt hat, aber zu mir hat er gesagt, dass ich Geld auftreiben soll, damit ich ins Ausbildungscamp fahren kann.«

Das Ausbildungscamp! Daran hatte ich vor lauter Kummer und Gram gar nicht mehr gedacht. Das Ausbildungscamp! Abdel-Jabbar-Zukünftiger-Shahid holte aus, rechter Haken und: K.o. für Julian Engelmann.

Das war überhaupt die Lösung. Wenn ich im Camp wäre, dann war ich meine Brüder für eine Weile los und trotzdem sicher vor den Versuchungen des Westens. Und vor allem: Jetzt, wo Shania weg – so unweigerlich und unwiederbringlich weg – war – was hatte ich noch zu verlieren außer meinem Leben? Und war es nicht ein genialer Tausch, diesen Scheißdreck von Leben in einer nicht allzu fernen Zukunft einfach abzugeben gegen einen Platz in der ersten Reihe des Paradieses? Und wenn das Paradies wirklich so toll war und tausend Mal besser als das, was man sich vorstellen konnte, dann war es im Paradies ja vielleicht möglich, dass Shania zurückkam, oder? Und in meinem Kopf entstand folgende Gleichung: Paradise = Djihad und Djihad = Paradise.

»Murat, lass mich raten: Du willst mit diesem äußerst subtilen Hinweis möglicherweise andeuten, dass es vielleicht an der Zeit wäre, Geld aufzutreiben, damit wir so schnell wie möglich nach Pakistan können?«

»Bingo, Alter! Genau das. Die perfekte Ablenkung. One-way ins Paradies.«

Ein paar Tage grübelten wir darüber nach, wie wir zu Geld kommen konnten und dann hatten wir eine Idee, die man schlichtweg nicht anders als brillant nennen konnte.

Fundraising. Murat bastelte eine Website, auf der wir alle Brüder und Schwestern dazu aufriefen, uns finanziell zu unterstützen, damit wir als Gotteskrieger für sie in den Krieg ziehen konnten. Davon hatte schließlich jeder was. Zu spenden gehörte ohnehin zu den fünf Säulen des Islam, und wer einen Gotteskrieger unterstützte, der würde dafür später ein Stückchen vom Paradies abbekommen, und das, ohne sich hier auf Erden die Finger schmutzig machen zu müssen. Und wir, wir könnten bald nach Pakistan oder in den Nordjemen einreiten und dem Westen danach mal so richtig einheizen.

Einen Namen hatte ich auch schon für unser Projekt. Gemäß meiner ultimativen Gleichung nannten wir es *Djihad Paradise*. Wir richteten ein Spendenkonto ein und wir waren sicher, so verdammt sicher, dass es bestimmt nur wenige Tage dauern würde, bis wir das Geld zusammenhätten und dann könnte es bald losgehen. Feierlich luden wir die Homepage hoch und stießen euphorisch mit einer Tasse Tee darauf an. Es lebe *Djihad Paradise*!

Was die Aufmerksamkeit betraf, die unserer Site zuteilwurde, war sie ein Meteoriteneinschlag. Schon nach zwei Wochen quoll sie über vor lauter Kommentaren und wir kamen mit dem Löschen kaum noch hinterher. Es waren Tausende. Tausende von giftigen Kommentaren. Verfluchungen. Verwünschungen. Ein wahrer Shitstorm fegte über uns hinweg, fegte jede Euphorie aus unseren Köpfen, und das Einzige, was er hinterließ, war Verbitterung.

Was passiert war? Passiert war Folgendes: Ein Prozent des Shitstorm stammte von Neonazis, die meinten, wir sollten doch einfach bei ihnen vorbeikommen. Wenn wir unbedingt sterben wollten, würden sie gerne für uns diese Drecksarbeit erledigen. Gut, dass auch die Nazis ihren Senf dazugeben würden, damit war zu rechnen. Aber was das wirklich Schockierende war: Neunundneunzig Prozent der Gifteinträge stammten von anderen Muslimen. Neunundneunzig Prozent! Und es waren sogar ein paar Salafisten darunter. Verblendete nannten sie uns, Terroristen, Arschlöcher, Schaitane, Teufel, die den Koran verdrehten, es war wirklich deprimierend. Neunundneunzig Prozent unserer Brüder und Schwestern waren vom rechten Weg abgekommen. Unglaublich. Was sich da zeigte, das war der schädliche Einfluss des Westens. Er hatte sie alle korrumpiert.

Murat schaltete die Site ab und löste das Spendenkonto wieder auf. Wir waren enttäuscht. Immerhin, einen einzigen Aufrechten gab es und der hatte fünf Euro gespendet. Aber dass das fürs Paradies reichen würde, daran hatte ich meine Zweifel. Fünf Euro und einen Shitstorm. Toll. Danke.

Aus lauter Frust und weil uns *Djihad Paradise* so gut gefiel, beschlossen wir, die kleinste Kämpferzelle Deutschlands zu gründen, bestehend aus den Mudjahedin Murat und Abdel. Für den unwahrscheinlichen Fall, dass es in Deutschland doch noch ein paar aufrechte Muslime geben sollte, konnten sie sich uns ja anschließen.

Trotzdem musste irgendwie eine Geldquelle her, und schließlich war es Murat, der irgendwann die geniale Idee hatte, teuren Technikschnickschnack zu vertreiben. Eine Art iStore. Bei eBay. Woher wir das Zeug hatten? Eben. Wir hatten es nicht. Nichts. Gar nichts hatten wir. Hundert Prozent Gewinn bei null Leistung. Aber bis das auffallen würde, wären wir hoffentlich schon längst im Iran oder sonst wo.

»Alter, schau, schau, schau …! Yeah! Das Arschloch hat wirklich fast tausend Euro geboten und bekommt nun einen supergünstigen und supervirtuellen iMac.«

High Five. Wie gebannt klemmten wir vor den Auktionen und sahen zu, wie sich das Konto des iStores füllte, und bei zwanzigtausend ließen wir es gut sein. Wir räumten das Konto vollkommen leer und dann schrieben wir eine E-Mail an Amir mit dem Betreff *Paradise*. Wir waren total aufgeregt, aber es dauerte fast eine Woche, bis Amir sich meldete.

Viel erfuhren wir nicht. Wahrscheinlich aus Sicherheitsgründen. Nur, dass unser Ziel ein Ausbildungslager in Nordwaziristan im pakistanischen Stammesgebiet war. Wir sollten innerhalb der nächsten Woche nach Wien fliegen und vor dem Abflug an eine Handynummer, die er uns schickte, eine SMS mit dem Wort »freedom« absenden. Ein Typ würde uns dann am Flughafen erwarten und von ihm würden wir alles Weitere erfahren. Wichtig war, dass wir innerhalb dieser Woche nach Wien kamen, denn sonst wäre unser Kontaktmann wieder weg.

Auch wenn das alles nicht wirklich so klang, als könnte es klappen, buchten wir sofort ein Ticket für den nächsten Tag.

Dann suchten wir noch mal den Imam auf, um uns von ihm zu verabschieden. Doch er schien heute wenig Freude an uns zu haben. Man wurde ohnehin nie schlau aus ihm. In seinen Predigten riss er einen mit, zielte tief ins Herz seiner Zuhörer und verfehlte sein Ziel nie. Er konnte auf uns die gesamte Klaviatur unserer Empfindungen abrufen, warf seine Wörter aus wie ein Sämann die Körner und in uns wuchs ein Gefühl daraus; außerhalb seiner Predigten war er zwar genauso hellwach, aber was er dachte, das wusste man nie. Und vielleicht war es diese Undurchdringlichkeit, die einen ständig dazu trieb, es ihm recht machen zu wollen. Und wenn man es nicht schaffte, dann fühlte man sich einfach schlecht. Genau so war es auch heute.

Bevor Murat und ich auch nur irgendwas sagen konnten, wandte sich der Imam schon an mich. »Ich habe gehört, deine Frau ist dir weggelaufen.«

Ich wurde rot, dann sauer. Woher wusste er das? Ich warf Murat einen bösen Blick zu, aber er zuckte nur mit den Schultern.

»Eine Ehefrau verlässt nicht einfach so ihren Ehemann. Und ein echter Mann lässt sich nicht einfach so verlassen«, fuhr er fort.

Der hatte gut reden. Was sollte ich tun? Shania in einen Sack stopfen und hier wieder ausleeren?

»Deswegen sind wir eigentlich nicht gekommen. Wir wollten uns verabschieden. Wir gehen in ein Ausbildungslager nach Nordwaziristan.«

Der Imam hob fragend seine linke Braue. »Nordwaziristan?« Der Imam nickte. Dann schwieg er einen Augenblick und sagte dann:

»Ja. Gut. Sehr gut. Macht das, aber haltet die Gemeinde dabei heraus.«

»Aber ich dachte, damit kann sich die Gemeinde schmücken?«, fragte Murat.

Der Imam funkelte ihn an. »Wie dumm bist du eigentlich? Wir sind hier in Berlin umgeben von Feinden. Nach außen geben wir uns natürlich sanft und angepasst und besiegt. Das wird unsere Feinde in Sicherheit wiegen und das wiederum macht sie schwach. Kapiert? Also, ab jetzt seid ihr ganz allein. Ihr seid ganz allein auf euch, auf Amir und seine Kontaktmänner gestellt. Und wenn etwas schiefgeht, dann wendet euch keinesfalls an die Bruderschaft. Habt ihr das verstanden?«

Etwas belämmert nickten wir.

»Na dann, viel Erfolg«, sagte er und damit war er fertig mit uns und während Murat am Nachmittag noch mal Kontakt zu Amir in Ägypten aufnahm, versuchte ich, Shania zu erreichen. Ungefähr hundert Mal habe ich sie angerufen. Aber sie ging nicht ran. Natürlich ging sie nicht ran.

Als ich wieder zu mir kam, war der Mann, der mal Julian und dann Abdel gewesen war, verschwunden. Ich ging ins Bad und starrte in den Spiegel. Eine Frau, die sich hatte verprügeln lassen. Keine Ahnung, wer das war. Das konnte nicht ich sein. Ich wusch mir das verkrustete Blut vom Gesicht. Noch einmal warf ich einen Blick in den Spiegel. Hier hielt mich nichts mehr. Ich packte meine Sachen, schüttelte die Schneekugel, sah hinein und wünschte mich ins Meer zurück. Dann verließ ich das Zimmer. Als ich aus der Haustür treten wollte, lief mir Shirin über den Weg.

»Was ist denn passiert?«, fragte sie und legte mir die Hand auf die Schulter.

Ich entwand mich ihrer Berührung. »Wonach sieht es denn aus?«, sagte ich und setzte meinen Fuß über die Schwelle.

»Shania! Ich weiß, es ist schlimm, aber überleg es dir doch noch mal.«

Ich drehte mich um und sah sie lange an. »Ihr seid solche Heuchler. Alle«, sagte ich und ging.

Und dann folgte ein langer Gang durch die Nacht. Ich war ein Irrlicht, das zu erlöschen drohte. Ich kann mich nicht erinnern, wie ich nach Hause gekommen war, aber plötzlich stand ich vor dem Achenbach'schen Anwesen und klingelte. Alles war dunkel. Hoffentlich war jemand zu Hause. Ich klingelte noch einmal und es dauerte eine ganze Weile, bis endlich das Licht anging und kurz darauf Pa die Haustür öffnete. Er starrte mich an. Ich glaube, für den Bruchteil einer Sekunde erkannte er seine eigene Tochter nicht mehr.

»Du???«, sagte er schließlich.

Ja, ich. Oder das, was von mir übrig war.

Er zog mich nach drinnen. »Du bist ja blutüberströmt.«

Ich hatte gar nicht gemerkt, dass ich noch immer blutete.

»Um Gottes willen, Romea! Was haben die denn mit dir gemacht?« Pa wurde ganz bleich und gleich darauf wütend. »Diese gottverdammten Arschlöcher!« Er sah mich so fassungslos an, wie man sonst wohl nur bruchgelandete Ufos anstarrt. Dann schubste er mich ins Licht und begutachtete meine Blessuren. »Romea, du musst sofort ins Krankenhaus.«

»Ich muss gar nichts!«, protestierte ich.

Aber Pa fackelte nicht lange, packte mich und bugsierte mich ins Auto. Und ich, ich hatte überhaupt keine Kraft mehr, mich dagegen zu wehren. Ich wollte schlafen. Einfach nur schlafen. Und ansonsten war ich nur noch ein willenloser Haufen aus Leere, Schmerz und blauen Flecken.

Kurze Zeit später saß ich mit Pa in der Notaufnahme.

Schweigend. Alles, was es zu sagen gegeben hätte, konnte noch nicht gesagt werden und schon gar nicht konnte es gesagt werden in diesem betriebsamen Uniklinikweiß.

»Wie ist denn das passiert?«, fragte der Arzt, der mich untersuchte, und mir lag schon auf der Zunge: Ich bin die Treppe runtergefallen. Aber dann fiel mir ein, dass das ja alle geschlagenen Frauen sagten und die dann immer und immer wieder geschlagen wurden. Und eines war mal sicher – heute war das erste und letzte Mal, dass mir das passiert war. Also antwortete ich: »Mein Mann hat mich geschlagen. Es war das erste Mal und ich habe ihn eben verlassen.«

Der Arzt sah mich einen Augenblick verdutzt an, dann lächelte er. »Gut.«

Ich wurde geröntgt, aber außer einer Platzwunde, die genäht wurde und einem halben Dutzend Hämatomen war nichts.

Dann fuhr mich Pa nach Hause und brachte mich in mein Bett. Ich sah gerade noch, dass Theresa und Ma betreten ihren Kopf in mein Zimmer steckten und dann schlief ich ein.

Da war ich wieder. Zurückgekehrt in den heiligen Schoß der Familie. Und einerseits war ich irgendwie froh, dass es ihn gab, diesen Schoß, aber andererseits passte ich nun erst recht nicht mehr richtig in ihn hinein.

Ma, Pa und Theresa waren eine Einheit und ich war das Stück, das herausgebrochen war. Und auch wenn versucht wurde, diese Scherbe wieder an den Rest anzukleben, die Bruchstelle war für immer sichtbar. Wenn ich mit am Tisch saß, beobachteten sie mich. Nicht dass sie mich anstarrten, aber auf einmal wurde für sie meine kleinste Mimikveränderung zum Ereignis, jede zufällige Handbewegung zur Geste. Am Anfang hatten sie noch gefragt und ich hätte es ihnen gerne erklärt, wenn ich das alles selbst verstanden hätte. Aber ich verstand es nicht. War mir selbst ein Rätsel. Keine Ahnung, was mit mir passiert war. Rausch, Gehirnwäsche oder Wahnsinn. Oder alles zusammen.

»Hört mal, es … es tut mir echt leid, dass ich euch damals weggeschickt habe.«

»Aber warum hast du das getan? Ich würde es einfach nur gern verstehen«, sagte Ma.

»Ich auch«, antwortete ich und zuckte hilflos mit den Schultern.

»Bist du jetzt eine Exislamistin?«, wollte Theresa wissen.

Ich stutzte. Dann sagte ich: »Ja, aber ich glaube, dass ich noch glaube.«

Meine Eltern zuckten unmerklich zusammen. Alarmiert sahen sie mich an. Für sie hatte es schon ein Happy End ohne Gott gegeben, aber für mich nicht. Ich hing irgendwo zwischen den Welten.

Die Zeit verging. Meine Hämatome verblassten, die Platzwunde bildete eine Narbe, aber innen drin fühlte ich mich wie Hackfleisch. Wie Hackfleisch mit Nerven, die blank lagen. Ich fühlte mich verraten und verkauft. Geöffnet hatte ich mich und hatte ihn gespürt, den Ursprung, aus dem wir alle kamen, und dann hatte ich mein Hirn abgegeben und mich zur Sklavin machen lassen. Und Julian hatten sie zum Kampfroboter-Macho gemacht. Diese Fundis dort, sie hatten alles verkehrt, pervertiert. Statt Liebe säten sie Hass und Misstrauen. Sie waren Verblendete, die sich Gott, Allah, Jahwe oder wen auch immer aneigneten, um sich über andere zu erheben. Und doch sehnte ich mich nach dem Verbundensein. Dem Plugin of everything.

Eines Tages setzte ich mein Kopftuch wieder auf, obwohl ich ansonsten wieder ganz normal Jeans und so trug. Pa verfiel gleich in Panik. »Romea?? Du wirst doch nicht etwa zu denen zurückgehen?«

Ich schüttelte den Kopf. »Zu denen ganz bestimmt nicht. Aber vielleicht zu anderen.«

Pa sah so ängstlich aus, dass er mir auf einmal schrecklich leidtat. Ich nahm ihn in den Arm und drückte ihn. »Mach dir keine Sorgen. Diesmal bin ich schlauer.«

Pa sah mich zweifelnd an und sagte: »Hoffentlich, Schatz. Hoffentlich.«

Nachdem wir ein paar Klamotten, Geld, Medikamente, Campinggeschirr und Schlafsack gepackt und uns von allen verabschiedet hatten, hatte unser vielleicht letztes Abenteuer wirklich begonnen.

Ich simste dem Kontaktmann »freedom« und flößte Murat irgendein Zeug ein, das gegen Flugangst helfen sollte und eine gute Stunde später waren wir in Wien. Kaum zu glauben. Bald wären wir so eine Art Mudjahedin oder so. Krass.

Amirs Kontaktmann, den wir an seiner Pilotenbrille und einem rot-weißen Fußballschal erkennen sollten, erwartete uns vor dem Flughafen und überreichte uns einen Umschlag mit Visum, Flugtickets und der Hotelbuchung und wir gaben ihm den Umschlag mit dem Geld. Das Ganze dauerte kaum länger als eine halbe Minute. Als er weg war, blickte ich in den Umschlag. Tatsächlich, die Tickets und eine Kontaktadresse in Teheran. Ich prüfte das Abflugdatum und stellte fest, dass wir noch einen ganzen Tag Zeit hatten, bis unser Flieger startete.

Also hockten wir uns erst mal in die S7 Richtung Praterstern. Auf einmal stach mir ein Plakat ins Auge. Ich schielte zu Murat. Er studierte es auch auf das Genaueste. Als er bemerkte, dass ich ihn beobachtete, blickte er schnell woanders hin. Ich musste grinsen.

»Sag mal. Wie ist das jetzt eigentlich? Wenn wir Mudjahedin werden, dann kommen wir doch auf jeden Fall ins Paradies, oder?«

Murat starrte mich an. »Ja. Das weißt du doch. Wieso fragst du das jetzt?«

»Ich dachte – na ja, ich meine, wenn wir eh ins Paradies kommen, weil wir Märtyrer werden, dann könnten wir uns vielleicht noch eine kleine Sünde erlauben …«, sagte ich und starrte wieder auf das Plakat.

Murat knuffte mich in die Seite. Dann lachte er. »Zwei Dumme, ein Gedanke! Das mit der verbotenen Musik verstehe ich sowieso nicht, ehrlich gesagt.«

Ich zuckte mit den Schultern. »Ist halt so.«

»Glaubst du, dass es im Paradies auch keine Musik gibt?«, fragte er.

Ich blickte ihn entsetzt an. »Was? Das denkst du doch nicht im Ernst, dass es da keine Musik gibt? Der Imam hat gesagt, dass es dort um ein Unendliches schöner ist als hier. Also muss es dort Musik geben. Ohne Musik kann das doch alles gar nicht so schön sein.«

Das schien Murat einzuleuchten. Dann bekam er glänzende Augen. »Weißt du, wie lange ich keine Musik mehr gehört habe?«

»Nee.«

»Ewig.«

»Na dann, lass uns ein Mal noch sündigen und zum Hip-Hop-Battle gehen«, sagte ich und lachte.

Und dann suchten wir tatsächlich den Club, für den das Plakat in der S-Bahn geworben hatte, und als wir dort waren, war es strange. Richtig strange. Einerseits fühlte ich mich sofort zu Hause, der Groove, der Geruch nach Schweiß und dem Zeug, das aus der Nebelmaschine kam, Alkohol, die aufgebretzelten Mädels in ihren Tops und kurzen Röckchen, das Gehopse auf der Tanzfläche, der Typ, der die Leute ansprach und sich per Handschlag von ihnen verabschiedete, während ein Tütchen und Kohle ihre Besitzer wechselten, und andererseits war es das Bild tiefster Verworfenheit und Dekadenz. Aber was mich zutiefst beunruhigte, war der Umstand, dass es mir mehr gefiel, als dass es mich abstieß.

Ich holte uns zwei Desperados und dann zog es uns zur Tanzfläche und amüsiert beobachtete ich, wie sich ein Typ an Murat heranmachte, aber Murat hatte solch prächtige Laune, dass er tatsächlich mit ihm tanzte. Ich grinste und als mich eines der Mädchen ansprach, vergaß ich Murat und wäre gerne noch einmal Julian Engelmann gewesen, um alle, wirklich alle Register dieser Nacht ziehen zu können, aber ich war mir nicht sicher, wie weit ich gehen durfte, damit ich mir nicht doch noch kurz vor dem Zieleinlauf den Einlass ins Paradies versaute. Also wimmelte ich sie irgendwann ab, hockte mich an den Tresen und trank einen Wodka nach dem anderen, weil ich plötzlich an Romea, ja, an Romea, nicht an Shania, denken musste und daran, wie alles hätte anders laufen können, wenn wir damals in Barcelona nicht geschnappt worden wären. Plötzlich überkam mich eine tiefe Sehnsucht nach meinem alten Leben. Meine Gedanken frevelten so wild vor sich hin, dass ich auf einmal nichts mehr wollte, als den Club so schnell wie möglich zu verlassen. Ich sah schon seit mindestens einer Stunde alles doppelt. Trotzdem versuchte ich, Murat auf der Tanzfläche zu fokussieren, aber er war verschwunden. Ich verfluchte ihn, bestellte noch einen doppelten Wodka, stürzte ihn auf ex hinab und starrte vor mich hin. In diesem Moment tauchte Murat auf. Er wirkte auf einmal sehr zerknirscht, rüttelte an meiner Schulter und wollte, dass wir sofort den Club verließen. Das war mir nur recht. Ich rutschte vom Barhocker und stellte fest, dass ich keinen Schritt mehr geradeaus gehen konnte. Murat hakte sich bei mir unter, aber auch er hatte seinen Bewegungsapparat nicht mehr so ganz im Griff.

Als wir draußen waren, sogen wir tief die frische Nachtluft ein.

»Mann, bin ich froh, dass wir aus diesem Sündenpfuhl wieder draußen sind«, sagte ich.

Murat schwieg. Ich blickte ihn an. Irgendwas schien in ihm zu arbeiten.

»Wasn los?«, nuschelte ich.

»Shaitan hat uns in Versuchung geführt!«, rief er und klang dabei sowohl verbittert als auch panisch.

»Ach, komm«, sagte ich und legte ihm den Arm um die

Schulter, »für ein bisschen Tanzen, Musik und Alkohol werden wir schon nicht über dem offenen Feuer gebraten werden. Wir können es ja morgen alles bereuen.«

»Bereuen? Morgen? Ich sag dir mal was, ich bereue es jetzt schon zutiefst, meinen Fuß in diese Vorhölle gesetzt zu haben.«

»Alter, beruhig dich.« Gerade hatte ich überhaupt keine Lust, über die Konsequenzen unseres kleinen Abstechers in den Sündenpfuhl nachzudenken. Ich brauchte meine gesamte Konzentration, um nicht umzufallen. Und wenn ich ehrlich war, war da so eine Euphorie. Ich hatte das Leben gespürt. Ich meine, das Leben, so, wie es wirklich war. Nicht nur das spirituelle. Aber ich war nur kurz ehrlich. Solange ich besoffen war, war ich ehrlich zu mir selbst. Todmüde sank ich ins Bett und fiel sofort in einen komatösen Schlaf.

Wieder ritt ich auf dem Burak und führte über den Wolken das Heer der Gotteskrieger an, aber auf einmal färbte sich der Himmel schlingpflanzengrün. Der Burak stieg ängstlich auf und schnaubte. Romea stand am Steuer eines Segelschiffes. Ein Dreimaster mit geborstenem Rumpf, muschelverkrustet, algenverhangen. Die Bordkanonen waren auf mich gerichtet, und Romea, die auf ihrem rechten Auge eine Auster als Augenklappe trug, rief mir zu: »Reite weiter und stirb oder folge mir und lebe. Das einzig sichere Paradies ist das Jetzt!«

Der Burak scharrte mit den Hufen und warf mir einen drohenden Blick zu und das Heer auf der Erde war in Unordnung geraten. Ich blickte zu Romea und hasste sie. Wie konnte sie es wagen, sich mir in den Weg zu stellen? Die Lunten der Kanonen brannten schon. Ich ließ mich doch nicht erpressen. Aber in diesem Augenblick kippte Romea einen Eimer Wasser über die Lunten, warf mir einen traurigen Blick zu und drehte bei. Und ich, ich geriet in Panik und rief ihr zu: »Romea, warte! Ich liebe dich!«

Und ich stürzte vom Burak, der sich zusammen mit dem Heer in Nebel auflöste, und stürzte und stürzte und für einen kurzen Augenblick spürte ich einen Schmerz, als mein Körper auf die Meeresoberfläche traf, und ich sank und sank und sank und ich wusste, Romea würde unten auf mich warten, und auf einmal war ich seit Langem einfach nur glücklich. Und in all mein Glück mischte sich der grausame Weckerklingelton meines Handys. Erschrocken fuhr ich auf und rieb mir den Schädel. Ich hatte einen fürchterlichen Kater. Das war die Strafe Allahs, des Allmächtigen. In jeder, wirklich jeder Hinsicht hatte ich über die Stränge geschlagen. Und sogar noch im Traum hatte ich mich versündigt, indem ich den rechten Weg verlassen und in die unendlichen Tiefen des Ozeans versunken war.

»Ich glaube, das mit dem Club gestern war eine scheiß Idee gewesen«, murmelte ich. Ich war tief zerknirscht und Murat ging es nicht besser.

»Ja. Wir haben uns in Versuchung führen lassen«, stimmte er mir zu. Er wirkte noch immer sehr verstört.

»Hm«, sagte ich und wusste selbst nicht, was dieses »hm« bedeutete. »Hätte, wäre, wenn. Bruder, es hat keinen Sinn, nach hinten zu blicken. Was wir getan haben, haben wir getan. Aber in vier Stunden geht unser Flug nach Teheran und dort sind wir sicher vor den Verlockungen des Westens. Und dort müssen wir uns dann endlich als würdig erweisen«, sagte ich und versuchte, mir selbst zu glauben.

Ich fragte mich, warum es so wichtig war, dass wir in Wien eincheckten. Soweit ich wusste, hätte es in Frankfurt Direktflüge nach Teheran gegeben. Aber was sollte es? Wir mussten ja irgendwie an die Kontaktadresse kommen, die uns der Marokkaner gestern gegeben hatte. Wahrscheinlich wäre es zu gefährlich gewesen, sie uns zu schicken. Wie auch immer. Jedenfalls mussten wir jetzt über Istanbul fliegen und hatten einen stundenlangen Aufenthalt dort.

Murat und ich hockten auf unseren Rucksäcken und verfolgten das Treiben. Es war schon ein wenig wilder als in Wien. Türkische Großfamilien, überschminkte Russinnen und Urlauber checkten ein und aus, riesige verschnürte Plastiktaschen wurden durch die Gegend gewuchtet und als Handgepäck deklariert. Trotz unserer Müdigkeit waren wir aufgeregt und weil wir Angst hatten, unseren Anschlussflug zu verpassen, waren wir wachsam wie Erdmännchen.

Nach acht unendlichen Stunden begann das Boarding und nachdem ich Murat noch mal die Tropfen eingeflößt hatte, konnte ich endlich wieder in einen traumlosen Schlaf sinken. Ich wurde erst wieder wach, als Murat an meinem Arm zerrte.

»Hey, aufwachen! Es geht los, wir sind da, bald haben wir es geschafft!«, haspelte er.

Benommen stolperte ich Murat hinterher. Willkommen auf dem Imam Khomeini Airport, willkommen im Djihad, dachte ich. Der Typ am Einreiseschalter war hypergenau. Musterte uns, das Passfoto, uns, das Passfoto. Mindestens zehn Mal machte er das. Mir wurde ganz mulmig. Ich hatte schon von Leuten gehört, die gar nicht erst ins Land kamen, sondern sofort wieder zurückgeschickt wurden. Murat stand am Schalter und glotzte starr geradeaus. Das Kaninchen, das von der Schlange hypnotisiert wird. Dann wurde unser Visum geprüft und ich betete zu Allah, dass es ein ordentliches war. Denn ich hatte keine Ahnung, wie und wo der Marokkaner es beschafft hatte. Er hatte unsere Pässe ja gar nicht gehabt.

»Your hotel?«, sagte der Typ. Ich verstand erst nicht, aber dann wurde er mir klar, dass er die Hotelbuchung wollte. Ich reichte sie ihm und auch diese wurde aufs Sorfältigste geprüft. Er rief sogar noch einmal dort an und verglich die Daten. Dann endlich, alhamdulillah, durften wir gehen.

Als wir draußen waren, sagte ich zu Murat: »Bruder, ich dachte schon, die schicken uns wieder nach Hause.«

»Ich auch«, sagte er und ihm war die Erleichterung deutlich anzuhören.

Der Marokkaner hatte uns gesagt, wir sollten zum Azadi-Turm fahren – jeder Taxifahrer wüsste, wo das ist –, und dort würde uns Kenan aufsammeln. Also nahmen wir ein Taxi und meine Klischees zerbröselten wie morsches Holz. Ich hatte mir eine ururalte Stadt vorgestellt mit engen Gassen und hohen, alten Häusern, in denen während der Mittagshitze das Leben für ein paar Stunden stillstand.

Aber nichts da. Teheran war kein Tausendundeinenacht-Traum, Teheran hatte eine Skyline wie Frankfurt oder New York, nur dass sich dahinter das Elburs-Gebirge mit seinen weißen Gipfeln erhob. Und jedenfalls da, wo wir langfuhren, da gab es keine engen, gewundenen Gassen, sondern eine meist achtspurige Stadtautobahn und sogar einen Fernsehturm, der von Weitem ein wenig dem Berliner ähnelte, wenn man aber näher kam, dann konnte man sehen, dass der Teheraner Turm nicht annähernd so schrammelig war wie der Berliner.

Ich hatte angenommen, dass, wenn sich die Straßen am Abend wieder füllten, die Männer in traditioneller Kleidung herumliefen und die Frauen ein Heer aus schwarzen Burkas bildeten. Aber nichts davon stimmte. Gar nichts. Teherans neun Millionen Einwohner taten mir nicht den Gefallen, mein Folkorebedürfnis zu erfüllen, sondern liefen mehr oder weniger genauso herum, wie man das auch in Berlin tat. In T-Shirt und Jeans. Und o.k, die Frauen trugen zwar überwiegend Kopftuch, aber ein großer Teil von ihnen verwendete bunte Tücher und hatte sie auch eher lässig geschlungen. Die Hauptstadt einer islamischen Republik hatte ich mir irgendwie ruhiger und ernsthafter und nicht so normal und so, ja, westlich vorgestellt.

Als wir am Azadi-Turm ankamen, war ich beeindruckt.

Er war riesig und blendend weiß und man konnte mit einem Lift hochfahren und über die Stadt schauen, aber dafür war leider keine Zeit, denn Kenan erwartete uns bereits.

»Das mit dem Hotel war nur ein Fake für die Behörden, damit die eine Aufenthaltsadresse von euch haben. Ihr fahrt gleich weiter nach Zahedan.«

Kenan brachte uns ins Zentrum und ließ uns an einer Ecke raus, an der der Bus abfahren sollte. Dann gab er uns noch einen handgeschriebenen Zettel, den wir nicht entziffern konnten, war wohl Persisch, und den wir dem Busfahrer aushändigen sollten, wenn wir das Ticket bei ihm lösten. Dann meinte er noch: »Es sind fast fünfhundert Kilometer bis nach Zahedan. Kauft euch noch was zu essen. Das wird 'ne lange Fahrt.« Damit verschwand er. Wir hatten noch zwei Stunden Zeit, bis der Bus kommen sollte, und so gingen wir in den nächstgelegenen Bazar und kauften ein.

Mit dem Bus ging es dann quer durchs Land Richtung Südosten. Karg war es, wenn ich nach draußen sah. Rötliche Gebirgsketten und dazwischen immer wieder Täler wie Pfannen. Die Salzwüste. Am Anfang fand ich das noch spektakulär, so eine trockene, hoch gelegene Landschaft hatte ich noch nie live gesehen, aber irgendwann war ich dann doch so ermüdet von dieser wenig abwechslungsreichen Landschaft, dass ich einschlief. In der Morgendämmerung erwachte ich. Kenan hatte recht gehabt: Der Bus war langsam und wir brauchten mehr als einen

Tag, bis wir endlich nach Zahedan kamen. Doch der Bus hielt gar nicht an, sondern fuhr die Route 95 weiter Richtung afghanisch-pakistanische Grenze. Die Dichte von Militärpolizeifahrzeugen wurde langsam beunruhigend und einmal konnte ich vom Busfenster aus sehen, wie zwei Männer mit erhobenen Händen und gespreizten Beinen an die Wand eines zerstörten Lehmhauses getrieben wurden, wo ihnen dann Waffen in den Rücken gestoßen wurden und die Polizisten sie durchsuchten. Der erste Typ war dann wieder freigelassen worden, aber der andere wurde in einen Polizeiwagen verfrachtet. In mir tobte ein fürchterliches Chaos. Unverkennbar, das Abenteuer hatte begonnen. Ich war hellwach und sog alles in mich auf. Aber da war noch etwas. Etwas, das mich beunruhigte. Mein Herz begann das Blut ein wenig schneller durch die Adern zu jagen. Wir waren ab jetzt vollkommen auf uns allein gestellt, mitten im Krisengebiet, hier schlug das Herz des afghanischen Heroinschmuggels und wir, wir hatten überhaupt keine Ahnung. So langsam dämmerte mir, dass diese ganze Sache nun absolut kein Spiel mehr war, und die Wahrscheinlichkeit, hier in irgendeine Scheiße zu geraten, bevor meine Ausbildung zum Shahid überhaupt begonnen hatte, erschien mir auf einmal ziemlich groß.

Plötzlich hielt der Bus mitten im kargen, lehmfarbenen Nichts dieser trostlosen Landschaft. Murat und ich waren die letzten Passagiere. Fragend sahen wir den Busfahrer an und in gebrochenem Englisch teilte er uns mit, dass er einen Mann aus Zahedan verständigt hatte, der uns bald hier aufsammeln und über die Grenze bringen würde. Wir sollten uns zwischen den Hügeln verstecken, bis ein beiger Lieferwagen mit Ziegen hier vorbeikäme. Das klang krude. Aber was blieb uns anderes übrig, als unsere Rucksäcke zu schultern und auszusteigen? Der Busfahrer wünschte uns viel Glück und fuhr davon. Zwölf Uhr mittags. Die Sonne stach erbarmungslos auf uns ein. Ratlos sahen wir uns um. Um zur Grenze zu kommen, mussten wir einfach nur der Route 95 folgen. Aber war das klug? Wären wir nicht das gefundene Fressen für die Grenzpolizei? Wir besaßen kein Visum für Pakistan und wer weiß, was passieren würde, wenn wir dort aufgegriffen würden?

»Shit, Alter! Was sollen wir denn hier? Wir müssen sofort zurück nach Zahedan. Das klappt doch nie im Leben! Wie soll der uns denn hier finden?« Murats Nerven lagen blank und ein schweißiges Rinnsal lief seine Schläfen herab.

»Bist du verrückt? Das ist unser einziger Kontakt, wenn wir den verpassen, dann können wir die Sache knicken«, sagte ich und bekam langsam Durst. Hoffentlich kam der Schleuser bald.

»Los, wir können hier nicht ewig auf der Straße bleiben.« Also verbargen wir uns zwischen den Lehmhügeln und starrten auf die Straße. Wir waren fix und fertig. Gestrandet in einer Ödnis aus Beige. Beige Haufen, beige Hügel und ein beiger zerklüfteter Gebirgszug in der Ferne.

Ich wickelte mir das Palituch um den Kopf und wischte mir den Schweiß von der Stirn. Meine Zunge klebte mir schon am Gaumen und ich ärgerte mich über mich selbst. Wie dumm konnte man sein, nicht genug Wasser gekauft zu haben? Murat versuchte, einen Stein aus einer Geröllhalde zu zerren, um sich darauf niederzulassen. Auf einmal schrie er auf, wurde ganz bleich und erstarrte. »Da ... da ...«, stammelte er. Ich fragte mich, ob er jetzt schon völlig durchdrehte, was konnte bitte schön an einem Stein denn so furchtbar sein? Genervt lief ich zu ihm und blickte unter den Stein, den Murat noch immer wie hypnotisiert festhielt. Als ich sah, was er gesehen hatte, verharrte auch ich für einen kurzen Augenblick reglos. »Alter, lass den verdammten Stein los!«, rief ich und zerrte Murat ein paar Meter weg. Willenlos ließ er sich das gefallen.

»Ekelhaft, Alter. Skorpione! Ein ganzes Nest! Hast du gewusst, dass es hier Skorpione gibt?«, fragte er mich.

Nein, das hatte ich nicht gewusst. Und ich hatte vorher auch nicht darüber nachgedacht. Skeptisch beäugten wir den Untergrund und begaben uns wieder in Deckung. Mir wurde langsam schlecht.

Plötzlich tauchte am Ende der Straße ein Fahrzeug auf. Als es näher kam, konnte ich sehen, dass es beige war und tatsächlich Ziegen geladen hatte. Es fuhr auffällig langsam. Das konnte ja nur unser Schleuser sein. Wir sprangen auf und hasteten zurück zur Straße. Als das Fahrzeug auf unserer Höhe war, hielt es an und ein Typ sprang heraus.

»Waziristan?«, fragte er.

»Yes«, antworteten wir wie aus einem Mund.

Er öffnete die Ladeklappe, drängte die Ziegen, die nach unten wollten, fluchend zurück und deutete auf die Ladefläche. Murat verharrte stocksteif und auch ich rührte mich nicht. Das konnte doch nicht wahr sein!

»Hurry! Hurry!«, rief der Schleuser ärgerlich.

Also zwängten wir uns zwischen die meckernden Ziegen, der Typ schloss die Klappe.

»Down! Down!«, brüllte er uns zu und verdrehte die Augen. Und wir, wir tauchten ab zwischen die stinkenden Ziegenleiber und hockten uns auf Stroh und Scheiße. Und dann begann das Gekurve. Wir wurden gerüttelt und geschüttelt, über uns ein blökendes und meckerndes Meer aus Ziegenbäuchen, die ebenfalls in jeder Kurve übereinander und über uns stolperten. Murat war schon ganz grün im Gesicht. »Das war eine ganz beschissene Idee, Abdel«, keuchte er.

Aber in mir hatte inzwischen der Trotz eingesetzt. Ja, es war alles beschissen. Aber zu Hause war auch alles beschissen. No future. Alles war im Arsch. Es gab nur noch eine Richtung und die hieß Djannah. Und weil ich das so beschlossen hatte und weil ich keine Zweifel mehr an meinem Beschluss haben wollte und Murats Gewinsel Zweifel erzeugte, ging mir Murat gerade ganz gewaltig auf den Keks.

»Halt endlich die Klappe, verdammt!«, schrie ich ihn an. »Du bist auserwählt. Das ist eine Ehre, Mann! Reiß dich gefälligst ein wenig zusammen!«

Murat starrte mich für einen Augenblick verständnislos an, aber er schwieg und blickte demonstrativ in eine andere Richtung. Trotzdem wurde er immer bleicher. Irgendwas arbeitete in seinem Magen, das war nicht zu übersehen und plötzlich kotzte er mitten ins Stroh. Aber er sagte nichts mehr.

Auch mein Durst war unerträglich geworden, mein Kopf dröhnte und bei jedem Schlagloch stieg in mir die Übelkeit auf wie ein Geysir. Ich versuchte ins Leere zu starren, aber dabei streifte mein Blick die Ziegeneuter. Das war überhaupt die Idee. Ich hatte zwar keine Ahnung, wie man molk, aber irgendwie musste das doch möglich sein. Ich griff nach einem Ziegeneuter, stellte mich dabei aber so ungeschickt an, dass das Tier aufgeregt meckerte und mich mit dem Hinterbein am Auge erwischte. Ich fluchte, aber ich hatte so einen Durst, dass ich es wieder und wieder versuchte. Und irgendwann gelang es mir, die Milch im Topf des Campinggeschirrs aufzufangen. Ich reichte ihn an Murat weiter. Er grinste und sagte: »Hey, danke, Bruder.« Dann versuchte ich es noch mal mit einer anderen Ziege und trank dann selbst. Gewöhnungsbedürftig. Aber na ja, zumindest verdursten würden wir wenigstens bis auf weiteres nicht.

Irgendwann muss ich eingeschlafen sein und erwachte erst wieder, als der Kleinlaster anhielt. Verdammt. Jetzt war alles vorbei. Murat und ich hatten uns ganz flach auf die Ladefläche gelegt und die Ziegen traten auf uns herum.

Ich hörte die Stimme unseres Fahrers und eines anderen Mannes, der unser Fahrzeug offenbar gestoppt hatte.

Verdammt, was wäre, wenn der Typ uns auf der Ladefläche entdecken würde? Würde er uns zurückschicken? Einsperren? Erschießen? Ich traute mich fast nicht mehr zu atmen.

Aber plötzlich fuhr unser Ziegentransporter wieder an. Jetzt erst bemerkte ich, wie sehr mein Auge schmerzte. Aber durch das Gezuckel und Gewackel wurde ich wieder in den Schlaf geschaukelt.

Als es hell wurde, blieb das Fahrzeug plötzlich stehen. Der Fahrer öffnete die Ladeklappe, wir sprangen auf den Boden und der Fahrer sagte: »Here we are. Give me your money!«

»How much?«, fragte ich.

»Everything.«

»Everything? Are you crazy?«, fragte ich aufgebracht.

Eine Gruppe anderer Männer war hinzugetreten und unser Fahrer fackelte nicht lange und stieß mich mit dem Bauch voran an die Seite des Lieferwagens. Zwei Typen hatten Murat die Arme auf den Rücken gedreht und ein Dritter hielt mir eine Knarre an die Schläfe. Dann wurden wir und unser Gepäck durchsucht. Die Männer nahmen alles, was ihnen gefiel, all unser Geld und die Pässe. Toll. Jetzt waren wir echt am Arsch. Als sie fertig waren, ließen sie uns los und brachten uns in ein Haus, das wir nicht verlassen durften. Wobei Haus vielleicht ein wenig übertrieben war. Es war mehr so eine Hütte und der Raum, in dem wir eingeschlossen wurden, hatte einen Boden aus gestampftem Lehm, eine nackte Glühbirne an der Decke und zwei verranzte Decken. Das war's. Mir war überhaupt nicht klar, was hier abging und wo wir waren. Waren wir entführt worden? Wollte man in Deutschland Kohle für uns erpressen? Aber wer würde da für uns irgendwas zahlen wollen? Murat war mittlerweile sehr schweigsam geworden und starrte apathisch mit glasigem Blick vor sich hin. Ich hatte wahnsinnigen Hunger.

Nach ungefähr zwei Stunden tauchte ein Typ auf und stellte uns einen Topf mit gekochten Kartoffeln in Öl und zwei Krüge Wasser hin. Das war's. Trotzdem fielen wir über die Kartoffeln her, als wären es Hamburger.

Nach einer halben Stunde kehrte der Typ zurück und sagte in gebrochenem Englisch: »You! Control ... They check if you are o.k.«

Ich konnte es nicht glauben! Wir legten so einen langen Weg bis hierher zurück und die misstrauten uns. Bitterkeit stieg in mir auf. Ich hatte auf einmal einen gallig-metallischen Geschmack im Mund.

Etwa eine weitere Stunde später tauchten auf einmal zwei weitere Männer auf, die ich bisher hier noch nicht gesehen hatte. Sie waren nach Art der Paschtunen gekleidet. Weiße weite Hosen, ein langes weißes, weites Hemd, eine braune Weste darüber, und der eine hatte eine verfilzte Mütze, die ein wenig wie eine Mischung aus Turban und Baskenmütze aussah und die, wie ich später erfuhr, Pakul genannt wurde. Der andere trug eine zylindrische

Kappe, die in der Mitte der Stirn ein wenig ausgeschnitten und verziert war. Beide hatten sie ihre Kalaschnikow dabei. Es war nicht zu übersehen, dass sie Paschtunen waren. Ihr Englisch war ein wenig besser als das der anderen.

»So, you tell us who has sent you«, begann der eine. Und dann begann ein Verhör vom Feinsten. Wer wir seien, woher wir kämen, mit wem wir gereist wären, was wir wollten und wer unsere Freunde wären. Wir konnten nur einen Teil der Fragen beantworten. Man hatte uns ja selbst nicht viele Informationen gegeben. Bisher waren wir immer nur weitergereicht worden. Namen spielten keine Rolle. Die einzige Person, die wir näher kannten, war Amir aus der Sprachschule in Alexandria.

»So who is this Amir?«, einer der Mudjahedin verlor die Geduld. Das Verhör drehte sich seit Stunden im Kreis. »I must know who he is!«

Die beiden Mudjahedin glaubten uns nicht. Ich war verzweifelt. Ich konnte ihnen nichts beweisen. Gar nichts. Ich betete zu Allah, dem Allmächtigen, dass wir bald weiterkamen. Aber Allah wollte uns prüfen. Das war sicher die Vergeltung für unseren unsittlichen Ausflug in den Club in Wien.

Irgendwann gingen die beiden Kämpfer. Wir bekamen noch einen Krug Wasser. Dann wurde das Licht ausgeschaltet.

Murat wälzte sich unruhig auf seinem Lager hin und her. Ihm war noch immer schlecht und ab und zu übergab er sich. Ich ging zu ihm und stellte erschrocken fest, dass er Fieber und Schüttelfrost hatte, und ich wickelte ihm die Decke fest um den Leib. Mehr konnte ich nicht tun. Auch die Medikamente hatten sie uns abgenommen.

Ein paar Tage lang geschah überhaupt nichts. Ich verlor den Überblick und jegliches Zeitgefühl. Die nackte Glühbirne ging irgendwann an und irgendwann wieder aus. Zweimal am Tag kam der Typ mit seinen Kartoffeln und den Wasserkrügen. Es gab den gestampften Lehmfußboden und irgendwo ganz hinten ein Loch im Boden, das als Klo diente. Es gab Murat und mich und die zwei Decken und sonst gab es nichts.

Murat ging es von Tag zu Tag schlechter. Irgendwann war er gar nicht mehr ansprechbar. Ich flößte ihm in regelmäßigen Abständen Wasser ein, das er sofort wieder ausschwitzte. Und ansonsten blieb mir nur noch übrig zu beten. Ich betete. Tag und Nacht betete ich. Dafür, dass wir hier wieder rauskamen, dafür, dass Murat nicht starb, jedenfalls nicht so, sondern als Shahid. Und eines Tages erhörte Allah, der Barmherzige, mein Flehen. Murat war wieder ansprechbar. Ich hatte inzwischen jedes Zeitgefühl verloren. Aber noch am selben Tag erschienen die beiden Mudjahedin wieder und verhörten uns aufs Neue. Die gleichen Fragen. Die gleichen Antworten. Die gleichen Leerstellen. Diesmal reichte ihre Geduld weniger weit. Weil ihnen unsere Antworten nicht gefielen, schlugen sie uns zusammen und ließen uns dann liegen. Ich wehrte mich nicht. Gegen eine Kalaschnikow hatte ich keine Chance. Das Licht ging aus. Tagelang geschah wieder nichts. Licht an. Licht aus. Dazwischen Kartoffeln essen, Wasser trinken, Loch benutzen, beten, warten. Und wieder verlor ich mein Zeitgefühl.

Und dann, irgendwann, wurde mitten in der Nacht – oder was heißt Nacht: mitten in der Phase der gelöschten Glühbirne – die Tür aufgerissen und ein Mann schrie: »Come, come. Hurry up!«

Verschlafen stolperten wir nach draußen. Es war tatsächlich Nacht. Uns wurden die Augen verbunden und man stieß uns in ein Fahrzeug.

Die Fahrt dauerte etwa zwei Stunden, dann wurden uns die Augenbinden wieder abgenommen. Es war schweinekalt und die Kälte wanderte an mir hoch. Ich blickte umher. Wir waren in den Bergen und über die Gipfel kroch eine fahle Sonne.

»Here we are. Welcome to the Mujahideen!«, sagte ein drahtiger Paschtune.

Murat und ich sahen uns an. Ich grinste. Murat grinste zurück. Er war noch immer ziemlich geschwächt. Aber wir hatten es geschafft. Endlich waren wir im Ausbildungslager angekommen. In diesem Moment spürte ich mein Gedärm. Und wie. Ich stürzte los.

»Stop!«, brüllte einer der Kämpfer, aber ich musste mich unbedingt sofort hinter einen Stein hocken. Ein Schuss ertönte und etwas flog dicht an mir vorbei. Verdammt, der schoss auf mich. Ich blieb stehen und hob die Hände.

»Where do you go?« Der Mudjahed rannte wütend auf mich zu.

»Where is the toilet?«, fragte ich. Es war mir neu, dass es ein Verbrechen war, wenn man mal musste.

Er sah mich verdutzt an, dann polterte ein raues Lachen aus ihm heraus. »Everywhere is the toilet«, sagte er und zeigte mit beiden Händen um sich in die Landschaft. Er ging wieder zu den anderen zurück und ich schaffte es gerade noch hinter einen großen Felsbrocken. Die Nerven schienen hier allgemein recht blank zu liegen.

Als ich zurückkam, zeigte uns der nervöse Paschtune, der offenbar unser Ausbilder war und Ehsanulla hieß, unser Quartier. Es gab ein paar Höhlen und Lehmhütten. In den Lehmhütten lebten die Ausbilder und in den Höhlen die zukünftigen Kämpfer. Überrascht bemerkte ich, dass vor den Höhlen bewaffnete Typen patrouillierten.

»So you don't run away«, sagte Ehsanulla.

Ich hielt das für einen schlechten Witz, aber erst später stellte sich heraus, dass es keiner war.

Dann lud uns Ehsanulla zum Willkommensmahl ein und ich freute mich auf ein Stück Fleisch, aber das Willkommen fiel sowohl mager als auch trocken aus. Gekochte Kartoffeln mit Öl und trockenes Brot paschtunischer Art. Obwohl ich riesigen Hunger hatte, wurden die Kartoffeln und das Brot immer mehr in meinem Mund. Aber das Paradies, das wartete eben hinter all dem.

R

Als ich nicht mehr ganz so verbeult aussah, ging ich wieder in die Schule. Mit Kopftuch. Und das, das war ganz schön hart. Die anderen tuschelten hinter meinem Rücken und die Lehrer rollten insgeheim mit den Augen. Aber irgendwie führte gerade das dazu, dass ich es erst recht trug. Mit dem Kopftuch, das war ohnehin so eine Sache. Natürlich gab es die Mädchen, deren Eltern sie zwangen, es zu tragen, obwohl sie das gar nicht wollten. Und dann gab es noch diejenigen, die es schick fanden und denen es ansonsten nichts bedeutete. So eine Art Pop-Islam. Und dann gab es noch Mädchen wie mich, die von niemandem gezwungen wurden, die es auch mal wegließen, aber meistens eben nicht, weil sie es gerne trugen. Manchmal war ein bisschen Trotz dabei, aber da war noch was anderes. So pervers das klingt, aber das Kopftuch macht dich als Frau fast unsichtbar, lässt die Person hinter der Frau jedoch umso klarer hervortreten. Zwar gibt es viele, die es dann vorziehen, überhaupt nicht mehr mit dir zu reden, aber die, die es tun, die sprechen mit dir und nicht mit deinem Körper.

Ab und zu bekam ich auch Droh-SMS, die aus der Bruderschaft kamen. Ich wurde verflucht und alle Qualen der Hölle wurden mir aufgelistet, und gewarnt wurde ich, dass ich bloß aufpassen sollte, wenn ich alleine auf die Straße ging. Ich löschte sie einfach. Ein bisschen mulmig war mir schon, aber ich dachte ja gar nicht daran, mich einschüchtern zu lassen.

Nach ein paar Wochen setzte bei den anderen die Gewöhnung ein und die Erkenntnis brach sich Bahn: Romea ist Romea, ob mit oder ohne Tuch. Und dafür war ich dankbar. Trotzdem war es hart. Durch die ganze Schwänzerei wegen Julian und das Leben in der Bruderschaft hatte ich über ein halbes Jahr Stoff verpasst und das war ganz schön viel. Ich büffelte wie doof und nebenbei versuchte ich noch drei Dinge auf einmal: herauszufinden, wer ich wirklich war, Julian zu vergessen und Leute zu finden, die an Allah glaubten, aber nicht gehirngewaschen waren. Und das war alles gar nicht so einfach.

Es war mir bisher gar nicht so klar gewesen, wie viele unterschiedliche Strömungen des Islam es gab. Da waren auf der einen Seite die Ultrakonservativen, die Islamisten und die extremen Islamisten, zu denen es Julian und mich verschlagen hatte, und auf der anderen Seite diejenigen, die Politik und Religion strikt trennten, für die Religion Privatsache war. Und dazwischen gab es alle möglichen Schattierungen. Doch nach ganz langem Suchen fand ich den Liberal-Islamischen Bund und fühlte mich dort bestens aufgehoben. Hier ging es nicht darum, die Geschlechter zu trennen und die Deutung des Korans von anderen vorgesetzt zu bekommen. Hier gab es den Djihad nur in Gestalt der eigenen Anstrengung, um zu Gott zu gelangen, und nicht in der Form, dass alle Ungläubigen minderwertig waren. Du konntest Kopftuch tragen oder nicht. Darum ging es überhaupt nicht. Es ging nur darum, privat seinen eigenen Weg zu Gott zu finden. Schluss. Und das ist ja auch schon schwer genug.

Abu Said, ein Sufi-Meister, hatte einmal gesagt: »Es ist leichter, einen Berg an einem Haar herumzuschleppen, als sich mit eigener Kraft aus sich selbst zu befreien.« Und genau darum ging es doch. Und um sonst nichts weiter.

Es dauerte ein paar Tage, bis wir herausbekamen, in welcher Gruppe wir überhaupt ausgebildet wurden. Ich hatte gehofft, dass wir zur DTM, den Deutschen Taliban Mudjahedin, kommen würden, aber da wir die einzigen Deutschen waren, konnten wir das schon einmal ganz sicher ausschließen und vermuteten, dass wir bei Al-Qaida gelandet waren, aber dann kamen uns Zweifel, weil wir Al-Qaida für professioneller hielten und glaubten, dass uns die IJU, die Islamic Jihad Union, aufgenommen hatte.

Wir teilten unsere Höhle mit noch zwei anderen Jungs. Der eine, Hamid, war Afghane und der andere, Ahmad, war Brite mit tunesischen Wurzeln. Die beiden lachten sich schlapp, als wir ihnen von unserer Theorie erzählten.

»Die IJU, seid ihr bescheuert? Die IJU ist eine Marionette des usbekischen Geheimdienstes. Seid froh, dass ihr da nicht seid. Die verheizen ihre Leute, damit sich Usbekistan vor dem Westen als großer Terrorbekämpfer aufspielen kann. Spirituell ist da nichts, wirklich nichts dahinter«, sagte Ahmad mit seinem wirklich sehr britischen Akzent. Sein Vater sei Diplomat und ein Arschloch, der sich sein ganzes Leben dem Westen angedient habe und seine Mutter eine Schlampe, ein männerverschlingendes Ungeheuer. Er spuckte aus. »Aber ich, ich werde die Ehre meiner Familie wiederherstellen«, verkündete er und grinste. Dann deutete er stolz auf eine schwarze Flagge mit weißer Schrift, die er über seinem Lager gehisst hatte. »Das ist übrigens die IMU, oder, wie ihr Deutschen sagt, die IBU, die Islamic Movement of Uzbekistan«, fügte er noch hinzu. »Da habt ihr eine gute Wahl getroffen, alle anderen sind nämlich echte Vollnieten.«

Ahmad war echt o.k., aber Hamid war ein Schleicher. Er tat zwar immer so, als verstünde er so gut wie kein Englisch und als spräche er auch überhaupt kein Arabisch, sondern nur Paschtun, aber irgendwie glaubte ich ihm das nicht. Und Ahmad war sich auch ganz sicher, dass Hamid ein Spitzel der Ausbilder sei, um zu überprüfen, ob wir auch wirklich die richtige Gesinnung hätten und in Wirklichkeit nicht selbst als Spitzel anderer Splittergruppen geschickt worden wären. Mich verblüffte und erstaunte es, dass es so viele unterschiedliche Gruppen gab, und vor allem, dass sie sich gegenseitig bekriegten. Schließlich gehörten wir doch alle zur Umma.

Was unseren Alltag betraf, so waren die ersten Tage noch wahnsinnig spannend, aber dann war es bald nur noch ein Wettlauf gegen die ständige Erschöpfung. Was mich ziemlich enttäuschte, war die Tatsache, dass das Gebet und die Religion hier nur eine sehr geringe Rolle spielten. Gut, man betete ab und zu zusammen, aber ansonsten ging es den ganzen Tag nur ums Militärische. Noch vor

Sonnenaufgang wurden wir geweckt und dann begann der Theorieunterricht à la Was-ist-ein-Mörser, Wie-bediene-ich-ihn, Woran-erkenne-ich-eine-Drohne, Womit-kann-ich-sie-bekämpfen, Wie-lade-ich-eine-Kalaschnikow und so weiter und so weiter. Das ging etwa anderthalb Stunden und dann war der Praxisteil angesagt. Schon am ersten Tag kam ich beinahe an meine Grenze. Während die zehn anderen Jungs, die noch mit uns im Ausbildungslager waren, den Berg hoch und runter joggen mussten, hielt uns Ehsanulla zurück und deutete auf einen Korb, der mit einem Tuch zugedeckt war.

»Ihr müsst erst einmal beweisen, dass ihr wirkliche Mudjahedin seid«, sagte er.

Ich fragte mich, was das Mudjahedin-Sein mit einem Korb zu tun haben sollte.

Während ich noch grübelte, schlug Ehsanulla das Tuch zurück und ich starrte auf gelben Flaum, der durch das plötzliche Licht in Bewegung geriet und wild drauflospiepte. Der ganze Korb war voll mit putzigen Küken. Ehsanulla griff in den Korb, zog eines der kleinen Dinger heraus und setzte es auf seine Handfläche. Es zitterte und piepste aufgeregt vor sich hin. Mit dem Zeigefinger streichelte Ehsanulla vorsichtig über das Köpfchen des Vogels. Doch dann auf einmal packte seine andere Hand das Tier an den Beinen, hielt es kopfüber und riss ihm den Kopf ab.

Mir wurde schlecht und Murat schluckte verdächtig. Ich spürte, wie ich wütend wurde. Was sollte das? Wollte der uns verarschen? Warum riss er dem armen Vieh den Kopf ab?

»Hab ich's mir doch gedacht«, fluchte er. »Ihr Burschen aus dem Westen seid solche Weicheier. Du da«, er deutete auf Murat, »du wirst doch nicht etwa in Ohnmacht fallen wie ein Weib?«

Murat versuchte, gerade zu stehen.

»Was ich euch damit demonstrieren will, ist Folgendes: Wenn ihr nicht in der Lage seid, einem Küken den Kopf abzureißen, werdet ihr auch nie in der Lage sein, die Ungläubigen zu töten.«

Ich ahnte Schlimmes. Und diese Ahnung war mehr als berechtigt. Während er uns beaufsichtigte, mussten wir mit den Küken genau das machen, was er uns vorgemacht hatte. Meine Hände zitterten und ich wollte weg. Einfach nur weg. Von sinnloser Töterei war nie die Rede gewesen. Aber Ehsanulla sah mich scharf an. »Das ist euer Aufnahmetest. Wenn ihr nicht mal das hinbekommt, seid ihr morgen wieder in Deutschland.«

Ich schloss die Augen, Murat ebenfalls, und dann griffen wir in den Korb, so oft, bis er leer war.

Ehsanulla nickte zufrieden. »Gut, damit seid ihr dabei. Jetzt dürft ihr den Berg einmal runter und wieder hoch rennen. Und dann gibt es Frühstück.«

Ich war noch immer schockiert, aber irgendwie gab mir das auch Kraft, trotz der langsam immer intensiver werdenden Hitze über den Berg zu joggen. Nach dem Lauf war ich völlig verschwitzt und sehnte mich nach einer kalten Dusche. Aber duschen, das gehörte zu den Dingen, die so langsam aus meinem Leben verschwanden. Wir kauerten uns in den Schatten und dann bekam jeder – wie konnte es auch anders sein – Kartoffeln und trockenes Brot.

Und danach ging es gleich weiter. Sport. Sport. Sport. Rennen. Liegestütze. Rennen. Ich musste die Übungen immer wieder unterbrechen, um mich in die Büsche zu schlagen, irgendwas stimmte mit meinem Magen nicht. Die Sonne harpunierte uns mit ihren Strahlen und ich sah alles doppelt, aber ich machte weiter. Es hatte nie jemand behauptet, dass es einfach wäre, ins Paradies zu kommen.

Auf einmal ließ sich Murat auf den Boden fallen, blieb einen Augenblick starr liegen und begann dann wütend auf die Erde einzudreschen. Ich blieb stehen und ging dann zu ihm rüber.

»Hey, was ist denn los?«, fragte ich.

»Ich kann nicht mehr Bruder … ich kann einfach nicht mehr«, keuchte er und ließ seinen Kopf in den Staub sinken.

Ehsanulla sprang herbei, geschmeidig wie ein Schneeleopard. Er nahm seine Kalaschnikow und hielt ihren Lauf Murat vor die Augen. »Was ist mit dir? Steh gefälligst auf, Kerl!«, brüllte er ihn an.

Murat zitterte. Dafür bekam er von Ehsanulla einen Arschtritt. Murat stöhnte auf.

»Los! Sonst erschieß ich dich!«

Murat starrte ängstlich in den Lauf der Kalaschnikow, riss sich dann aber zusammen und erhob sich wieder.

»Das wird Konsequenzen haben, mein Freund. Tausend Liegestütze oder einbeinig Wache halten. Das kannst du dir aussuchen«, sagte er. »Und jetzt weiter! Du bist eine Schande für Allah, den Allmächtigen.« Ehsanulla spuckte aus.

Murat setzte sich wieder in Bewegung und ich rannte neben ihm her.

Diese Quälerei dauerte geschlagene drei Stunden. Danach gab es Djihad in Theorie und Praxis. Und das sah dann so aus, dass ein paar Suren aus dem Koran zitiert wurden, in dem es um den Djihad ging, und nach der Aufzählung all der Schandtaten des Westens mussten wir auswendig lernen, wie ein guter Kämpfer war. Selbstlos. Todesverachtend. Immer und zu allem bereit. Gottesfürchtig und voll glühendem Zorn gegen die Ungläubigen. Kurz – ein Kämpfer war das Schwert Allahs und das verfehlte sein Ziel nie. Niemals.

Und wir lernten alles über Waffen, alles. Halbautomatische Waffen. Vollautomatische Waffen. Smith & Wesson. Uzi. Kalaschnikow. Panzerfäuste. Mörser. Handgranaten. Und man zeigte uns das Waffenlager, dessen Inhalt uns dank der Spenden der Brüder im Westen und in Russland über Mittelsmänner übermittelt worden war, und alles über den Feind, das lehrte man uns auch.

Konkret waren das in Waziristan die USA und die pakistanische Armee. Global waren es der Westen und die Ungläubigen im Allgemeinen.

Und wir lernten alles über die Waffensysteme unseres

hiesigen Feindes. Drohnen. MQ-1-Predator-Drohnen und MQ-9-Reaper-Drohnen, dass sie neunhundert PS hatten und fast fünfhundert Kilometer pro Stunde flogen und sechzig Stunden in der Luft bleiben konnten, dass sie über ein hochauflösendes Kamerasystem verfügten, das Autoschilder auf drei Kilometer Entfernung lesen konnte, und ein besonders sensibles Radarsystem und Funkantennen besaßen. Und nicht zu vergessen, dass sie damit ihren Terrorkrieg gegen die Zivilgesellschaft führten. Trotzdem konnte ich es nicht vermeiden, die USA für diese ausgefeilte Technik zu bewundern.

Das Beste an unserer Ausbildung aber war, dass wir tatsächlich auch Kalaschnikows in die Hand gedrückt bekamen und lernten, damit zu schießen. Ein Magazin à dreißig Patronen. Das waren sechshundert Schuss pro Minute. Krass. Schon nach einer Woche konnte ich meine AK-101 blind auseinander- und wieder zusammenbauen.

Nach und nach gewöhnten Murat und ich uns an den strengen Tagesablauf. Und trotz der Strapazen und der ewigen Magenbeschwerden hielten wir durch. Es war das alte Was-einen-nicht-umbringt-Ding. Obwohl wir total geschwächt waren, fühlten wir uns jeden Tag ein wenig härter, stählerner. Jeden Tag mehr wie ein echter Mudjahed. Und so pervers es war, irgendwie wünschte ich mir fast, dass es bald einmal zu einem Zwischenfall kommen würde.

Allah, der Allmächtige, musste meinen Wunsch gehört haben, denn lang mussten wir nicht auf ihn warten. Den Ernstfall. Ich hatte gerade geträumt, dass Schüsse gefallen waren, und war davon aufgewacht. Ich schlug die Augen auf, aber ich hörte die Schüsse noch immer. Ich fuhr hoch und rannte zum Eingang unserer Schlafhöhle. Mein Blick fiel auf einen meiner Brüder, der die Nachtwache hatte übernehmen müssen. Er lag in einer Blutlache und bewegte sich nicht mehr. Mir wurde flau im Magen. Auf einmal bohrte sich etwas Hartes, Kaltes in meine Seite und schob mich aus der Höhle auf das Plateau, wohin auch schon Murat und all meine anderen Brüder und auch Ehsanulla getrieben worden waren.

Wir waren von einer Gruppe bewaffneter Männer umstellt und es waren weder die Amerikaner noch die pakistanische Armee. Es waren Mudjahedin wie wir und sie waren erstaunlich gut ausgerüstet. Verdammt, so was konnte doch nur passieren, wenn die Wache eingeschlafen war, aber Khaled konnte nun keiner mehr fragen. Die Angreifer waren Paschtunen und gaben sich als Arm einer afghanischen Taliban-Gruppierung aus.

Einer der Männer stieß Ehsanulla eine Kalaschnikow in den Rücken.

»Brüder, warum bekämpfen Mudjahedin Mudjahedin?«, fragte Ehsanulla und rang nach Würde.

Der Emir, der Befehlshaber des angeblichen Taliban-Trupps, sagte irgendwas, was ich nicht verstand, und nach kurzem Zögern nickte Ehsanulla. Er machte eine Kopfbewegung in Richtung Ahmad. Die Männer gingen auf ihn zu und fesselten ihn.

»Lasst mich in Ruhe! Was wollt ihr von mir? Lasst mich!«

Einer der Männer verpasste ihm einen Schlag und auf einmal war Ruhe. Ahmads Kopf kippte auf seine Brust. Er war ohnmächtig geworden. Die Männer sagten noch mal irgendwas zu Ehsanulla. Dann zogen sie ab und zerrten den bewusstlosen Ahmad hinter sich her.

Weder Murat noch ich verstanden, was da gerade passierte. Aber wir konnten niemanden hier fragen.

»Geht wieder schlafen!«, herrschte Ehsanulla uns an. »Und du da«, er deutete auf mich, »du übernimmst die Wache von Khaled. Den räumen wir morgen früh weg.«

Obwohl ich hundemüde war, war ich gleichzeitig überwach. Ich glaube, es war die Angst. Bis jetzt war alles eher so etwas wie ein Spiel oder ein Bootcamp für mich gewesen. Aber jetzt, als ich neben der langsam steif werdenden Leiche meines Bruders Khaled hockte, da realisierte ich zum ersten Mal wirklich, dass es nichts von beidem war. Es war Krieg. Wer zum falschen Zeitpunkt schlief, der musste vielleicht sterben. Und dann dachte ich noch Dinge, die waren extrafinster. Genau genommen dachte Julian Engelmann sie, der auf einmal gerne nach Hause gefahren wäre.

Am nächsten Morgen stürmte Murat aufgeregt aus der Höhle.

»Hamid ist verschwunden! Dieser Drecksack!«, rief er.

Und Hamid blieb verschwunden. Ich war die ganze Nacht wach gewesen. Hätte sich Hamid aus der Höhle gestohlen, hätte ich es als erster bemerkt. Also musste er sich mit den Paschtunen verdrückt haben. Also konnten wir uns die Antwort auf Ahmads Entführung selbst geben. Hamid musste irgendeine Scheiße über Ahmad erzählt haben und wohl deshalb galt Ahmad den Taliban nun als Verräter. Und den Taliban als Verräter zu gelten, das verhieß absolut nichts Gutes.

Doch zwei Wochen später kam es noch schlimmer. Wieder wachte ich nachts von einem merkwürdigen Geräusch auf. Entfernt klang es wie das Summen einer Wespe. Shit! Eine Machay! So nannten die Paschtunen die Predator-Drohnen. Ich weckte Murat. Er lauschte und begann zu zittern. »Verdammt! Die machen uns platt, Abdel. Die machen uns so was von platt!«

»Beruhige dich. Wenn wir nicht aus der Höhle gehen, werden sie uns vielleicht nicht finden«, sagte ich und versuchte, mir selbst zu glauben.

Doch das Surren wurde lauter. Noch lauter. Schien über uns zu sein. Ich schlich zum Höhleneingang und schielte nach draußen. In nur ein paar Hundert Metern Entfernung sah ich sie. Ihren dicken, runden Kopf. Den Zehn-Meter-Horrorrumpf. Die unter den Tragflächen angebrachten Hellfire-Raketen. Und auf einmal zischte etwas durch die Luft und einen Augenblick später tat es einen Schlag, alles wurde rotorange, ich wurde durch die Druckwelle zu Boden geworfen und in meinen Lungen sammelten sich Staub und Kohlepartikel. Noch immer hörte ich das Surren der Machay, aber es wurde leiser. Immer leiser. Doch auf einmal tat es noch einen Schlag, allerdings klang es, als wäre es ein paar Kilometer weit entfernt.

»Verdammt, was war *das*?«, fragte Murat.

»Eine MQ-1-Predator«, hustete ich.

Wir standen auf und lauschten auf das Surren der Drohne, aber es war nichts mehr zu hören. Es dauerte eine ganze Weile, bis sich die Staubwolke gelegt hatte. Die beiden Lehmhütten, in denen Ehsanulla und der Emir hausten, hatte es mehr oder weniger atomisiert. Vorsichtig traten wir aus dem Höhleneingang und auch die anderen wagten sich aus ihrem Versteck hervor. Wie gelähmt standen wir um das Chaos herum und eine Gänsehaut kroch mir über den Rücken. Einige Stützbalken brannten und ein paar verkohlte Menschenfetzen, bei denen es sich wohl um Ehsanulla und den Emir handelte, lagen herum. Eine Weile sagte keiner was.

»Verfluchte Kuffar«, schrie auf einmal Rasul und ballerte in die Luft.

»Verdammte Scheiße! Hör auf damit! Oder willst du auch zu Hellfire-Hackfleisch verwurstet werden?«, schrie ich ihn an und entriss ihm die Uzi.

»Na, ist doch wahr«, heulte er und ließ sich auf einen Stein sinken.

»Was machen wir denn jetzt?«, fragte Nusrat.

Darauf wusste keiner eine Antwort.

»Hierbleiben können wir jedenfalls nicht. Das ist viel zu gefährlich, wenn die Predator wiederkommt, müssen wir weg sein. Die Waffen sind auch mit hochgegangen. Es wird uns wohl nichts anderes übrig bleiben, als runter in das nächstgelegene Dorf zu ziehen«, schlug ich vor.

»Wahrscheinlich hast du recht«, stimmte Rasul zu.

»Yalla, packt euer Zeug und dann nix wie weg«, rief ich. Die Drohne konnte jederzeit wiederkommen.

In zehn Minuten waren wir fertig. Murat hatte Ahmads IJU-Flagge an seinen Rucksack gebunden.

Der hatte sie ja wohl nicht alle. Ich riss die Fahne herunter und warf sie auf die noch brennenden Balken.

»Hey!! Warum machst du das?«, protestierte Murat.

»Dreimal darfst du nachdenken«, knurrte ich zurück.

»Aber die Typen in den Märtyrervideos haben das auch gemacht!«, rief er.

Ich verdrehte die Augen. »Ja, und genau deswegen sind sie auch tot.«

Dann setzte sich unser kleiner Trupp noch im Schutz der Nacht in Bewegung. Keiner hatte Lust zu reden und alle waren wir ziemlich niedergeschlagen. Das Dorf, aus dem unser Nachschub kam, war drei Stunden entfernt. Doch als wir dort ankamen, gab es dieses Dorf nicht mehr. Es gab nur noch eine schockierte, aufgeregt durcheinanderredende Menschenmenge, die ratlos vor den Ruinen ihrer Häuser stand, einige Tote und schreiende und stöhnende Verletzte. Der Anblick war grauenhaft. Beinstümpfe, mit blutdurchtränkten Lappen umwickelt, Arme ohne Hände, Oberkörper ohne Arme. Übelkeit stieg in mir auf und ich musste mich übergeben. Verdammte Kuffar!

Ein paar von uns sprachen Paschtun und erzählten, was passiert war, und so erfuhren wir, dass kurz nach dem Angriff zwei Männer aufgebrochen waren, um Hilfe zu holen. Und so blieb uns nichts anderes übrig, als mit den Dorfbewohnern zu warten. Man hatte ihre Leithammel in die Luft gesprengt und die Gotteskrieger waren nichts als eine Herde verstörter Schafe.

R

Ich wurde wieder froh. Na ja, fast wurde ich wieder froh. Den Schulstoff hatte ich nach ein paar Wochen aufgeholt und stand jetzt kurz vor dem Abi.

Meine Familie übte sich in Toleranz und versuchte, mich zu verstehen. Und manchmal hatte ich das Gefühl, dass es ihr gelang, und manchmal nicht. Ich hatte neue Freunde gefunden und wir tauschten uns aus über die Gedanken, die wir über den Koran hatten, und das war wirklich inspirierend. Und trotzdem war da noch was. So ein Stich, tief in mir. Und dieser Stich, das war Julian. Ich versuchte wirklich, ihn zu verdrängen, aber so richtig schaffte ich es nicht.

Wir waren eine Clique aus zwei Mädchen und drei Jungs. Riyaz, Ali, Kemal, Yasemin und ich.

»Irgendwas bedrückt dich doch?«, fragte Kemal eines Tages. Wir saßen am Strandbad des Tegeler Sees und ich hatte die ganze Zeit daran denken müssen, wie es war, als ich mit Julian hier gewesen war. Das machte mich traurig. Und dass mich das traurig machte, machte mich wütend.

»Ach, es ist nichts«, sagte ich.

»Glaub ich nicht«, sagte Yasemin.

Ich ließ einen Stein über das Wasser springen. Eigentlich hatte ich überhaupt keine Lust, mit ihnen darüber zu reden, aber andererseits – waren Freunde nicht gerade deshalb Freunde, weil man ihnen solche Dinge anvertrauen konnte?

Ich hockte mich in den Sand. »Es ist wegen meinem Ex. Es gibt keinen Grund, noch an ihn zu denken, aber trotzdem mache ich mir Sorgen«, sagte ich und seufzte.

Yasemin, der ich mal die ganze Geschichte, na ja, *fast* die ganze Geschichte, erzählt hatte, fuhr mich gleich an: »Wie kannst du noch an ihn denken, nach allem, was er dir angetan hat??«

Irgendwie ärgerte mich ihre Reaktion. »Wieso ›nach allem, was er mir angetan hat‹? Wir sind *ein Mal* aneinandergeraten und dann bin ich weg.«

»Und? Dass er dich ein Mal geschlagen hat, das reicht für ein ganzes Leben! An deiner Stelle hätte ich ihn sofort vergessen. Ich versteh dich nicht. Warum machst du dir denn noch Sorgen um ihn?«

»Weil er zum Gotteskrieger werden will.«

Alle schienen für einen Augenblick den Atem angehalten zu haben.

»Warum hast du uns das noch nie erzählt?«

Ich schwieg einen Moment. Dann sagte ich: »Weil … weil ich es selbst nicht glauben konnte. Diese ganze Zeit in der Bruderschaft, das kommt mir irgendwie wie ein böser Traum vor, wie etwas, das einer anderen geschehen ist und nicht mir.«

Und irgendwie war es ja auch einer anderen geschehen. Nicht Romea hatte das erlebt, sondern Shania. Aber Shania gab es zum Glück nicht mehr. Trotzdem fragte ich mich nun, wer ich überhaupt war. Ob ich wieder Romea war oder Romea 2.0 oder irgendwer ganz anderes.

»Also, ich kann gut verstehen, dass du dir Sorgen machst«, sagte Kemal auf einmal und die anderen sahen ihn erstaunt an.

»Ich hatte auch mal einen Freund, der in die extreme Salafistenecke geraten ist. Der war irgendwann überhaupt nicht mehr er selbst. Aus einem netten Kerl ist innerhalb von wenigen Monaten ein ekelhafter, selbstgerechter Eiferer geworden, der so schnell wie möglich ins Paradies kommen wollte. Das war echt krass.«

Betreten schwiegen wir vor uns hin.

»Aber«, fuhr Kemal fort, »vielleicht kannst du ihn irgendwie da rausholen?«

»Wie denn? Vermutlich ist er irgendwo in Pakistan.«

»Mein Kumpel war auch mal in so einem Camp. Die Versorgung in den Camps ist ganz allgemein beschissen. Ich hab ihm mal Geld geschickt. Mit Western Union.«

Toll. Was dachte sich Kemal? Sollte ich Julian Geld schicken, oder was? Damit ich sein Möchtegern-Terroristentum auch noch unterstützte?

»Was ist denn aus deinem Kumpel geworden?«

Kemal lachte. »Irgendwann kam er zurück und war völlig geläutert. Die haben ihn da wohl dermaßen in die Mangel genommen, dass er vom Kriegspielen so die

Schnauze voll hatte, dass er Atheist geworden ist und inzwischen bei einer Bank arbeitet.«

Tja, so war vielleicht Kemals Kumpel drauf, aber wenn Julian sich mal zu was entschlossen hatte, konnte ich mir nicht vorstellen, dass er so schnell lockerlassen würde.

Irgendwann wechselten wir dann das Thema und fuhren mit der letzten S-Bahn nach Hause.

Aber unser Gespräch arbeitete weiter in mir. Kemal hatte recht. Irgendetwas musste ich tun, um Julian da rauszuholen. Aber was?

Ein paar Tage später stand ich vor der Wohnung von Julians Vater. Ich klingelte und hatte ein ganz seltsames Gefühl dabei. Es dauerte eine Weile, bis Julians Vater die Tür öffnete. Überrascht musterte er zuerst mein Kopftuch und dann mich. Und ich, ich spürte ein schmerzhaftes Ziehen tief in mir. Vor mir stand Julian, zwanzig Zentimeter kleiner, dreißig Jahre älter und dreißig Kilo schwerer.

»Hallo, Herr Engelmann. Ähm ... mein Name ist Romea Achenbach und ich bin die Freundin – also, ich war die Freundin – von Julian.«

Er sah mich verständnislos an.

»Darf ich vielleicht reinkommen? Wir müssen reden. Über Julian.«

Wortlos trat er beiseite und ich ging ins Innere der Wohnung. Es war so, wie Julian es beschrieben hatte. Das Fragment einer Einrichtung. Die Möbel, die fehlten, waren fast noch präsenter als die, die noch da waren.

»Ähm, ja, setz dich doch.« Verschämt ließ er ein paar leere Bierflaschen in einem Kasten verschwinden.

»Danke«, sagte ich und setzte mich.

Auch er ließ sich nieder. »So, so, über Julian willst du mit mir reden ... Ich habe seit anderthalb Jahren nichts mehr von ihm gehört.«

»Oh, so lange hat er sich nicht gemeldet?« Ich war enttäuscht. Insgeheim hatte ich gehofft, dass er seinen Vater vielleicht schon einmal aus Pakistan kontaktiert haben könnte.

»Herr Engelmann ... ich weiß gar nicht, wo ich anfangen soll ...«

Aber dann begann ich einfach zu erzählen und zu erzählen und die Augen von Julians Vater wurden immer größer und ungläubiger.

»Julian ist was? Konvertiert? Zum Islam? Und jetzt lässt er sich zum Selbstmordattentäter ausbilden?« Er wischte sich mit einem Stofftaschentuch über die Stirn. »Nimm mir das bitte nicht übel, aber es fällt mir wirklich schwer, das zu glauben.«

»Hm, ja. Das ... das kann ich verstehen. Ich kann es selbst kaum glauben.« Und nach einer Pause: »Es kann sein, dass er sich irgendwann aus Pakistan meldet und Geld braucht. Ich weiß, dass Sie ... Na ja, jedenfalls, wenn Julian Geld braucht, bitte rufen Sie mich an. Ich ... ich würde es ihm gern geben.« Ich schrieb meine Nummer auf einen Zettel.

Julians Vater lächelte matt und nickte.

»Na ja, ich geh dann mal wieder«, sagte ich und stand auf.

Julians Vater brachte mich noch zur Tür und als wir uns verabschiedeten, schüttelte er den Kopf und sagte: »Ich kann das überhaupt nicht verstehen, warum Julian sich von dir getrennt hat.«

A

Als Murat und ich in Mir Ali an der afghanischen Grenze ankamen, waren wir fix und fertig.

Mehr als einen Tag hatte es gedauert, bis Hilfe in das zerbombte Dorf gekommen war und wir hatten inzwischen versucht, uns nützlich zu machen, indem wir damit begonnen hatten, den Schutt der zerstörten Häuser wegzuräumen und dabei noch einige Tote gefunden hatten. Dieser Anblick hatte sich mir ins Hirn gebrannt wie ein Brandstempel. Ich war mir sicher, dass ich das, was ich da gesehen hatte, niemals wieder vergessen würde.

Einer der Helfer hatte Murat und mich mit nach Mir Ali genommen, die anderen aus unserer Ausbildungstruppe wollten sich irgendwie in die Berge durchschlagen und sich den Taliban anschließen.

Apropos vergessen, in dieser ganzen beigen Bergödnis hatte ich fast vergessen, wie schön Grün war und mir ging fast das Herz auf, als wir auf Mir Ali zufuhren, das in einem grünen Tal lag. Felder. Ein Gewässer. Bäume. Grün. Fast schlingpflanzengrün. Der Romea-Shania-Stachel bohrte sich wieder einmal tiefer in mein Fleisch. Verflucht sei sie, die Schlampe!

Einer der Helfer, er hieß Akram, wollte uns für ein paar Tage aufnehmen und uns dann zu einer Al-Qaida-Gruppe führen, die in der Datta-Khel-Region aktiv war. Auf längere Sicht waren die größeren Städte Nordwaziristans wie Wana, Miranshah und leider auch Mir Ali zu unsicher für die Gotteskrieger der Al-Qaida und deshalb hatten sie sich in die Regionen Datta Khel und Danda Darpa Khel zurückgezogen.

Akram überließ uns ein Zimmer, in dem zwei Holzliegen standen. Was für ein Luxus, wenn man drei Monate in ein Schaffell gewickelt auf einem Felsenvorsprung geschlafen hatte. Und zum ersten Mal gab es außer Brot und Kartoffeln auch Fleisch. Murat und ich konnten kaum an uns halten. Diesen Akt der Gastfreundschaft würden wir sicherlich niemals vergessen. Nach dem Essen fielen wir felsbrockenschwer auf die Liegen.

Als wir am nächsten Morgen erwachten, hatte Akrams Frau uns schon eine Art Dickmilch, Käse und Brot bereitgestellt und nach dem Frühstück machten wir uns auf den Weg in die Stadt. Zum Glück hatten wir noch ein wenig Geld, das die Schleuser, alhamdulillah, übersehen hatten, weil Murat es an einem – nun ja, sehr intimen Ort versteckt hatte.

Und jetzt schlenderten wir durch die Stadt wie Touristen. Unglaublich, wie schnell man sich das Stadtleben abgewöhnen konnte. Ich konnte kaum glauben, was ich hier alles sah. Brot, Fleisch, Käse, Obst, Gemüse. Wir waren völlig ausgezehrt von unserer Trockenbrot-Kartoffel-

Diät und kauften an einem Stand vier Portionen von einem gegrillten Irgendwas und eine ganze Tüte Obst, das wir in Lichtgeschwindigkeit vernichteten. Aber was mich wirklich fast umhaute, war der Umstand, dass man hier sogar echtes Nutella, Pepsi und gelatinefreie Gummibärchen kaufen konnte. Und da konnten wir wirklich nicht mehr an uns halten und kauften, was das Zeug hielt und Akram wollten wir auch etwas davon abgeben. Was mir dann aber vollends die Schuhe auszog, war die Tatsache, dass man hier Waffen kaufen konnte, wie in Deutschland Klamotten. Überall waren kleine Garagenläden, in denen Handwerker an Patronenhülsen herumdengelten oder Waffen reparierten. Wir betraten einen der Läden und es traf uns fast der Schlag. Hier gab es alles. Uzis. Kalaschnikows. Desert Eagles. Handgranaten. Panzerfäuste. Waffen aus dem Ersten Weltkrieg und modernste halbautomatische Waffen, die wohl von den Amis stammten.

Murat schnappte sich eine Bazooka und ich bedauerte, dass ich kein Handy mehr hatte, um ein Foto von ihm zu schießen. Wir waren total aufgekratzt.

Das letzte Ziel unseres Ausflugs war ein Internetcafé.

»Mal sehn, ob sie uns schon suchen«, sagte ich zu Murat und grinste. Und wir klickten uns aus Spaß ein wenig durch die Djihadisten-Videos. Jetzt waren wir endlich auf einer Höhe mit ihnen und hatten unseren ersten Drohnenangriff überlebt. Auf einmal rief Murat: »Mach noch mal zurück!«

»Wieso?«, fragte ich, erfüllte ihm aber seinen Wunsch.

»Da … da …«, Murats Stimme war tonlos. Aber er musste gar nicht weitersprechen. Denn das, worauf Murat deutete, war Ahmad. Genauer gesagt war es Ahmads Kopf und er wurde von einem der Taliban-Heinis, die unser Lager überfallen hatten, in die Kamera gehalten und wenigstens so viel konnte ich verstehen, dass er der Welt damit demonstrieren wollte, was mit Verrätern geschah. Mir wurde schlecht. Der einzige Verräter, den es gab, war Hamid und dem ging es vermutlich blendend.

Wütend und traurig kehrten wir in Akrams Haus zurück und überreichten ihm unsere Gastgaben.

»Was ist denn mit euch auf einmal los?«, fragte er. »Heute Morgen hattet ihr doch noch so gute Laune?«

Und als wir ihm von dem Video erzählten, blickte er uns betrübt an. »Ja, ein Jammer, dass sich die Krieger Allahs auch gegenseitig bekriegen.«

Nach einer fürchterlichen Albtraumnacht, in der ich Murat mit abgeschlagenem Kopf gesehen hatte, fuhr uns Akram dann nach Datta Khel, einem Kaff in den Bergen, das nur aus ein paar Clan-Gehöften bestand.

»Danke für alles, Akram«, sagte ich. Wir umarmten uns. Bevor Akram mit stotterndem Motor losfuhr, hupte er uns noch einmal kurz zu, ehe er in der bergigen beigen Ödnis verschwand.

In Datta Khel trafen wir den Sheikh einer Al-Qaida-Gruppe, der ein Ausbildungslager in den Bergen führte. Nachdem wir ausgiebig befragt und gefilzt worden waren, schickte er uns mit einem Mann, der das Lager mit Lebensmitteln versorgte, dorthin.

Im Großen und Ganzen unterschied sich das Lager nicht sehr von unserer ersten Ausbildungsstätte, nur dass es etwas größer war und ungefähr fünfundzwanzig Kämpfer ausbildete, von denen viele Saudis waren. Auch hier trat die Religionsausübung ziemlich in den Hintergrund und das zentrale Thema war wie in unserem ersten Lager Theorie und Praxis des Djihad. Ein halbes Jahr durchliefen wir dort erst so eine Art Grundausbildung und durften später an den Kursen für Fortgeschrittene teilnehmen. Für Murat und mich war hier alles viel einfacher, weil ein Großteil der Saudis kleine, fette Paschas waren, die sich nur sehr schwer in Gang setzen ließen und meistens schon vor der Hälfte des Trainings zusammenbrachen. Und dann gab es noch ein paar Europäer, die aber ihr bisheriges Leben vor allem vor dem Bildschirm verbracht hatten und deren bisherige Nahrung aus Chips und Cola bestanden zu haben schien. Neben ihnen wirkten Murat und ich geradezu heroisch und athletisch.

Der Sheikh, der unten im Dorf in einem schönen Haus wohnte, kam ab und zu in die Berge, um sich ein Bild von den Vorgängen im Camp zu machen.

»Ihr verfluchten Fettsäcke! Wärt ihr doch zu Hause geblieben! Was soll ich mit solchen Nieten wie euch, he?« Wütend warf er sein Teeglas an einen Felsen, wo es in Tausende in der Sonne glitzernde Scherben zerbarst.

Erschrocken hielten die Saudis inne und die Europäer starrten den Sheikh kuhäugig an. Das war zu viel für ihn. Er stürzte sich auf einen und verpasste ihm ein halbes Dutzend Ohrfeigen. Der brach in Tränen aus und der Sheikh riss sich zusammen. Müde sagte er: »Geht nach Hause, Jungs. Wir haben ohnehin schon mehr Kämpfer als Waffen. Wir brauchen euch nicht. Und wenn ihr nach Hause kommt, dann sagt den anderen, die kommen wollen, sie sollen bleiben, wo sie sind und lieber spenden. Wenn man genug spendet, dann kommt man auch irgendwann ins Paradies.«

Murat und mir dagegen war der Sheikh äußerst wohlwollend gesonnen. Eines Tages wollte er mir den Gipfel seines Wohlwollens zuteilwerden lassen, indem er sagte: »Abdel, ein großer Mudjahed wie du sollte nicht allein sein.«

Ich verstand nicht recht, was er damit meinte. Schließlich war ich überhaupt nicht allein. Ich hatte Murat und meine Brüder und davon mal abgesehen kaum Zeit, darüber nachzudenken, ob mir etwas fehlte. Offenbar hatte er das Unverständnis in meinem Blick registriert, denn er fuhr fort:

»Sieh mal, ein Kämpfer braucht auch eine Familie.«

Wollte er mich adoptieren? Ich war ratlos.

»Warum nimmst du dir denn keine Frau hier? Fast alle Kämpfer sind mit ihren Familien hier.«

Ja, es stimmte und ich hatte mich schon immer darüber gewundert, dass viele in unserem Lager ihre Frauen und Kinder mit hierhergenommen hatten. Im Lager wurde nicht nur gestorben, sondern auch geboren.

Ich fing Murats irritierten Blick auf, aber der Sheikh wandte sich nun auch an ihn. »Und du? Wieso hast auch du keine Frau? Allah, der Allmächtige, möchte nicht, dass seine Kämpfer ohne Familie leben müssen.«

In Murats Augen blitzte so etwas wie Panik auf. Und ich fühlte auf einmal so ein Ziehen in meinen Eingeweiden. Plötzlich war ich nicht mehr in dieser beigen Bergwüste, sondern trieb mit einem albernen Fischschwanz durch lichtdurchflutetes goldgrünes Wasser und Romea lächelte mich an. Verfluchte Shaitane! Ich versuchte, dieses Bild zu verdrängen, aber das Ziehen tief in mir blieb. Ich wollte nicht noch einmal heiraten. Auf gar keinen Fall wollte ich das. Am liebsten wollte ich nie wieder etwas mit Frauen zu tun haben. Ich hatte einmal wirklich geliebt und was hatte mir das gebracht? Nichts. Nichts, außer dass ich seitdem einen Stachel im Fleisch stecken hatte, der sich tiefer und tiefer in mich bohrte und sich vermutlich nie wieder entfernen ließ.

Ich blickte noch einmal zu Murat hinüber. Ihm schien es ähnlich zu gehen, allerdings fragte ich mich, warum. Wer hatte eigentlich ihm das Herz gebrochen, dass er bei dem Gedanken an eine Frau so verängstigt vor sich hin starrte?

»Das ist eine große Ehre, Sheikh, aber darüber muss ich erst einmal gründlich nachdenken«, sagte ich, um Zeit zu gewinnen. Der Sheikh nickte bedächtig. »Es zwingt euch natürlich keiner, eine Familie zu gründen. Es ist nur ein Angebot, aber denkt einmal darüber nach.«

Murat und ich murmelten ein unverständliches Ja und zum Glück ließ der Sheikh dann von uns ab. Stattdessen fragte er, ob wir nicht mit in die Stadt fahren wollten. Und wir wollten. Und wie wir wollten. Auf Dauer schlug einem dieses Nichts aus Lehm und zerklüftetem Gestein und Beige und Schlangen und Skorpionen und Kälte in der Nacht und unerträglicher Hitze am Tag und den immerwährenden paschtunischen Ölkartoffeln wirklich aufs Gemüt.

Murat und ich machten Kassensturz. Viel war nicht mehr übrig. Das würde bestenfalls für ein Glas Nutella und einen Beutel Obst reichen. Aber besser als nichts. Doch in Sachen Kohle musste dringend etwas geschehen. Alle anderen Kämpfer verfügten mysteriöserweise immer über Geld. Nur wir nicht. Das konnte auf Dauer lebensgefährlich werden. Hier brauchte man dringend immer mal wieder Geld für Medikamente und ich konnte mir auch nicht vorstellen, dass man auf Dauer von dieser Kartoffelkost nicht doch irgendwann ernst zu nehmend krank wurde.

Als wir in der Stadt waren, hatte ich plötzlich eine Idee. Wir gingen in einen Telefonladen und ich rief Tom an. Hoffentlich war er zwischenzeitlich nicht aus der Wohnung geflogen oder der Anschluss abgeklemmt worden.

»Engelmann«, meldete er sich.

»Fall nicht in Ohnmacht, Tom, aber ich bin's, Abdel, äh, Julian. Hier ist Julian.«

»Du???«

»Ja, icke. Sag mal, könntest du mir vielleicht ein wenig Geld schicken?«

»Geld? Schicken? Verdammt, Julian! Seit anderthalb Jahren habe ich nichts mehr von dir gehört und nun soll ich dir Geld schicken? Du weißt doch, dass ich wenig Kohle habe. Und wenn du es so dringend brauchst, warum holst du es nicht ab?«

»Weil … weil … ich bin nicht mehr in Deutschland.«

»Du bist nicht mehr in Deutschland? Verdammt, Julian. Ich versteh das alles nicht. Hör mal, deine Freundin war neulich hier und hat behauptet, dass du in Pakistan bist. Ich habe ihr natürlich kein Wort geglaubt.«

Ich spürte einen vergifteten Dolch in meinem Herzen. Meine Freundin? Ich hatte keine Freundin mehr. Das konnte doch nur Romea gewesen sein. Was fiel ihr ein, meinen Alten da mit reinzuziehen? Und gleichzeitig war da aber auch noch so ein angenehm warmes Gefühl, das ich mir nicht erklären konnte.

»Julian? Das … das ist doch nicht wahr, oder? Die spinnt doch?«

Ich seufzte. Es war eigenartig, nach so langer Zeit wieder mit meinem Vater zu sprechen, der für mich sehr lange eher etwas wie eine Figur aus einem Kinofilm gewesen war, den man mal vor vielen, vielen Jahren gesehen hatte. Ganz weit weg. Völlig unwichtig. Aber auf einmal spürte ich wieder, dass er mein Vater war. Und auch überhaupt nicht unwichtig.

»Tom? Es ... es ist wahr. Ich bin in Pakistan und ich brauche dringend Geld. Die Versorgung hier ist echt schlecht. Ich brauche Medikamente und Geld für etwas zu essen.«

Ich hörte, wie Tom tief einatmete und hörbar die Luft wieder ausblies. »Ich werde sehen, was sich machen lässt.«

»Wenn du etwas zusammenkratzen kannst, dann schick es bitte über Western Union, ja? Vielleicht fünfhundert oder so?«

»Ich werde es versuchen, aber versprechen kann ich nichts. Wann kommst du denn zurück?«

»Ich weiß es nicht, Tom. Aber ich komme zurück, versprochen.«

Und als ich das aussprach, glaubte ich mir selbst.

»Ach, noch was. Wir müssen eine Testfrage und -antwort vereinbaren. Wie wäre es mit: ›Wie heißt Ihre Mutter?‹«

Tom seufzte. »Ja, wenn dir nichts Besseres einfällt. Von mir aus. Aber sag mal, warum machst du das al...?«

Klick. Die Verbindung wurde unterbrochen. Irritiert starrte ich auf den Hörer. Unser letztes Geld war aufgebraucht.

»Und?«, fragte Murat.

Ich zuckte mit den Schultern. »Er versucht es.« Auf einmal fiel mir ein, dass uns ein Transfer gar nichts nützen würde, solange ich keinen Ausweis hatte. Verdammt.

Noch auf der Rückfahrt ins Lager wandte ich mich an den Sheikh. »Ich habe da ein Problem«, begann ich.

»Ja? Vielleicht kann ich dir helfen?« Er sah mich wohlwollend an.

Und ich erzählte ihm von der Sache mit Western Union.

»Verstehe. Ich besorge dir einen Pass. Den wirst du ohnehin bald brauchen.« Er lächelte und machte mit dem Handy ein paar Fotos von mir.

Wieso würde ich ihn bald brauchen? Was plante er?

»Wofür?«, fragte ich.

»Ich habe dich ausgewählt. Du wirst ein Shahid, Abdel Jabbar. Abdel Jabbar Shahid. Na, wie klingt das?«

Mein Herz pochte schneller. Auserwählt? Ich? Und auf einmal schoss purer Stolz aus meinem Innersten wie Magma aus einem Vulkan. Ich, ausgerechnet ich, war auserwählt. Der Traum mit dem Burak war kein Dünnschiss meines Unterbewusstseins, er war eine Prophezeiung gewesen. Ma würde sich wundern. War ihr missratener Sohn doch zu etwas gut. Was wäre das für eine Überraschung, wenn sie durch mich trotz all ihrer Sünden doch noch ins Paradies käme. Ich lächelte.

Murat biss sich auf die Unterlippe und sah demonstrativ zum Fenster hinaus. Da war wohl jemand eifersüchtig.

»Wann? Wo?«, quoll es aus mir heraus, aber der Sheikh legte mir beschwichtigend die Hand auf den Arm.

»Übe dich in Geduld, Abdel Jabbar. Du wirst alles noch rechtzeitig erfahren.«

Seitdem ich wusste, dass ich bald zum Shahid werden würde, rackerte ich mich noch mehr ab. Schleppte mit größtem Enthusiasmus die Flugabwehrraketen den Berg hoch und bei der Nachtwache war ich munter wie ein Erdmännchen.

Doch seit dem Gespräch mit dem Sheikh verhielt sich Murat seltsam. Irgendwie schien ihn alles nur noch anzukotzen. Er ließ sich mit allem alle Zeit der Welt, gab sich völlig zugeknöpft und sprach nur das Nötigste. Eines Tages sagte ich zu ihm: »Bruder, du könntest dich ruhig ein wenig für mich freuen.«

Murat sah mich lange an. Dann schluckte er, legte mir die Hand auf den Arm und sagte: »Ich freue mich für dich, Bruder, wirklich.« Ich hatte das Gefühl, dass seine Hand ein wenig dabei zitterte. Dann wandte er sich abrupt ab und ging weg. Ich verstand ihn nicht. Zwar glaubte ich ihm jetzt, dass er sich freute, aber seltsam blieb er trotzdem. Irgendwas lastete auf ihm, aber um keinen Preis der Welt wollte er mit mir darüber sprechen, obwohl ich ihn mindestens tausend Mal gefragt hatte.

Ein paar Wochen später überreichte mir der Sheikh meine neuen Papiere, in denen das Foto eines verhärmt aussehenden Bartmonsters klebte, das zweifellos ich war, das mir aber gerade äußerst fremd erschien. Dieses Foto musste eines der Handyfotos sein, die er gemacht hatte. Außerdem drückte er mir ein paar Scheine in die Hand. Er wollte heute noch einmal in die Stadt fahren und Murat und mich mitnehmen. Ich verstand nicht, warum, aber Murat weigerte sich um jeden Preis, mitzufahren. Na, dann halt nicht. Wieder ging ich in den Telefonladen. Ich hatte Glück, Tom nahm gleich ab. Na ja, wo sollte er auch sein?

»Julian! Neulich war plötzlich die Leitung unterbrochen.«

»Ja, die Kohle hat nicht länger gereicht. Apropos Kohle, konntest du mir etwas beschaffen?«

»Ja, deine Freundin hat mir fünfhundert Euro für dich gebracht.«

Und da war er wieder. Dieser Stich in den Eingeweiden. Warum kümmerte es sie denn noch, was ich tat und was ich brauchte? Mir wurde schon wieder schlingpflanzengrün vor Augen, doch ich verscheuchte alle Satane, die mich in Versuchung führen wollten. Bald würde ich Shahid sein und so kurz vor dem Paradies würde ich mich nicht mehr ablenken lassen. Der Burak war schon gesattelt.

»Kannst du gleich zu Western Union gehen? Ich komm nur alle paar Wochen in die Stadt und ich muss unbedingt mal wieder was Richtiges essen«, sagte ich.

»Ja. In einer halben Stunde bin ich dort. Die Antwort ist Rachel.«

Das hätte ich nicht gedacht, dass Tom in der Lage war, so schnell zu handeln. Ich lächelte. Vielleicht würde er sich ja doch noch einmal aufrappeln? Na ja, und wenn nicht, ich würde ihm auf jeden Fall die Tür zum Paradies öffnen. Good old Tom. Er würde gerettet werden.

»Julian?«, fragte er.

»Ja?«

»Weißt du schon, wann du wiederkommst?«

»Ja, bald«, sagte ich und legte auf.

Danach schlenderte ich noch ein wenig in der Stadt herum und kaufte von dem Geld, das der Sheikh mir gegeben hatte, ein paar Vorräte und drei extragroße Tüten gelatinefreie Gummibärchen für Murat. Vielleicht würden die ihn ein wenig aufheitern? Seine Traurigkeit war ja echt krass und nicht zum Aushalten.

Eine Stunde später stand ich dann am Western-Union-Schalter, legte meinen neuen Ausweis vor, sagte ›Rachel‹ und bekam den Gegenwert von fünfhundert Euro in Rupien ausbezahlt. Wow. Ein solch dickes Geldbündel hatte ich noch nicht mal in Ägypten in der Hand gehabt.

Als ich ins Lager zurückkam, überreichte ich Murat die Gummibärchen. Er strahlte und der Inhalt der ersten Tüte war nach fünf Minuten alle. Aber lange hielt seine Freude nicht an. Schon am Abend war er wieder so still und in sich gekehrt, wie ich ihn überhaupt erst seit ein paar Wochen kannte. Und alles Fragen und Bohren half nicht.

Ein paar Tage später verbreitete sich ein Gerücht wie ein Lauffeuer im Lager: Angeblich setzte die pakistanische Armee hier oben zu einer Säuberungsaktion an. Plötzlich herrschte große Aufregung und alle begaben sich in Gefechtsposition.

Wir mussten keine drei Stunden warten, als unten ein winziger Punkt auftauchte, der eine große Staubwolke hinter sich herzog. Ich blickte durch mein Fernglas. Tatsächlich. Ein Jeep des pakistanischen Militärs. Ich gab den anderen ein Zeichen und legte die Ak-101 an. Nazir hantierte am Mörser herum, drückte plötzlich ab und wenige Augenblicke später war der Punkt in einer riesigen Explosionswolke verschwunden. Wir warteten, bis der Rauch etwas abgezogen war und blickten in unsere Ferngläser. Krass. Ein Schuss. Ein Treffer. Da unten regte sich nichts mehr. Ausgelassen tanzten wir herum. Den Armee-Kuffar, denen hatten wir es so richtig gezeigt. Was mussten sie auch bis hier in die Berge raufkommen? Doch während wir noch feierten, ertönte auf einmal ein Surren. Ein Surren, das ich inzwischen nur zu gut kannte. Mit unglaublicher Geschwindigkeit näherte sich uns eine Machay. Wir rannten los, aber es war zu spät, denn während wir noch rannten, schlug die Bombe schon ein. Die Druckwelle schleuderte mich zu Boden, ein heißer Luftzug, der mir fast das Gesicht versengte, Staub und Gestank, sodass ich fast keine Luft mehr bekam. Meine Augen brannten. Splitter und Steine und alles Mögliche flogen über mich hinweg. Es war furchtbar. Es war schwarz. Ich hatte es geschafft. Ich war tot.

Als ich die Augen wieder aufschlug, dachte ich zuerst, ich wäre im Paradies. Aber wenn das das Paradies war, war es das abscheulichste Paradies, das man sich überhaupt nur vorstellen konnte. Was ich sah, was ich hörte, das war eher so etwas wie die Hölle. Schmerzensschreie, Chaos, Zerstörung. Schwarz. Alles wurde wieder schwarz.

Keine Ahnung, wie lange ich so herumgelegen hatte, aber irgendwann kam ich wieder zu mir. Alles war still. Totenstill. Die Welt hatte den Atem angehalten, war stehengeblieben, war von einer Riesendrohne pulverisiert und ins Weltall geschleudert worden. Ich versuchte, meine Arme und Beine zu bewegen und stellte überrascht fest, dass ich unverletzt war. Unsicher stand ich auf und blickte um mich. Unser Lager war ausgelöscht. Verdammte Kuffar! Die hatten alles plattgemacht. Fast alle meine Brüder waren tot. Murat! Panisch blickte ich mich nach Murat um. Ich konnte ihn nirgends sehen. Doch dann hörte ich Schreie. Ich rannte auf das Geräusch zu. Murat. Es war Murat! Alhamdulillah, er lebte, aber er blutete. Und wie er blutete. Shit.

»Murat!« Ich riss mir mein Hemd vom Leib und dann sah ich das Loch, das in seinem Bauch war und aus dem seine Eingeweide hervorquollen. Mir wurde übel. Ich versuchte, mit meinem Hemd die Blutung zu stillen.

»Lass, Bruder. Es … es ist zu spät.« Er hustete und Blut kaum aus seinem Mund. »Wenn du ins Paradies kommst, bitte hol mich aus der Hölle, Bruder!«

»Hölle! Was redest du da? Wenn du stirbst, dann kommst du als Märtyrer ins Paradies. Aber du stirbst nicht. Du darfst nicht sterben, hörst du, Murat?«

»Abdel?«

»Ja?«

»Doch, ich werde in die Hölle kommen. Weißt du noch? Der Club in Wien. Der Typ und ich … wir …« Er hustete noch einmal ein wenig Blut. »Abdel, ich … ich liebe dich. Und … und deswegen musst du mich aus der Hölle h…«, sagte er und seine Augen wurden starr.

»Du darfst nicht sterben! Murat! Verdammt, bleib hier, du Arschloch!«, schrie ich ihn an. Ich glaube, ich habe ihn geschüttelt und beschworen und geschlagen, weil nicht sein durfte, was gerade geschehen war. »Murat!« Und dann wurde noch einmal alles schwarz.

R

Ein paar Wochen nachdem ich Julians Vater besucht hatte, klingelte mein Handy und zeigte eine mir unbekannte Nummer. Verwundert meldete ich mich.

»Romea Achenbach?«

»Hallo, Romea, Gott sei Dank, dass ich dich gleich erreiche«, sprach eine Stimme, die mir nur sehr entfernt bekannt vorkam und die sehr, sehr aufgeregt klang. »Romea, Julian hat sich gemeldet.«

Mein Herz fing an, wild herumzugaloppieren und ich verfluchte es sofort dafür.

»Wenn ich ehrlich bin, so richtig konnte ich dir deine Geschichte bis jetzt nicht abkaufen. Entschuldige, aber es stimmt. Alles, was du gesagt hast, stimmt. Er ist tatsächlich in Pakistan und braucht dringend Geld. Er sagt, er muss unbedingt etwas zu essen kaufen und Medikamente, und du, du hast doch gesagt, dass …«

»Ja, natürlich«, unterbrach ich ihn. »Wie viel braucht er denn?«

»Fünfhundert. Also nur, wenn das möglich ist.«

»Ja. Klar, das geht schon. Ich bringe es Ihnen morgen vorbei. Gegen halb sechs am Abend, wäre das o.k.?«

»Ja, natürlich. Ich danke dir.«

»Gerne, Herr Engelmann. Dann bis morgen.« Ich legte auf. Meine Hände zitterten. Alhamdulillah, Julian lebte.

Am nächsten Abend ging ich zuerst bei der Bank vorbei und stand dann wieder vor der Engelmann'schen Wohnung. Diesmal dauerte es keine zehn Sekunden, bis Julians Vater die Tür aufriss.

»Komm rein, komm rein, Romea.«

Heute sah es ganz anders aus als neulich. Julians Vater hatte tatsächlich aufgeräumt und die Jalousien nach oben gezogen.

»Willst du dich nicht setzen?«, fragte er. Ich war mir nicht sicher, ob ich das wollte, aber Julians Vater schien es ein Bedürfnis zu sein. Also setzte ich mich. Eigentlich fühlte ich mich ganz wohl in seiner Nähe. Ein ganz kleines bisschen war es, wie in Julians Nähe zu sein.

Julians Vater hatte ein altes Album hervorgekramt und zeigte mir Kinderfotos von Julian. Eine intakte Kleinfamilie und ich ließ mich in dieses vergangene Familienidyll hineinziehen. Manchmal tat es gut zu sehen, dass nicht schon immer alles scheiße war.

Als ich wieder zu mir kam, wusste ich nicht, wo ich war. Ich blickte mich um. Meine Hände und mein linkes Bein waren verbunden und ich lag auf einer Holzliege in einem lehmverputzten Raum. Neben mir stand ein Krug mit Wasser. Als ich versuchte, nach dem Krug zu greifen, brannte es unter dem Verband und es war schwierig, den Krug zu halten. Aber ich war so durstig, dass ich die Zähne zusammenbiss und den Inhalt in einem Zug hinunterstürzte. In diesem Augenblick kam der Sheikh, der unten im Dorf wohnte, in die Hütte.

»Ah, ich sehe, dir geht es wieder besser«, sagte er. »Das ist gut. Sehr gut.«

»Wie komme ich hierher?«, fragte ich.

»Du hast als Einziger den Angriff der Kuffar überlebt. Alhamdulillah hast du ihn überlebt.«

Ich hatte es also nicht geträumt. Verdammt, Murat war tot. Ich hatte einen ekelhaften Kloß im Hals.

»Aber bald fährst du nach Hause. Ich habe schon alles vorbereitet und in einer Woche geht es los.«

Und so hatte ich noch etwas Zeit, alles auf mich wirken

zu lassen. Ich war so ein Arsch, wie konnte ich zwei Jahre lang nicht merken, was mit meinem besten Freund los war? Verdammt! Ich betete für ihn, dass er sofort ins Paradies kommen würde. Vielleicht waren seine Wünsche ja nicht halal gewesen, aber es waren ja nur Wünsche. Na ja, bis auf Wien. Aber er war doch trotzdem ein Märtyrer. Und weil ich mir nicht sicher war, ob der Deal Märtyrer gegen eine Nacht mit einem Mann aufging, musste ich heulen, als ich mir Murat in der Hölle vorstellte. Und als ich merkte, dass ich schon wieder begonnen hatte, an Allahs, des Allmächtigen, Gerechtigkeit zu zweifeln, musste ich noch mehr heulen. Was sollte ich noch tun, damit dieser verfluchte Julian Engelmann endlich aus meinem Leben verschwand?

Nach einer Woche war ich halbwegs wiederhergestellt. Es waren, alhamdulillah, nur leichte Verbrennungen gewesen, und die abgestorbene Haut löste sich ab, aber das würde wieder verschwinden. Nur die Narbe unter meinem Jochbein, die würde bleiben.

Der Sheikh gab mir noch ein paar Scheine mit auf den Weg. Es war alles vorbereitet. Die Schleuser waren vom Sheikh bezahlt, brachten mich über die pakistanisch-iranische Grenze, übergaben mich im Iran an andere Leute, die mich über die iranisch-türkische Grenze schleusten. In der Türkei bekam ich noch einmal falsche Papiere mit einem Einreisestempel der Türkei, sodass ich ausreisen konnte und ein paar Wochen später stand ich nach anderthalb

Jahren wieder auf dem Alex, der mir sehr, sehr irreal vorkam. Und das Alexa war der Gipfel des Unfasslichen. Als ich so auf dem Platz stand, zerfiel ich plötzlich in zwei Hälften. Die Abdel-Jabbar-Shahid-Hälfte verdammte alles, was sie sah und wünschte sich in die Hitze und Kälte und beige Ödnis der Berge zurück. Und die Julian-Engelmann-Arschloch-Hälfte spürte so etwas wie Glück in sich aufsteigen, weil sie wieder zu Hause war, sich auf eine Dusche, einen gut gefüllten Supermarkt freute und insgeheim hoffte, Romea, die ja ganz offenbar noch an ihn dachte, zufällig zu treffen, oder sogar in Gedanken damit spielte, eine baldige Begegnung wie einen höchst zufälligen Zufall aussehen zu lassen. Und für Julian Engelmann waren die letzten anderthalb Jahre auf einmal so weit weg, dass es eigentlich gar nicht hatte real sein können. Das Dumme war, dass gerade die Julian-Engelmann-Hälfte mehr so ein Dreiviertel meiner Person war und dass sich auf einmal alles sträubte, in das enge Zimmer in der Bruderschaft zurückzukehren. Ich fragte mich, was wohl wäre, wenn ich jetzt einfach gehen würde, Romea anrief und mit ihr abhaute. Einfach als Romea und Julian und nicht als Abdel und Shania. Und während ich mir noch ein sehr, sehr unwahrscheinliches schlingpflanzengrünes Glück ausmalte, sagte auf einmal eine Stimme, die ich kannte: »As-salamu-aleikum, Bruder!«

Es war Saad, ausgerechnet Saad.

»Aleikum as-salam«, antwortete ich und damit waren schlagartig alle weiteren Dummheiten gestorben, denn

Saads Auftauchen stieß mich automatisch in Abdel Jabbar zurück.

»Komm! Die anderen warten schon auf dich, um deine Rückkehr zu feiern.«

Ich ging mit. Natürlich ging ich mit. Aber manchmal ist es verdammt schwer, an Zufälle zu glauben.

VIII

»Nur die Toten haben das Ende des Krieges gesehen.«

Platon

Es war eigenartig, aber seit unserem zweiten Treffen besuchte ich Julians Vater nun öfter. Natürlich hatte ich ihm nicht erzählt, dass sein Sohn mich geschlagen hatte und dass ich diejenige war, die gegangen war, aber Kemal hatte ganz recht gehabt: Julian war damals nicht Julian, sondern Abdel und hatte so etwas durchgemacht wie alle, die eine Sektenkarriere starteten. Gehirnwäsche. Und deswegen musste man Julian vielleicht mildernde Umstände einräumen.

Seltsamerweise taten uns diese Treffen gut. Ein bisschen was hatte das Ganze von einer Séance, bei der wir Julian in unsere Mitte holten. Aber vielleicht waren wir einander nur Therapeuten. Wer wusste das schon?

Allerdings waren diese Treffen der Julian-Engelmann-raus-aus-meinem-Leben-Strategie äußerst abträglich. Julian was back. Und wie. Was da in mir heranwuchs, fühlte sich an wie ein ganzes Dornengestrüpp. Ich vermisste dieses Arschloch und, verdammt, ich liebte ihn noch immer. Shit!

Eines Tages hielt ich es nicht mehr aus und ich machte

mich zur Bruderschaft auf. Die Frauen starrten mich an, als wäre ich eine Erscheinung. Einige spuckten aus. In diesem Augenblick tauchte Shirin auf. Sie zuckte kurz zusammen, rang sich dann aber ein Lächeln ab. Sie warf meinen ehemaligen Schwestern einen Blick zu, den ich nicht deuten konnte, und schwebte auf mich zu. Sie umarmte mich und zog mich weg vom Gelände der Bruderschaft.

»Was machst du hier, Shania? Du weißt doch, dass du hier nicht mehr willkommen bist? Einige sähen dich sogar lieber tot als lebendig. Für sie bist du eine Vom-Glauben-Abgefallene. Eine Murtadda.«

»Ich bin nicht vom Glauben, sondern nur von euch abgefallen«, sagte ich. Es war ein eigenartiges Gefühl, Shirin wiederzusehen. Ein bisschen tat es noch weh, sie als Freundin verloren zu haben. Aber nur ein bisschen.

»Ach, Kind, glaub mir, ich freue mich sehr, dich wiederzusehen, aber bitte komm nie mehr auf das Gelände. Das nächste Mal wirst du nicht mehr die Überraschung auf deiner Seite haben und dann werden sie dich vielleicht schlagen oder Schlimmeres mit dir tun.«

Ich nickte. Außerdem wollte ich ja nur noch eines wissen.

»Shirin. Bitte, du weißt das doch bestimmt. Wann kommt Abdel zurück?«

Shirin sah mich lange und traurig an. Dann sagte sie: »Das weißt du noch nicht? Abdel ist ... Sei nicht traurig, aber er ist im Kampf für Allah gefallen. Freu dich, er ist ein echter Shahid und vielleicht wartet er im Paradies auf dich. Falls du«, sie zupfte an meiner Jeans herum, »falls du noch ein wenig an deinem Kleidungsstil arbeitest.«

»Er ... er ist tot? Aber neulich habe ich ihm doch noch Geld geschickt ...«

»Du hast ihm Geld geschickt?«, fragte Shirin.

Matt nickte ich. Ehrlich gesagt verstand ich auch ihre Frage nicht.

»Du bist ja ganz bleich geworden. Komm, setz dich.«

Doch ich wollte mich nicht setzen, ich wollte weg. Das Dornengewächs fühlte sich an, als würde es jeden Augenblick durch mein Fleisch brechen.

»Ich ... ich muss jetzt gehen, Shirin.«

Shirin fiel mir in die Arme und drückte mich. »Ich weiß, das muss alles sehr schlimm für dich sein. Aber glaub mir, Abdel ist schon im Paradies und ihm geht es gerade so gut, wie es ihm noch nie vorher gegangen ist.«

Ich befreite mich aus Shirins Umarmung. »Danke, dass du mir das gesagt hast. Leb wohl!«

Shirin blickte mir noch nach und ich hatte das Gefühl, dass der Boden unter mir wegsackte oder dass ich durch Treibsand lief und immer tiefer und tiefer sank, je mehr ich mich bemühte, von der Stelle zu kommen. Im Kampf für Allah gefallen. Im Kampf für Allah gefallen. Im Kampf für Allah gefallen. Dies hallte und hallte immer wieder in mir nach. Und es klang so falsch. So verdammt falsch.

Es ist schwer zu beschreiben. Bei meiner Rückkehr in die »Salafiyya-Bruderschaft« wurde ich gefeiert. Ich war der Held, weil ich im Ausbildungslager gewesen war und dort auch gekämpft hatte und nun würde ich auch bald noch ein Shahid sein, der den Djihad hierherbringen würde. Sie waren sich alle so sicher, dass ich selbst nicht mehr wirklich unsicher sein konnte. Oder? Ich hatte eine Mission. Ich war es Murat schuldig, ihn ins Paradies zu holen. Meine Brüder hatten viel Geld in mich investiert. Es gab nur einen Weg. Nach vorne. Und vorne, das war der Kampf für Allah.

Ich versuchte den ganzen Abend, mich zu freuen. Und irgendwie freute ich mich ja auch. Aber da war auch immer noch so ein Schatten. Und dieser Schatten war Julian Engelmann, der aus seiner Verpuppung gekrochen war. Der an allem rüttelte und krittelte, was mir wichtig geworden war. Er wollte nicht in den Kampf ziehen. Er hatte Zweifel, denn seine Freundin hatte ihn verlassen und sein bester Freund war an einem faustgroßen Loch im Bauch gestorben. Wie konnte Allah, der Allmächtige, es zulassen, dass das so war? Wie konnte Allah, der Allmächtige, es zulassen, dass Musik haram war? Wie konnte Allah, der Allmächtige, es zulassen, dass von Julian Engelmann fast nur noch Abdel Jabbar übrig geblieben war? Ein Fanatiker, der nichts mehr zu verlieren hatte, der alles hasste, was er einmal geliebt hatte? Und vor allem: Wie konnte Allah, der Allmächtige, es zulassen, dass Abdel Jabbar, der zurückgekehrte Mudjahed, der künftige Shahid, dachte, wie nur Julian Engelmann dachte, ohne ihn einfach mit einem Blitz zu erschlagen?

Auf einmal stand der Imam neben mir. Ich hatte ihn gar nicht bemerkt.

»Du wirkst bedrückt, Abdel Jabbar. Wie kannst du an deinem großen Tag so unzufrieden sein?«, fragte er.

Ja, wie konnte ich? Es war gerade nicht zu steuern. Trotzdem schämte ich mich. Ich war unwürdig.

»Sieh mal, mit den irdischen Dingen verhält es sich so: Solange du auf Erden bist, brauchst du sie. Aber du wirst nicht mehr lange auf Erden sein, also lass sie los.« Damit verschwand er wieder.

Ich fühlte mich durchschaut. Wahrscheinlich hatte er mit den irdischen Dingen Romea gemeint. Ich musste mich wirklich ein wenig zusammenreißen. Das war alles des Teufels, was mir gerade im Kopf herumging. Ich war so nah am Ziel. Vielleicht nur wenige Tage noch und ich müsste mir niemals mehr Sorgen machen. Nie wieder würde ich unglücklich sein oder irgendetwas vermissen. Und ich, ich heulte innerlich herum wie ein altes Weib. Trotzdem ging ich kurz nach draußen, um ein wenig Luft zu schnappen. Die kühle Nachtluft tat gut. Es war, als würde sie Minute für Minute meine schweren Gedanken vertreiben.

In diesem Augenblick kam Shirin um die Ecke. »Ich freue mich so«, sagte sie. »Ich freue mich so, dass alles so gekommen ist, wie es gekommen ist.«

Ich sah sie fragend an. »Wie ist es denn gekommen?«

»Na, dass jeder den Weg gefunden hat, der zu ihm passt.«

»Jeder? Wer hat denn noch seinen Weg gefunden?« Misstrauisch geworden, starrte ich sie an.

»Ach, weißt du das noch gar nicht? Shania ist vom Glauben abgefallen. Und damit nicht genug, sie hat auch einen neuen Freund. Einen Schwarzen. Er ist Profibasketballer.«

Mir wurde kurz schwarz vor Augen. Oder eher braun. Mir wurde farbiger-Profibasketballer-braun. Wie konnte sie? Sie war doch noch immer meine Frau! Natürlich konnte sie. Sie konnte. Und wie sie konnte. Sie hat doch noch nie irgendwas anderes getan als nur das, was sie wollte. Das war Schirk. Ich riss mich zusammen und zwang mich, Shirin anzublicken.

»Und was ist jetzt daran so schön?«, fragte ich sie.

Ungerührt sprach sie weiter. »Dass du, du es geschafft hast. Du hast deinen Weg gefunden und bald auch Djannah. Ich freue mich so für dich!«, sagte sie und umarmte mich. Schwesterlich, versteht sich. Dann verschwand sie im Frauentrakt und mit mir geschah so etwas wie mit Moses auf dem Berg Sinai. Ich hatte so eine Art Erleuchtung. Allah, der Allmächtige, er erschlug nicht Abdel Jabbar, sondern er merzte den gotteslästerlichen Julian Engelmann einfach aus. Und in diesem Moment konnte ich noch nicht einmal behaupten, dass es mir sonderlich leid um ihn tat. Plötzlich war alles ganz einfach.

Und dann begann das Warten. Ich wartete und wartete. Wenn du innerlich schon Abschied genommen hast und der Abschied nicht kommt, dann wirst du ungeduldig. Djannah lag zum Greifen nah und ich hatte nur noch eine einzige Mission, aber die Nachricht des Sheikh ließ auf sich warten. Drei Monate ließ sie auf sich warten.

Doch eines Tages tauchte Saad auf. Warum musste es immer dieser Saad sein? Ich konnte es nicht so richtig erklären, warum ich ihn nicht mochte. Aber eines war mal sicher: Ich mochte ihn nicht. Saad gehörte zu diesen Typen, die immer dann auftauchten, wenn man am wenigsten mit ihnen rechnete. Der gleiche Typ wie Hamid. Ein Schleicher, ein Spion, ein Spitzel. Einer, der sich aus allem raushielt, aber immer alles wusste. Und gleichzeitig war er ein Handlanger. Die Hand, die das ausführte, womit sich sein Boss niemals die Hände beschmutzen würde. Jedenfalls kam Saad und wieder war er es, der mehr wusste als ich. Zum Beispiel wusste er, dass meine Mission bald anstand. Genau genommen übermorgen. Im Schlepptau hatte er eine Videokamera.

»Wir drehen jetzt ein Video«, sagte er.

»Ein Video? Wozu?«, fragte ich verblüfft.

»Stell dich nicht dumm. Dein Abschiedsvideo. Damit du der Welt zeigen kannst, dass wir bereit sind. Zu allem entschlossen. Dass mit *Djihad Paradise* zu rechnen ist. Auch im Westen. Sogar in Deutschland.«

Er drückte mir einen Zettel in die Hand.

»Lies es dir durch und sprich es dann in die Kamera«, sagte er.

»Brüder und Schwestern, wenn ihr dieses Video seht, werde ich, inschallah, nicht mehr unter euch sein. Und an die Bundeskanzlerin und den Außenminister: Ihr führt Krieg gegen die islamische Welt und deshalb bringen wir den Djihad jetzt auch in eure Länder. Wir sind keine Terroristen, sondern ihr seid die Terroristen. Ihr setzt Milliarden Euro ein, um den Krieg gegen den Islam zu führen und deswegen ist die BRD ein Kriegsgebiet. Ich bin das Schwert von *Djihad Paradise* und wir, wir sind das Schwert Allahs. Aber fürchtet nicht uns, fürchtet Allah, den Allmächtigen!«

Innerlich nickte ich. So, genau so war es. Ich blickte noch mal kurz in den Spiegel und strich mir die Haare zurecht. Dann blickte ich stolz in die Kamera, damit alle Welt es hören und sehen konnte, was wir zu sagen hatten und zu tun bereit waren. Gerade war ich glücklich. So richtig glücklich. Wahrscheinlich kann man es jemandem, der noch nie bereit war, für seine Überzeugung zu sterben, nicht erklären, wie berauschend es ist, zu wissen, dass man sein Ziel schon am übernächsten Tag erreicht haben würde. Und dieses glückliche Lächeln, genau dieses Lächeln nahm Saad auf, während ich den Text in die Kamera sprach.

Nach der Aufnahme zeigte mir Saad das Video noch mal und ich war begeistert. Es war fast dieses Lächeln, das ich auf den Shahid-Videos auf YouTube gesehen hatte.

Den nächsten Tag verbrachte ich mit Beten. Wirklich mit nichts anderem als Beten. Ich bereute meine Sünden und reinigte Körper und Geist. Rein wie ein neu gekauftes weißes Laken und klar wie ein Diamant wollte ich Djannah betreten. Und ich spürte, wie ich stärker und stärker wurde, weil Allah, der Allmächtige, mir Kraft, so viel Kraft schenkte.

Und dann war der Tag der Tage herangerückt. Ich hatte fantastisch geschlafen und fühlte mich frisch und erholt und war voller Tatendrang. Es waren nur noch vier Tage vor Weihnachten und es hatte frisch geschneit. Auch die Welt hatte sich gereinigt und sich mit einem feinen Weiß bedeckt. Der Imam verabschiedete mich und dann ging ich zu einer Privatadresse, die mir Saad genannt hatte. Ein Typ, der sich Gamal nannte, öffnete die Tür und lächelte mich erfreut an.

»Salam, Bruder. Es ist alles vorbereitet. Komm rein.«

Er komplimentierte mich in sein Wohnzimmer und seine Frau brachte uns Tee.

Auf dem Wohnzimmertisch lagen diverse Gerätschaften

und als Gamals Frau wieder in der Küche verschwunden war, erklärte er mir alles. Zuerst deutete er auf ein Objekt, das dick mit Tape umwickelt war und aus dem ein paar Kabel ragten.

»Das ist der Sprengsatz, den wirst du dann als Sprengstoffweste tragen. Damit das Ganze noch effektiver wird und du noch mehr Kuffar erwischst, habe ich auch noch Nägel und Schrauben hinzugefügt.«

Dann erklärte er mir, wie man den Zünder bediente und gab mir ein Handy, über das er mit mir kommunizieren würde.

Ich trank meinen Tee aus, dann legte er mir die Weste an und ich zog meine wattierte Winterjacke darüber.

»Dann gutes Gelingen, Bruder«, sagte Gamal.

»Inshallah, Bruder«, antwortete ich und machte mich auf den Weg Richtung Alex. Ziel war der schweinchenrosa Einkaufstempel dort. Vier Tage bis Weihnachten. Perfekt. Die Bude würde überquellen. Ich beschloss zu laufen. Der Schnee war so schön. Und während ich einen Fuß vor den anderen setzte, sah ich wieder den Burak. Es war, als wollte er mir den Weg weisen.

Drei Monate war sie her, die Begegnung mit Shirin. Und mein Leben war ein Trümmerfeld. Vielleicht war es gut, dass Julian in Waziristan getötet worden war. So würde er wenigstens keine Unschuldigen töten. Aber irgendwie hatte ich bis zu dem Zeitpunkt, an dem ich mit Shirin gesprochen hatte, die Hoffnung gehabt, ihn noch irgendwie davon abbringen zu können. Aber malesh. Das war vorbei. Doch nicht nur das. Ich hatte das Gefühl, dass auch mein Leben vorbei war. Inzwischen war ich neunzehn, und was schwärmten die Älteren immer davon, wie unglaublich und toll und großartig ihr Leben mit neunzehn gewesen wäre. Und ich, ich fand so gar nichts an meinem Leben mit neunzehn.

Ich betete und hoffte, einen Sinn in all dem zu finden. Manchmal beruhigte es mich, aber manchmal auch nicht. Aber einen Sinn ergab das alles nicht. Schon lange nicht mehr.

Nach dem Gespräch mit Shirin war ich nach Hause geschlichen, hatte mich ins Bett gelegt und der Schmerz hatte mich mit sich fortgerissen und ich war in einen traumlosen Schlaf gefallen. Es war wie eine Art Koma. Schwarz.

Einfach schwarz. Eine Woche. Eine ganze Woche hatte dieser Zustand angehalten.

Aber eines Tages hatte ich die Augen aufgeschlagen und hatte keine Ahnung, wie viel Zeit vergangen war. Das Letzte, woran ich mich erinnern konnte, war, mich hingelegt zu haben. Ich glaube, ich habe eine ganze Woche geschlafen, aber sicher bin ich mir nicht.

In den folgenden Wochen war ich von allem ganz weit weg. Ab und zu traf ich mich mit meinen neuen Freunden, aber ich konnte es nicht genießen und wenn ich ehrlich bin, war ich am liebsten allein. Meine Eltern begannen schon wieder damit, ihre Stirnen in Falten zu legen, aber ich konnte es ihnen nicht sagen. Julian ist tot. Nein, das, das konnte ich niemandem sagen, denn ich bildete mir ein, solange ich es nicht aussprach, war es nicht wahr. Oder vielleicht war es auch so, dass ich dachte, wenn ich es aussprechen würde, würde es wahr werden, obwohl es ja jetzt schon wahr war.

Eigentlich hätte ich Julians Vater davon erzählen müssen, aber ich konnte nicht. Er hatte sogar zwei Mal angerufen, aber ich habe mich nie wieder bei ihm gemeldet. Es ging einfach nicht.

Drei Monate war ich durch diese Welt geschlichen, zu der ich nicht mehr gehörte, aber dann hatte ich beschlossen, dass das so nicht weitergehen konnte und versuchte, mich zusammenzureißen. Das Abi hatte ich in der Tasche, aber ich wusste noch immer nicht, ob und, wenn ja, was ich studieren sollte. Ich hatte keine Lust dazu, aber ich zwang mich, zum Kickboxen zu gehen, ich zwang mich, den Kontakt zu meinen Freunden aufrechtzuerhalten und ich zwang mich, Allah, den Barmherzigen, nicht anzuzweifeln. Erst ganz, ganz langsam ging es mir nach und nach ein wenig besser.

Und nun stand Weihnachten vor der Tür. Eigentlich war mir Weihnachten nicht wichtig, aber ich wusste, dass es meiner Familie wichtig war und ich wollte ihnen das Fest nicht versauen. Also raffte ich mich auf und zog los, um ein paar Geschenke zu kaufen. Nur für Theresa hatte ich nichts gefunden. Und vier Tage vor Weihnachten wurde ich dann nervös. Es war Samstag. Meine letzte Chance. Gefühlt hatte ich alle Geschäfte der Stadt abgeklappert. Da kam ich am Alex vorbei, wo diese neue hässliche Mall war. Unschlüssig stand ich auf dem Platz und hatte auf einmal ein ganz eigenartiges Gefühl. Eine Unruhe machte sich in mir breit und bei dem Gedanken, jetzt gleich das Alexa zu betreten, schlug mein Herz schneller. Es war mir völlig unerklärlich. Und weil ich es mir nicht erklären konnte, zwang ich mich, meinen Fuß über die Schwelle zu setzen.

Last Christmas, I gave you my heart. But the very next day you gave it away. This year, to save me from tears …, jaulte unvermeidlich Wham aus den Lautsprechern und am liebsten wäre ich wieder rückwärts nach draußen gegangen, aber ich riss mich zusammen. Und dann kaufte ich den Bären …

R

Und jetzt stehe ich da und starre den Typen an, um den ich drei Monate getrauert habe. Ich verfluche dich, Shirin! Warum trägt Julian wieder seine Rapper-Klamotten? Ist er vom Glauben abgefallen? Ist er ein Murtadd? Hat Shirin deshalb gelogen? Oder …? Meine Knie werden weich. Ich schrumpfe zu einem winzigen Nichts, einem winzigen Blutkörperchen, das in dem viel zu schnell dahinrauschenden Blut in meinen Adern einfach mitgerissen wird. Oder steht er kurz vor der Vollendung seiner Mission? Uns trennen nur noch zwei Meter.

Romea ist auf mich zugelaufen. Zwei Meter trennen uns noch. Ein Lächeln gleitet über ihr Gesicht. Aber jetzt, jetzt bleibt sie plötzlich stehen. Ihre Züge erstarren. Ahnt sie etwas? Ja, sie ahnt es. Nein, sie weiß es. In ihren Augen sehe ich, dass sie es weiß.

Mein Handy klingelt schon wieder. Ich gehe nicht ran. Die Wirkung des Nashids ist verflogen. Der Burak bäumt sich drohend vor mir auf und ich weiche zurück. Immer weiter und weiter. Romeas Augen. Schlingpflanzengrün. Und ich stürze. Stürze und stürze, und dann bin ich mitten in Romeas Traum, den sie mir damals erzählt hat. Sie hat das Meer für mich verlassen und wird daran sterben. Wie die echte Undine. Weil der Prinz sie nicht genug geliebt hat.

Und auf einmal bin ich mir nicht mehr sicher, ob es irgendwo jenseits ein Paradies gibt. Was wäre, wenn man nur ein Leben hätte und wenn danach nichts mehr wäre? Und ich muss plötzlich an Samir denken, der alles durch andere Menschen verloren hatte, der aber trotzdem niemanden töten wollte, außer sich selbst, weil er die Schuldfrage für nicht zu klären hielt. Was hatte man mir eigent-

lich genommen, dass ich auf einmal glaubte, das Recht zu töten zu besitzen?

Abdel Jabbar heult vor Wut auf, weil Julian Engelmann sich gerade diese zutiefst gotteslästerlichen Fragen stellt. Aber ich bringe Abdel Jabbar zum Schweigen.

Wenn es nur dieses eine Leben gibt und danach nichts mehr, wäre dieses eine Leben das Kostbarste, das wir haben, und die einzige Chance, glücklich zu sein. Vielleicht nur kurz, aber dafür vielleicht immer mal wieder. Und wenn ich jetzt den Zünder betätigen würde, dann würde ich Romea, dann würde ich mich, dann würde ich alle Leute hier um diese einzige Chance bringen.

Das Handy klingelt noch einmal. Wütend ziehe ich es aus meiner Tasche, werfe es auf den Boden und zertrete es.

Romea starrt auf das kaputte Handy, dann sieht sie mir in die Augen. Fragend. Ich lächle. Es dauert einen Moment, dann versteht sie. Sie versteht es und lächelt und kommt auf mich zu. Und so, wie sie lächelt, wird mir klar – sie haben mich verarscht. Shirin hat mich verarscht. Alle dort haben mich verarscht. Sie haben ihr Werkzeug belogen, damit es funktioniert. Aber das Werkzeug funktioniert trotzdem nicht, weil es vor einem Augenblick seinem Hirn begegnet ist und es wieder eingeschaltet hat.

Scheiß auf den Djihad, scheiß auf das Paradies. Das Leben ist jetzt. Jetzt. Jetzt. Und meines ist schlingpflanzengrün. Ich breite die Arme aus und Romea fällt mir um den Hals.

Und scheiße, ja, ich bin im Paradies. Nur nicht in dem, in dem sie mich haben wollten. Und ich vergesse die Zeit, den Raum, alles. Julian Engelmann ist gelandet und fliegt trotzdem. Und ich werde meine Welt verlassen und ganz in Romeas Welt abtauchen. Und gerade ist alles gut. Wirklich alles.

Doch auf einmal werde ich weggerissen, weg von Romea, und ich sehe, dass auch Romea nach hinten gezerrt wird von einem Polizisten. Und die Wucht, mit der ich aus Romeas Armen gerissen werde, ist so groß, dass ich Richtung Boden stürze. Ich darf nicht stürzen. Verdammt! Kapieren sie das denn nicht? Ich darf auf keinen Fall stürzen. Aber ich stürze und stürze und lande. Auf dem Zünder lande ich.

Zehn. Ich werfe Romea einen verzweifelten Blick zu.

Neun. Romea starrt mich entgeistert an.

Acht. Auch Romea stürzt.

Sieben. Romea hat es kapiert. Hat die ganze Situation kapiert.

Sechs. Eine ganze Schar Polizisten rennt auf mich zu.

Fünf. Romea kriecht auf mich zu.

Vier. Ich krieche auch.

Drei. Hilflos strecke ich meine Hand nach ihr aus.

Zwei. Romea legt ihre Hand in meine.

Eins. Romea ist das Letzte, was ich spüre.

Over.

Nachbemerkung

Geschafft. Glückwunsch. Tabula rasa. Aus. Freunde und Familie hatten schon beinahe mit meinem vorzeitigen Ableben gerechnet, da ich mich dem Telefon nur noch sporadisch und höchst widerwillig näherte und allzu helles Tageslicht sowie interessante Gesellschaft und frische Luft mied. Aber jetzt ist sie erst einmal ein paar Wochen vorbei, die künstliche Soziophobie und das Grottenolmige einer schreibenden Existenz.

Und aus und vorbei ist es auch mit den Hauptfiguren, die in den letzten Monaten mein Hirn bewohnten, mein Bettchen mit mir geteilt und in meine Träume hineingepfuscht haben. Wie ich mich jetzt fühle? Befreit. Wie eine Mörderin. Eine Mörderin, die Leute umbringt, die sie eigentlich ganz gut leiden konnte. Leer. Einen ganzen Tag war ich so leer, dass ich meine Bettwäsche gebügelt habe und ich schwöre: das habe ich noch nie getan.

Aber jetzt ist es Zeit, dass der Schreiblurch aus dem Wasser an die Ufer der Realität zurückkriecht und nachsieht, ob noch irgendwer etwas mit ihm zu tun haben will. Und je näher ich dem Landgang komme, desto klarer wird mir, dass ich einigen Leuten noch danke sagen wollte: Meinen Eltern, die meiner unbürgerlichen Schreiberei großes Interesse entgegenbringen, obwohl sie sich wegen der Überstrapazierung der Wörter »Scheiße« und »Arschloch« auch ein wenig für ihre Tochter schämen. Was haben sie nur falsch gemacht? Ich glaube nichts. Liebster Robert, danke, dass Du Dir die stundenlangen minutiösen Schilderungen minimaler Plotveränderungen sowie sonstiges Gejammer mit stoischer Gelassenheit angehört und mutig immer mal wieder ein saftiges Steak in die Höhle des Olms geworfen hast. Malte, vielen, vielen Dank für die großartigen Literaturhinweise und das höchst spannende und inspirierende Gespräch. Kathi, danke, dass ich mit Dir immer einen Sekt trinken kann, wenn es etwas zu feiern gibt, und wenn es nichts zu feiern gibt, Du immer wieder mit mir anstößst, auf dass es besser werde. Außerdem danke ich Herrn X und Herrn Y, die namentlich nicht genannt werden wollen, für die Informationen, die ich ohne sie nicht bekommen hätte, meinem Verlag und vor allem meinem Lektor, Christian Walther, der sich trotz akuter Kindergartenseuche durch das immer länger und länger werdende Manuskript gequält hat. Und schon mal im Voraus: Miri und Voom, danke, dass ihr mich zu Schreibzwecken in euer Gartenhaus locken wollt. Ich war schon immer sehr scharf darauf, einen Gartenlaubenroman zu schreiben …

P.S.: Herr K. und alle, die wie Herr K. glauben, dass es so wäre: Es ist nämlich nicht immer so, dass ein Autor jeden Morgen um vierzehn Uhr mit seinem Laptop im Straßencafé sitzt, hin und wieder versonnen in sein Croissant beißt und die Buchstaben für sein neues Machwerk aus dem Kaffeesatz seines Latte Macchiato schöpft …